AF281069

Inhalt

Vorwort

00 Vorstellung

01 Geständnis

02 Vorbereitung

03 Das erste Erlebnis

04 Er darf zuschauen

05 Hochzeitsreise

06 Chris und der Freund

07 Zwischenzeit

08 New York - New York

09 Aushilfe Bar

10 Der Spezialgast

11 Heimlicher Wunsch

12 Das Geburtstagsgeschenk

13 Parisreise

14 Siebzehn Jahr blondes Haar

15 Domina

16 Versteigerung

17 Der Film

18 Zwischenzeit

19 Wendepunkt

20 Ende mit Chris

In diesem Buch sind passend zu den Szenen Bilder von zwei Künsterinnen und zwei von Künstlern gestaltet worden.

Siehe Nachsatz

Verlangen und Vertrauen (Erlebtes und Fantastisches) von Johanna Lang

Vorwort

Manche Geschichten sind wie geheime Gärten – verborgen vor den Augen der Welt, reich an verbotenen Früchten und voller verborgener Wege, die die Mutigen betreten können. Dies ist eine solche Geschichte.

Die Beziehung zwischen Julia und Leon ist kein gewöhnliches Liebesmärchen. Es ist eine Reise, die ihre tiefsten Wünsche, Sehnsüchte und Abgründe erforscht. Sie basiert auf Mut, Vertrauen und der Bereitschaft, sich einander vollkommen zu offenbaren. In einer Welt, die oft dazu neigt, das Normale zu verherrlichen und das Ungewöhnliche zu verurteilen, wagen die beiden, ihre Liebe und Hingabe auf eine Weise zu leben, die die meisten Menschen niemals verstehen könnten – oder vielleicht niemals zuzugeben wagen.

Dieses Buch ist kein Leitfaden oder eine Rechtfertigung für unkonventionelle Beziehungen. Es ist eine Erzählung über Menschen, die ihre eigenen Grenzen und die ihrer Beziehung erkunden und um ihre Neigungen Wünsche und Gefühle auszuleben. Es ist eine Geschichte über Liebe, Lust und die Macht, sich selbst und den anderen in seiner tiefsten Wahrheit anzunehmen.

Vielleicht werden Sie beim Lesen manchmal schockiert sein, vielleicht werden Sie sich selbst in den Charakteren wiederfinden. Was auch immer Ihre Reaktion sein mag, dieses Buch möchte vor allem eines, - zum Nachdenken anregen. Über die Vielfalt der menschlichen Emotionen. Über die Freiheit, anders zu sein. Und über die Kraft, zu lieben – auf die individuellste und ehrlichste Weise.

Willkommen in der Welt von Julia und Leon.

© 2024 Johanna Lang
Verlag: BoD · Books on Demand GmbH, In de Tarpen 42,
22848 Norderstedt, bod@bod.de
Druck: Libri Plureos GmbH, Friedensallee 273,
22763 Hamburg
ISBN: 978-3-7693-6841-3

Vorstellung:

Sie: Julia Winter Alter: 32

Hintergrund: Julia stammt aus einer streng religiösen Familie in einem kleinen Dorf. Ihre Kindheit war geprägt von harter Disziplin, einer konservativen Erziehung und wenig Raum für persönliche Entfaltung. Früh heiratete sie einen erfolgreichen Manager, der ihr ein Leben in Luxus bot, aber auch eine Schattenseite offenbarte: eine Leidenschaft für BDSM. Während der Ehe wurde Julia in eine Welt eingeführt, die sie zunächst verwirrte, dann aber eine unerwartete Faszination in ihr auslöste. Sie lernte, sich in exklusiven Kreisen zu bewegen, entwickelte Selbstbewusstsein und beherrschte bald subtil die Kunst der Verführung, diverse Liebestechniken und Hingabe.

Stärken:

Anmutig und selbstbewusst, mit einer unterschwelligen Stärke, die aus ihrer Vergangenheit rührt.

Intelligent, wissbegierig und stets auf der Suche nach mehr – sei es Wissen oder neue Erfahrungen.

Die Fähigkeit, zwischen äußerer Ruhe und innerer Leidenschaft zu balancieren.

Schwächen:

Sie neigt dazu, ihre eigenen Bedürfnisse zu verdrängen, bis der Druck zu groß wird.

Zerrissen zwischen ihrem Wunsch nach Freiheit und ihrer Sehnsucht nach intensiven, kontrollierten Erlebnissen.

Wünsche/Neigungen:

Julia hat in ihrer Ehe eine Seite von sich entdeckt, die nach Intensität und Kontrollverlust verlangt, aber nur in einem Rahmen, der von Vertrauen getragen wird. Nach ihrer Rückkehr nach Deutschland fühlt sie sich in alltäglichen Beziehungen oft gelangweilt, unfähig, die emotionale Tiefe und die körperliche Intensität zu finden, die sie sucht. Ihre Begegnung mit Leon weckt ihre Neugier und eröffnet eine Möglichkeit, wieder jene Freiheit und Grenzerfahrung zu erleben, nach der sie sich sehnt.

Er: Leon Falk Alter: 38

Hintergrund: Leon ist ein erfolgreicher Unternehmer, der sich ein Leben in Kreativität und Luxus aufgebaut hat. Doch hinter der Fassade eines souveränen Mannes verbirgt sich eine tiefe Verletzlichkeit. Seine frühere Partnerin, die Liebe seines Lebens, verließ ihn nach Jahren einer offenen Beziehung, in der sie gemeinsam eine Hotwife-Cuckold-Dynamik lebten. Dieses Erlebnis hinterließ ihn mit gebrochenem Herzen, aber auch mit der Erkenntnis, dass diese besondere Form der Hingabe und Demut ein unverzichtbarer Teil seines Wesens ist. Seitdem sucht er nach einer Frau, die bereit ist, diese intime Welt mit ihm zu teilen.

Stärken:

Charismatisch, einfühlsam und in der Lage, andere Menschen tief zu verstehen.

Kreativ und visionär, mit einer ausgeprägten Fähigkeit, neue Perspektiven zu eröffnen. Großzügig und loyal – jemand, der sich vollkommen hingibt, wenn er vertraut.

Schwächen:

Seine Verletzlichkeit macht ihn manchmal zögerlich und zurückhaltend.

Neigt dazu, seine Wünsche zu idealisieren und sich selbst in die Rolle des Beobachters zu drängen.

Wünsche/Neigungen:

Leon ist fasziniert von der Vorstellung, seine Partnerin in einem anderen Licht zu sehen – stark, selbstbewusst und begehrenswert für andere. Es erfüllt ihn mit einer Mischung aus Stolz und Erregung, wenn er ihr diese Freiheit schenkt und dabei seine eigene Hingabe spürt. Für ihn ist es ein Ausdruck tiefsten Vertrauens und die ultimative Bestätigung seiner Liebe. Er verspürt aber aber immer wieder den Wunsch selbst von einer Frau dominiert zu werden.

Gemeinsame Dynamik

Ihre Beziehung basiert auf Ehrlichkeit und dem Wunsch, sich gegenseitig in ihrer Individualität zu akzeptieren und zu fördern. Julia gibt Leon das Gefühl von Sinn und Vertrauen zurück, während er ihr die Freiheit bietet, ihre versteckten Wünsche ohne Scham zu erkunden.

Ihre Wünsche führen sie schließlich in eine intensive Dynamik, die nicht nur körperlich, sondern auch emotional herausfordernd ist:

Julia: Sie findet in Leon die Balance zwischen Stabilität und Abenteuer. Seine Akzeptanz ihrer dunkleren Neigungen gibt ihr die Freiheit, ihre Sehnsüchte auszuleben, ohne sich verurteilt zu fühlen.

Leon: Julia gibt ihm die Möglichkeit, seine Fantasien wieder zu erleben, während er sich sicher ist, dass diese Momente ihre Bindung stärken.

Ihre erste Ehe ging ein paar Jahre gut. Ihr damaliger Mann war als Manager in einem großen Konzerns tätig. Daher stehen immer wieder nach einigen Monaten Umzüge in andere Weltstädte an mit allen Problemen. Neuer Kontinent, neues Umfeld, neue Sprache, neue Bekannte. Julia war dadurch immer mehr ihrem Mann und seinen sadistischen Neigungen ausgeliefert. Sie beschließt ihn zu verlassen und verwirklicht dies auch kurzfristig und dadurch fast völlig mittellos, mit der spontanen Rückkehr nach Deutschland.

Dort angekommen, wirkt sie erstmals verloren. Das Wetter kontrastiert stark zu der pulsierenden Energie der vorherigen Umgebung. Sie ist aber entschlossen. Hier will sie ein Studium beginnen um ein neues, aber einfaches Leben anzufangen.

Sie hat belanglose kleine Beziehungen, langweilig ohne Spannung und Höhepunkte. Gleichzeitig verlangt ihr Geist und ihr Körper nach mehr. Ihr wird die Leere in ihrem Liebesleben offensichtlich, und ihr Bedürfnis nach intensiverer Verbindung wächst.

Deshalb durchsucht sie Datinganzeigen. Eine Anzeige fasziniert sie besonders. Sie liest sie mehrmals und immer mehr wurde ihr Interesse geweckt. Dieser Mann schreibt offen und selbstbewusst in Bezug auf Sehnsüchte und Authentizität.

Nachts gehen ihr immer noch Teile der Annonce durch den Kopf und am nächsten Morgen schreibt auf diese Anzeige

„Suche die Eine, die sich traut…"

Erfolgreicher, kultivierter Mann (38), bodenständig und weltoffen, mit Sinn für Ästhetik und feine Zwischentöne, sucht eine Frau mit Tiefe und Mut, die bereit ist, nicht nur die konventionellen Pfade des Lebens, sondern auch die Grenzen der Leidenschaft zu erkunden.

Ich schätze Vertrauen, Ehrlichkeit und die Freiheit, Wünsche und Sehnsüchte auszusprechen, die oft unausgesprochen bleiben. Mein Leben ist geordnet, aber ich weiß, dass wahres Glück in der Akzeptanz und im Teilen von Intensität liegt – sei es in einem Blick, einem Wort oder einem unausgesprochenen Versprechen.

Wenn du neugierig bist auf ein Leben, in dem Kopf und Herz im Einklang schlagen dürfen, und wenn du bereit bist, eine neue Welt voller Vertrauen, Hingabe und Abenteuer zu betreten, freue ich mich auf deine Worte.

Diskretion und Respekt sind selbstverständlich. Lass uns sehen, was entstehen kann, wenn zwei Menschen bereit sind, das echte Leben zu wagen.

Antwort mit Tiefe und Ernsthaftigkeit erbeten.

Leon erhoffte sich von der Anzeige Kontakte zu einer Frau, die seine Neigungen teilen könnte. Er verspürte schon immer den Wunsch einer, bzw. noch lieber seiner Frau beim Sex mit einem anderen zuzuschauen und auch von ihr sexuell dominiert zu werden. Ganz bewusst wurde ihm das, als er den Film Bitter Moon gesehen hatte in dem der Ehemann seine Frau einem Liebhaber anbietet um ihr dann beim Stöhnen zu zuhören.

Er annonciert also und bekommt diverse Zuschriften. Eigentlich will er seine alten Neigungen hinter sich lassen, da hier neben gegenseitiger Liebe auch unendlich viel Vertrauen benötigt wird. Das schien auf Dauer, seiner Erfahrung nach schwierig zu sein. - Erstes Date mit einer Managerin. Die Stunden mit ihr sind hektisch. Der Sex normal. Man will sich in ein paar Tagen wieder treffen.

Das zweite Date ist mit Julia. Sie besucht ihn. Er lebt in einem umgebauten Gewerbegebäude. Sie ist beindruckt von der Kreativität und Lebensweise dieses Mannes. Beide spüren eine unbändige innere Zuneigung. Ihre Gefühle sagen ihr, dass sie sich hier und mit ihm sich frei fühlen könnte. Er spürte sofort, dass evtl. seine Wünsche und Sehnsüchte ohne Verurteilung geteilt werden. Ohne große Worte nehmen sie sich in den Arm. Beim Küssen öffnete sie ihm schon die Hose. Es war keine Zeit mehr die Kleider zu sortieren. Beide wollten den Körper des anderen spüren. Auch war kein großes Vorspiel angesagt, Sex pur war beidseitig gewünscht und beide waren dazu voll bereit. Julia genoss die ersten Stöße wie ausgehungert und bereits nach wenigen Sekunden zitterte ihr ganzer Körper vor Lust. Er ist von der Intensivität dieser Begegnung überwältigt. Sie hält mit beiden Armen ganz fest seinen Rücken, so als wollte sie ihn nicht mehr aus sich heraus lassen. In einem Nebel von Geilheit und Faszination des Momentes kamen beide zum erlösenden Abschluss. Schwer atmend kamen sie in die Realität zurück, fühlten sich aber jetzt tief verbunden.

Ein schönes Abendessen folgte und intensive Treffen jeden weiteren Tag. Beide bauen mehr und mehr Vertrauen auf und erkennen, dass ihre Neigungen, Wünsche und Gefühle tatsächlich sehr ähnlich sind.

Von nun an wird das Begehren bei jeder Gelegenheit ausgelebt. Nach einiger Zeit werden beim Sex verbale Stimulanzen aus geheimen Wünschen und Sehnsüchten offenbart. – Sie haben sich gefunden und akzeptieren einander mit all ihren Eigenheiten. Julia erkennt, dass diese Verbindung die ist, nach der sie immer gesucht hat. Leon fühlt sich verstanden und gesehen.

Episode 1: Geständnis

Ein intimes Gespräch nach einigen Wochen zu zweit in seinem Gewerbeloft, abends bei gedämpftem Licht

Leon begann fast zögerlich und unsicher: „Es gibt etwas… etwas, das ich dir sagen möchte. Es ist kein einfacher Wunsch, und ich weiß, dass es für die meisten Menschen ungewöhnlich ist."

Julia war natürlich neugierig und gespannt: „Du kannst mit mir über alles reden. Ich will dich verstehen – alles an dir."

Leon atmete tief durch: „Ich weiß nicht, wie ich das richtig erklären soll… Es ist dieses Gefühl, das mich seit Jahren beschäftigt. Ich… ich finde es aufregend, wenn ich mir vorstelle, dass du mit einem anderen Mann intim bist. Nicht, weil ich dich weniger liebe, sondern… irgendwie anders."

Julia war kurz überrascht. „Du meinst,… du würdest mir dabei zusehen wollen? Oder… wie genau stellst du dir das vor?"

Leon nickt kurz mit einem leichten Lächeln. „Ja, genau das. Aber es geht nicht nur ums Zusehen. Es ist schwer zu erklären… Ich glaube, es gibt mir das Gefühl, mich dir auf eine Weise hinzugeben, wie ich es bisher nie konnte. Ein Vertrauen, das so tief geht, dass ich mich… verletzlich fühle."

Julia kam jetzt ihre Erfahrung der letzten Jahre zu Gute und sie sagte sanft. „Verletzlich? Das klingt fast, als ob es dir nicht nur um die Vorstellung geht, sondern auch darum, dass du dich mir gegenüber in einer neuen Weise öffnen willst."

Leon nickte. „Genau. Ich möchte, dass du diese Freiheit spürst und dass wir beide die Möglichkeit haben, diese Sehnsüchte gemeinsam zu erleben. Für mich ist es nicht nur eine Fantasie. Es ist etwas, das mir zeigt, wie tief ich dir vertraue und wie sehr ich dich brauche."

Julia war berührt. Sie lächelte. „Ich verstehe, was du meinst… Ich glaube, ich fühle genauso. Es macht mir ein wenig Angst, aber auf eine seltsame Art bin ich auch… fasziniert. Wenn wir das zusammen machen, will ich sicherstellen, dass es uns näher zusammenbringt."

Leon war sichtlich erleichtert. „Genau das wünsche ich mir auch. Dass wir beide wachsen – und dass wir ehrlich mit uns selbst und mit unseren Gefühlen sind. Ich weiß, dass es nicht einfach ist, aber ich möchte es mit dir erleben. Ohne Druck, ohne Verpflichtungen. Nur… Offenheit."

Julia war kurz nachdenklich. Dann lächelte sie sanft. „Ich bin bereit, das mit dir zu erforschen. Ich will, dass wir uns dabei vertrauen können, und ich bin neugierig darauf, was wir beide dabei entdecken werden – über uns selbst und über uns beide zusammen."

In den Tagen danach reift in ihr der Wunsch, auch mal einen starken Mann zu beherrschen und gleichzeitig sich einem anderen starken Mann hinzugeben. Neue aufwühlende Gefühle beherrschten ihr Denken. Da war der dominante Vater, die strenge Erziehung, die ihre Sexualität anscheinend beeinflusst hatten. Erregende Gedanken kamen ab und zu in ihr hoch an einen Sklavenmarkt oder an ein Leben in einem Harem mit ständiger Verfügbarkeit oder auch manch schlimmerer Gedanke. Es erregte sie aber.

Dann war da anscheinend die neue Julia, bereit ihr neues Leben zu meistern und selbstbestimmt liebend durchs Leben zu gehen. Und so ging sie auch die Wünsche von Leon an.

Sie tauchte in die Cuckoldwelt im Internet und auf You Tube ein. (Siehe Cuckold oder Keuschhaltung.) Dabei lernte sie, dass verständnisvolle und einfühlsame Gespräche bei trotzdem konsequenter Haltung helfen. Er soll ja freudig vorbereitet werden auf das erste gemeinsame Treffen mit einem Fremden. Nach mehreren Infos findet sie auch heraus, dass es Peniskäfige gibt. Diese scheinen wichtig, da sie den Samenerguss des Mannes vorzeitig verhindern und er so in Stimmung bleibt.

In einer Schublade fand sie dann noch ein Handy aus grauer Vorzeit, das kleine Nokia 3310. Kein Internet, nur Telefon und lange Akkulaufzeit. Perfekt also um es mit neuer Nummer versehen nur für Dates und Verabredungen in der Handtasche zu tragen. Sim-Karte von einem Diskounter rein und sie fühlte sich dadurch schon etwas sicherer. Inzwischen hatte sie im Internet einen sog. „Bull" (Chris) gefunden. = Liebhaber für solche Fälle.

Nach Kurzgesprächen am Telefon treffen sie sich an einem Nachmittag in der Stadt in einem Cafe. Sie war dezent klassisch gekleidet und betrat die Räume. Ihr Blick ging in die Runde und schon hob sich an einem Platz eine Hand und winkte ihr zu. Ein sportlicher Mann, vielleicht so groß wie sie stellte sich vor. „Chris." – „Julia." Er war so der Typ mit südlichem Einschlag. Das Gespräch entwickelte sich interessant, zumal sie mehr aus der Szene erfuhr. Es und er klang unkomplizierter als sie dachte. Außerdem ist er nett, aber bestimmend, denn er weiß, wie es mit Paaren, die diese Neigungen haben läuft. Das könnte der Partner für den unkomplizierten Sex sein, den sich die Beiden vorstellten, war ihr Gefühl.

Da Julia bereits im Internet einiges über Cuckoldneigungen gelesen hatte, bestätigte Chris ihr, dass die Keuschhaltung des Mannes eine Beziehung festigt, da die Abhängigkeit von ihr und die Steigerung seiner und ihrer Lust die Beziehung einmalig macht. Es gibt ihr auch mehr Freiheit. - Man tauscht die Telefonnummern. Hocherregt kommt sie nach Hause.

Er spürt ihre Erregung und sie flüstert ihm ins Ohr: « Komm lass uns ins Bett gehen und über deine Wünsche weitersprechen. » Als beide beieinander lagen, erzählte sie ihm von Chris und dass er unkomplizierten Sex bieten würde. Er also keine Gefahr für ihre Beziehung bedeutet. Julia hatte nun den Schwanz von Leon erregt und sie wusste, dass sie jetzt auch Wünsche äußern konnte. „Liebling, das Ganze funktioniert nur, wenn beim Mann die Spannung hochgehalten wird und er auch geduldig sein kann".-- „Um beiderseitig die Lust zu steigern, sollten beide bis zum „Erlebnis" den Sex einstellen." Er schluckte zuerst, aber die Vorstellung erregte ihn ungemein. „Und wie stellst du es dir vor", fragte er? Jetzt konnte sie zum ersten Mal auch ihre Rolle als führender Teil in dieser Beziehung zur Geltung bringen. Julia: „Du verzichtest ab sofort auf einen Orgasmus, weder mit mir noch mit dir selbst. Unser Sex besteht aus Streicheln und erregenden Gesprächen ohne finales Erlebnis, zumindest für dich! Du wirst sehen, dein Verlangen wird sich mächtig steigern. Da ich das aber nicht ständig kontrollieren kann, wäre eine kleine Vorrichtung hierfür von Nöten."

Er schaute ungläubig. „Wenn du deine Wünsche erfüllt haben möchtest, solltest du mir morgen drei Peniskäfige zum Bestellen im

Internet zeigen, die dir gefallen würden." Sein Penis stand in Rekordgröße. Julia: „Diese Größe wird es aber nicht sein, er soll ja beim Tragen nicht auffallen. Aber wenn du das nicht willst, beenden wir das ganze Experiment. Wir sind auch ohne glücklich und zufrieden." Sie war aber schon so tief in Gedanken in der Sache und auch sie war höchst erregt von den Möglichkeiten, die sich für sie und für beide auftun würden. Daher drückte sie sich an ihn, streichelte seinen Penis und sagte: „Willst du es wirklich, dann fangen wir jetzt an!" Er konnte nur noch sagen: „Lass es uns probieren."

Schlafen konnte er danach kaum, zu sehr gingen ihm Gedanken durch den Kopf, zu sehr behinderte ihn auch sein erigiertes Glied. Julia wusste aber aus ihren intensiven Recherchen über das Thema Keuschhaltung, dass da ein Mann schnell seine Selbstachtung verliert und das wollte sie auf keinen Fall. Deshalb war das nur für den Anfang eine aufreizende Idee. Am nächsten Morgen verabschiedete sich Julia wie immer freundlich zur Arbeit. Sie arbeitete in einer christlichen Sozialbehörde. In der Pause telefonierte sie mit Chris um ihm den Stand der Dinge mitzuteilen. Er bestärkte sie, riet aber auch immer wieder eine Ausstiegsmöglichkeit einzuplanen, denn wie stark die Neigungen von Leon wirklich sind, erfährt man nur, wenn man Stück für Stück vorgeht, er sich also freiwillig in weitere Abhängigkeiten begibt.

Episode 2: Vorbereitung

Leon saß inzwischen am Computer bei einem Großversand und staunte über die Menge der Angebote an Peniskäfigen, auch Chastity Cage genannt. Was sollte er machen. Bei allen Gedanken hatte er nur den Wunsch sich nun selbst zu befriedigen, sich zu erleichtern um diese innere Spannung abzubauen. Er war kurz davor......., dann überwog der Wunsch und seine Veranlagung sich auf den von ihm gewünschten Weg zu begeben. Er hatte nach einer Stunde drei Modelle gefunden von denen er glaubte, sie kommen in Frage. Metall, Kunststoff und Latex. Er stellte sie auf die Wunschliste im. Dabei musste er selbst lachen. Wunschliste, so was Blödes in diesem Zusammenhang.

Als Julia Spätnachmittag zurückkommt, war alles neutral, schön wie immer, man freute sich aufeinander. Küsschen, Umarmungen, schöne Gefühle. – Essen wurde gerichtet. Sie wusste genau, dass sie nicht von dem gestrigen Thema anfangen durfte. Er musste kommen, er musste Interesse und Willen zeigen. Es war sein Wunsch den sie nur „verfeinerte" und ausbaute. Schließlich druckste er herum: „Ich sollte ja was aussuchen!" Sie: „Schön, hast du was gefunden?" Er: „Ja, die Auswahl war groß!" Sie: „Dann lass es uns mal nach dem Essen anschauen." Das alles sagte sie in einem neutralen freundlichen Ton. Das verwirrte ihn. Andererseits, was hatte er erwartet. Da er Chef einer großen erfolgreichen Firma war, hatte er an diesem Tag bereits weitreichende Entscheidungen getroffen, die bestimmt gute Gewinne versprachen. Jetzt aber saß er hier, war erregt und in der Beziehung in einer ungewissen Zukunft. – Endlich war das Essen vorbei. „Geh schon mal an den Computer, ich räume hier noch auf." Er saß jetzt vor dem Bildschirm, drei Käfige nebeneinander in der Rubrik: Angebote vergleichen und sie kam nicht.

Sie hatte gelernt, vielleicht auch das Talent Spannungsbögen zu erzeugen und es tat ihr gut, dass sie das nun endlich verwirklichen konnte, zusammen mit ihren sexuellen Wünschen. – Sie ging nun ins Büro. Er saß mit dem Rücken zu ihr vor dem Computer und schaute auf drei unterschiedliche den Sex für den Mann einschränkende Utensilien. Sie beugte sich von hinten über ihn, sodass er ihre Brüste im Genick spürte. Wieder Erregung pur. „Oh, interessant, was es nicht gibt. Das hast du dir also ausgesucht?" Er schluckte: „Es war ja dein Wunsch." „Ja, aber du siehst doch ein, dass das die Sache für beide spannender macht. Außerdem kann man ja alles immer wieder abbrechen. Aber probieren sollten wir es doch, oder?" Er nickte. (Immer wieder das Angebot, alles zu beenden) Eigentlich tat er ihr leid, diesen große kräftigen tollen Mann in seiner Sexualität zu beschneiden, aber…..er hatte Wünsche und in ihr auch ein Feuer entfacht.

Die drei Teile waren aus unterschiedlichen Materialien und in unterschiedlichen Größen zu haben. Was tun? Sie: „Ich denke, dass für den Anfang das Teil aus Silikon richtig ist. Scheint bequemer zu sein und trotzdem sicher. Zeig mir mal die Originalseite." Er öffnete das Angebot und es gab 4 Größen zu kaufen. Sie: „Was meinst Du welche Größe?" Er: « Denke dass die XL richtig wäre." (Männer schätzen meistens ihren Penis falsch ein) Julia: „Die Größe würde man aber im Alltag in deiner Hose sehen und du bist ja nicht immer erigiert. Ich denke dass die normale L-Größe maximal reichen würde." Er: „Aber da passe ich erregt nicht rein." „Das Material ist ja dehnbar. Probiere es erst mal aus." Er schaute sie verwirrt an. Was jetzt? „Wenn du den Weg weiter beschreiten willst, dann gehst Du jetzt auf die Bestelltaste, morgen könnte das Päckchen schon da sein. Du kannst es dir aber gerne überlegen, dann dauert es bis zur Erfüllung Deiner Wünsche eben länger."

Zarter Kuss auf den Kopf, Hände nach vorne auf seine Brust, jetzt Kinn auf seinen Kopf und Blick auf den Bildschirm. Was macht er? – Die Maustaste wanderte auf den Bestellbutton, …..zögern, …..dann ein Click und der Auftrag war erteilt. Sie flüsterte auch erregt: „Das wirst Du nicht bereuen!"

Im Bett später sagt sie zu ihm flüsternd : „Jetzt darfst du mich mit Deinen Fingern stimulieren und mir von deinen Wünschen weiter erzählen." Er nutzte das gerne aus und merkte, wie sich auch ihre Erregung und Lust steigerte. Dabei war sie war aber nur mit einem Ohr bei seiner Geschichte und in Gedanken bei Chris ihrem evtl. zukünftigen Liebhaber. Schön war, dass sich seine Geschichte mit Ihrer Vorstellung fast deckte. So bekam sie einen erfüllenden Orgasmus. „Danke, das war schön wie du das gemacht hast. Jetzt aber versuch zu schlafen. Hände bleiben auf der Decke!"

Am nächsten Tag war das Päckchen da, neutral im Aussehen. Gut dass sie an dem Tag frei hatte. Er war in der Firma. Sie prüfte den Inhalt und war erstaunt, dass Ihre zwei Finger gerade hinein passten. Andererseits war das Teil gut dehnbar in Breite und auch etwas in Länge. Für die Hygiene waren seitliche und frontale Öffnungen vorhanden. Wie soll ich das nun angehen, überlegt sie? Also Anruf bei Chris. - Der gibt ihr einen Rat, der ihr gefällt und sie überzeugt. Mal sehen wie das klappt.

Leon kam etwas früher zurück, sie hatte ein gutes Essen vorbereitet, dazu guten Wein. Sie sah gut geschminkt aus. Ein Moment wunderte er sich, aber sie wusste, dass er erst mal auf einen normalen Level herunter kommen musste. Sie ließ sich deshalb Zeit: « Das Päckchen ist da. Habe es angeschaut, Ist ja gar nicht so kompliziert. Wenn du willst hätte ich einen Vorschlag! » Er ist jetzt ganz gespannt: « Du probierst jetzt das Teil einmal in deinem Bad an. Dann kommst du zu meinem Bad und klopfst an die Türe. Du wartest aber im Bademantel davor, bis ich dich herein rufe. » Neugierig erregt stimmt er zu.

Im Bad lag ausgepackt der Käfig, die Teile aufgereiht daneben, die Montageanleitung davor. Oh Je, wie funktioniert das. Der Vorteil dieser Leseaktion war, dass sein Glied kleiner wurde. Endlich hatte er das Teil vorbereitet, die passenden Hodenringe gefunden. Er stülpte nun den vorderen Teil über die Eichel und schob den hinteren Teil nach. Im Normalzustand schien etwas Luft zu sein. Als er fertig war sah er, dass das Schlösschen fehlte, das dem Ganzen ja eine endgültige Konsequenz verleihen würde. Er vertraute aber Julia, die ihn sicher zur Erfüllung seiner heimlichen Wünsche bringen würde. Also Bademantel an und zu Julias Bad. Klopfen hat sie gesagt und warten.....Also geklopft...Es kam aber kein herein. Er wusste genau, dass sie es gehört haben muss, also richtete er sich aufs Warten ein, sie wird schon wissen warum. Irgendwie geht in solchen Momenten die Zeit einfach nicht herum.

Nach vielleicht 10 Minuten ging die Badezimmertüre leicht auf und sie sagte: „Komm herein!" – Er betrat das Bad. Es roch nach Parfüm. Es musste ein neues sein, er kannte es jedenfalls nicht. Seine Frau stand vor ihm in einer neuen Korsage mit halterlosen Nahtstrümpfen, hohen Schuhen und top geschminkt und frisiert. Die Korsage hatte oben nur Brustheben, sodass ihre vollen Brüste und Brustwarzen voll zu sehen waren und toll zur Geltung kamen. Sie hatte keinen Slip an und ihr wunderbares Dreieck war ganz zu sehen. Ihm verschlug es erstmal die Sprache. – „Na, komm ganz herein". Sie tat, als sei sie normal angezogen und alles in Ordnung. « Zeig mal dein neues Teil! » Er öffnete den Bademantel. Sie ging zu ihm, fasste es prüfend an und bemerkte, „wenn du ständig erregt bist, wird es eng!" Dann ging sie einen Schritt zurück und es entwickelte sich ein hocherotischer Dialog: „Wie gefällt Dir mein neues Outfit?" Er: „Sehr gut, sehr erregend!" Sie: „Meinst du, dass das auch einem anderen Mann gefällt?" Jetzt hatte er ein Problem, trotzdem sagte er fast mechanisch: „Ja bestimmt." Sie: „Möchtest Du, dass mich ein anderer Mann so sieht, mit allen Konsequenzen!"

Jetzt trat sie ganz nah an ihn heran und schaute ihm tief in die Augen. In Ihrer Hand hatte sie das Schlösschen für den Peniskäfig. Sie flüsterte, „wenn du ja sagst, werde ich dich verschließen und du musst warten. Wenn du nein sagst, beenden wir hier wieder alles." Ihr Blick auf ihn war erwartungsvoll, würde er doch auch ihr Leben verändern. Ihre Hand war unten und hatte den Bügel des Schlüssels bereits eingefädelt. Er küsste sie und sagte: „Es wäre schön, wenn dich ein anderer Mann so sehen könnte." In dem Moment drückte sie den Bügel unten ins Schloss. Sie erwiderte seinen Kuss intensiv. „Ich werde dich nicht enttäuschen, du wirst aber immer zwischendurch warten müssen."

Nun musste er warten, und in ihr reifte die Lust. Er darf sie nur noch streicheln und mit der Hand stimulieren. Dabei steigerten sie sich verbal in die tollsten Geschichten hinein. Sie erzählte in ihrer Geilheit von ihren Haremsträumen, dem Sklavenmarkt und wie sie verkauft wurde und wie sie dann einem Herrn gefügig sein musste. Er kam immer wieder auf die Hänsel und Gretel Geschichte. Es machte ihn geil einer älteren kräftigen Frau ausgeliefert zu sein. Eingesperrt in einem Käfig und ihr sexuelle Dienstleistung bieten zu müssen. Julia hörte als kluge Frau natürlich aufmerksam zu. Wer weiß, ob man das nochmals verwenden könnte.

Inzwischen trägt er seinen Käfig nun 8 Tage, nur unterbrochen von Reinigungstätigkeiten, die aber von ihr überwacht werden. Seine Lust ist gewaltig gestiegen. Sie prüft, ähnlich wie bei Hänsel und Gretel seine Hoden (Auch wenn man da wenig feststellen kann, aber es ist ein psychologischer Effekt) auf Bereitschaft. Immer wieder sagt sie, dass diese bald bereit und genügend gefüllt sind, er muss nur noch ein bisschen warten. Das macht ihn natürlich positiv verrückt.

Bevor es zum Äußersten kommt, wird er immer befragt ob es weitergehen soll oder ob es in diesem Moment endet, so als sei bisher nichts geschehen. Diese Frage kam erstmals bevor das Schlösschen an seinem Chastity-Cage geschlossen wurde. Diese Frage wird wieder letztmals kommen, bevor dann alles unumkehrbar geworden ist.

Es kam die Woche der Entscheidung. Sie hat mit Ihrem „Bull" telefoniert und ihre Wünsche geäußert. Beide fanden einen spannenden und erregenden Weg für alle Beteiligten. Abends im Bett durfte er sie wieder mit Hand und Zunge erregen. Das schien auch diesmal besonders gut zu gelingen. Was er noch nicht wusste, sie war in Gedanken schon einen Abend weiter. – Stöhnend vor Lust drehte sie sich auf seine Seite und sagte zu ihm, dass er morgen Abend auswärts essen gehen solle und auf eine Nachricht von Ihr warten darf. Es war für beide eine unruhige Nacht. Ihre Anweisung an diesem Tag war: „Ich brauche dich als Taxiersatz für eine Fahrt. Du musst pünktlich vor der Türe stehen und nur 1 x klingeln. Ich werde dann kommen. Alles Weitere dann morgen."

Am Spätnachmittag setzte er sich wie besprochen in ein Lokal zum Essen und Trinken. Las ein paar Zeitungen, die Zeit totschlagend, wartend auf den erlösenden Nachrichtenton.

Sie richtete und pflegte sich derweil ausgiebig. Schminkte sich extra etwas offensiver. Über die figurbetonende Korsage von Hunkemöller, die er vorher schon bei ihr im Bad gesehen hatte, (Vorher hatte sie schon andere sehr reizvolle Dessous mit ihm ausgesucht) und die halterlosen Nahtstrümpfe zog sie ein gutsitzendes Taschenkleid an. Jetzt war sie mit sich zufrieden, fragte sich aber trotzdem ob das alles richtig sei. Dann aber kam sie zu dem Schluss, dass sie etwas Ungewöhnliches erleben wollte, und es war ja der Wunsch ihres Mannes. Also SMS absenden mit dem Text: Taxi um 18 Uhr.

Endlich vibrierte das Handy mit der Nachricht: Taxi um 18 Uhr. Sein Herz schlug bis zum Hals. Er fuhr vor das Haus und klingelte 1 x. Niemand kam. Nach 5 Minuten endlich ging die Türe auf und seine Frau kam topattraktiv heraus. Sie stellte sich wortlos an die hintere Türe des Autos. Er merkte schnell, dass er die Türe öffnen sollte, da er ja heute das „Taxi" war. Sie stieg ein und er roch einen betörenden Duft des neuen unbekannten Parfums. Sie gab ihm einen Zettel mit einer Adresse nach vorne und er programmierte das Navi. - Die Fahrt begann wortlos. Dann die Frage: „Wann sind wir vor Ort?" „Das Navi sagte in 20 Minuten". Sie nahm ihr Handy und telefonierte kurz mit der Information, dass sie pünktlich kommen würde. Es fuhr ihm in seine Magengegend.

Die Fahrt endete vor einem Wohnblock am Stadtrand, vielleicht 12 – 14 Wohnungen. Er ging nach hinten öffnete die Türe und sie entstieg dem Wagen wie eine Diva. Sie blieb nun kurz vor ihm stehen und schaute ihm tief in die Augen. Nach einigen Sekunden sagte sie: «Wir können jetzt noch einsteigen und alles vergessen oder du sagst ich soll gehen.» Die Erregung in ihm war nicht zu überbieten. Er schluckte und sagte: „Geh – und hab viel Spaß." – Sie gab ihm einen leichten Kuss und ging mit den Worten: „Dann wartest Du hier auf mich und wenn alles gut klappt, wirst Du heute Abend noch belohnt. Und beim nächsten Mal darfst du zuschauen." Sie ging zum Eingang, bückte sich zu den Klingelschildern und drückte auf einen Knopf. Kurz darauf ging der Summer und sie trat ein.

Episode 3 - Das erste Erlebnis mit Chris

Langsam ging sie die Treppen zum Apartment hinauf, während sie gelegentlich zurückschaute, um einen letzten Blick auf ihren Mann zu erhaschen, der draußen wartet und ihr nachschaut. In seinem Gesicht liegt ein seltsames Lächeln – eine Mischung aus Akzeptanz, Stolz und innerer Spannung. Sie weiß, dass er sich für sie freut, aber auch selbst in diesem Moment ein inneres Chaos durchlebt. Das ist neu, ungewohnt, beängstigend. Und doch muss und will ich da durch denkt sie. – Die Gefühle sind auch bei Ihr sehr intensiv und sie erforscht ihre Emotionen auf eine neue Weise. Nervosität mischt sich mit Erregung und einem Anflug von Schuld oder Scham, aber sie ließ die die neue Erfahrung bewusst zu.

Chris hatte sie an der Wohnungstüre erwartet und bat sie herein. „Wunderbar siehst du aus. Schön dass du gekommen bist." Er schloss die Türe hinter ihr. Nun befindet sie sich im Appartement des Mannes, den sie ja nur kurz vorher getroffen hatte.

Ein erster kurzer Rundblick. Es ist eine einfache Wohnung – minimalistisch, nur das Nötigste. Ein leichtes Lampenlicht erhellt das Wohnzimmer, das in schlichten Grautönen gehalten ist. Sie spürt die Anspannung in ihrem Körper, ihre Nerven sind zum Zerreißen gespannt. Die Stille des Raumes macht sie noch aufmerksamer, noch empfänglicher für jedes kleinste Geräusch, jede Bewegung. Sie spürt Leon draußen, wo er wartet. Er hat mir diesen Moment gegeben, denkt sie... aber warum fühle ich mich so aufgewühlt? Ihr Herz schlägt schneller. Sie ist hin- und hergerissen zwischen ihrem eigenen Verlangen und der inneren Angst, eine Grenze zu überschreiten. Das ist doch das, was wir beide wollten... ich tue das für uns. Aber auch für mich, denkt sie. Jetzt spürt sie plötzlich ein intensives Gefühl von Kontrolle und Macht, eine Freiheit, die sie so noch nie erlebt hat.

Chris tritt langsam näher und legt vorsichtig eine Hand auf ihre Schulter. Sein Blick ist fest, aber respektvoll, und sie nickt leicht, um ihm zu signalisieren, dass sie bereit ist, weiterzugehen. Seine Berührung löst eine Welle von Gefühlen in ihr aus – Neugier, eine Prise Nervosität, aber auch ein intensives Gefühl des Selbstbewusstseins. Während sie ihm näherkommt, wird ihr bewusst, dass sie eine Art von Kontrolle über diese Situation hat, die sie noch nie so deutlich gespürt hat. Sie merkt, dass dieser Moment nicht nur eine Erfüllung seiner Wünsche, sondern auch ihrer eigenen ist – die Freiheit, sich so auszudrücken, wie sie es sich tief im Inneren gewünscht hat.

Sie denkt kurz an ihn, draußen vor der Tür, wartend, und spürt seine Präsenz fast körperlich in diesem Raum. Sie fragt sich, wie er sich wohl gerade fühlt, wie seine Vorstellung von dem, was hier drinnen passiert, ihn gerade beschäftigt. Diese Vorstellung, dass er sich diesem Moment bewusst aussetzt, erfüllt sie mit einer seltsamen Art von Verbundenheit. - Chris nimmt sie behutsam bei der Hand und führt sie zum Sofa. Sie gibt sich in seine Berührungen, lässt sich auf die Intensität des Moments ein. Der Raum scheint sich um sie herum zu schließen, während sie die Grenzen ihres Verlangens und ihrer eigenen Wünsche erkundet. Währenddessen schießen ihr immer wieder Gedanken durch den Kopf. Ist das richtig? Ist das wirklich das, was ich will? Aber was ist richtig oder falsch in diesem Moment? Sie realisiert, dass sie sich selbst, ihren Körper und ihre eigenen Wünsche auf eine Weise wahrnimmt, wie nie zuvor. Der Moment bringt sie dazu, sich ihre eigenen Bedürfnisse einzugestehen und den Mut zu finden, sie offen anzunehmen.

Leon steht gleichzeitig draußen im Halbdunkel und schaut auf die Lichter im Appartement. Er atmet tief durch, seine Gedanken und Fantasien spielen verrückt, aber ein Lächeln huscht über sein

Gesicht, als er realisiert, wie sehr er ihr vertraut und wie dieser Moment ein Teil dessen ist, was sie beide verbindet.

Chris nimmt ihre Hand und führt sie zu einer kleinen Bar. Er schenkt zwei Gläser ein und gibt ihr eins: "Auf dein Wohl meine Liebe, nochmals, schön dass du gekommen bist!" Sie fühlt sich geschmeichelt und wusste trotzdem nicht, ob sie für den nächsten Schritt bereit sein sollte. Er versicherte ihr nochmals seine Erfahrung mit solchen Beziehungen und dass das nur sexuell stattfinden sollte. Hinterlistig erwähnte er noch, dass dabei die beteiligten Frauen ganz neue Dinge erleben könnten, wenn sie denn sich auf das Thema einließen. Das verfing natürlich bei Julia, auch wirkte das vielleicht zu schnell getrunkene Glas.

Chris spürte den Beginn ihrer Bereitschaft und trat hinter sie. Er trennte ihre kräftigen Nackenhaare und küsste sie dort leicht. Das ging Julia durch und durch. Dann fasste er mit beiden Händen von hinten unter ihren Armen durch und fühle und streichelte ihre Brüste kurz. Sie atmete tief. Als er dann noch ihren Reißverschluss an ihrem Kleid hinten öffnete war sie bereit im Kopf und Körper. Er streifte das Kleid über Ihre Schultern. Sie ließ es geschehen. Es fiel herunter und sie stieg heraus. Jetzt drehte er sie um und küsste leidenschaftlich ihren Hals. Von dort ging er halb kniend nach unten zwischen ihre Brüste. Sie zog ihn nach oben und übernahm die Führung. „Wo ist dein Schlafzimmer?" Mehr sagte sie nicht, sie war zu erregt und neugierig. Er nahm sie bei der Hand, öffnete die nächste Türe und zog sie hinein.

Der Raum war leicht dunkel. Ein größeres Boxspringbett stand zentral, gegenüber ein Spiegelschrank. Mehr sah sie in diesem Moment nicht, denn er zog sie aufs Bett und legte sich eng neben sie. Jetzt war er dominant. Das war ihr gerade recht. Seine Hand spreizte ihre Schenkel, die sie auch bereitwillig öffnete und er fuhr an der Innenseite langsam nach oben. Kurz vor ihrer Lustgrotte wechselte er auf den anderen Schenkel. Er lag halb auf ihr und endlich fand seine Hand und seine Finger den Weg in ihr Höschen und auch zart in sie hinein. Bei ihrer Bereitschaft war das auch nicht schwer. Er zog an ihrem Slip, was sie als Aufforderung betrachtete ihn auszuziehen. Er stand auf und entledigte sich blitzschnell von Hemd und Hose. Er stand nun mit ausgebeultem Boxerslip vor dem Bett und betrachtete Julia mit einem Blick wie ein Jäger.

Langsam zog er die Short nach unten und es sprang ein wirklich großes Teil aus der Hose. Er legte sich wieder neben sie und er führte Ihre Hand zu seinem Schwanz. Jetzt stimulierten sich beide heftig unter Stöhnen und starken Atmen. Er wollte, sie wollte und so musste die Missionarsstellung beim ersten Mal herhalten.

Sie zog ihre Beine an, fasste seinen Penis mit der einen Hand und öffnete mit zwei Fingern der anderen ihre Vagina. Er ließ sich nicht zweimal bitten und drang tief in sie ein. Einen Moment lang schnappt sie nach Luft um sich dann zu entspannen und sich dem

Rhythmus von ihm hinzugeben. Anscheinend war die Vorgeschichte, der Alkohol und das ausgefüllte Gefühl durch seinen Schwanz in ihr so aufwühlend, dass sie merkte, wie sich ihre Nerven anspannten, die Muskeln reagierten und sie schneller als sonst einen starken Orgasmus hatte. Ihr Kopf war weggetreten, ihre Hände krallten sich in seinen Rücken und ihr Becken vibrierte. Im Nebel der Gefühle hörte sie nur noch einen leisen Aufschrei und spürte wie es warm und feucht in ihr wurde.

Sie bleiben kurz in dieser Stellung, dann stieg Chris rechts und links über ihre Beine um diese zusammen zu drücken. Als er sich mit ihr zusammen auf die Seite rollte, lagen sie nun Körper an Körper aneinandergeschmiegt. Trotzdem war sein stattliches Glied noch in ihr. Es war ein guter schneller Sex den sie erlebt hatte.

Kurzer Kuss für Chris und sie verschwand im Bad. Irgendwie war sie erleichtert, dass es nun passiert war und sie wollte zu ihrem Mann. Nach diesem Erlebnis setzte sie sich noch still auf das Sofa um einen Schluck zu trinken, schließt die Augen und lässt die intensiven Gefühle nachklingen. Sie spürt, dass sie nicht nur ihm, ihrem Mann, sondern auch sich selbst etwas offenbart hat. Diese Erfahrung fühlt sich nicht an wie ein Bruch mit ihrem Partner, sondern wie eine Erweiterung ihrer Beziehung. - Als sie sich verabschiedet und die Wohnung verlässt, atmet sie tief durch und spürt einen inneren Frieden. Sie weiß, dass sie Leon gleich draußen sehen wird und sie ihm zuhause alles erzählen kann. Sie spürt, dass diese Erfahrung sie auf eine Weise gestärkt hat, die ihr zuvor unvorstellbar schien.

Es war etwas mehr als einer Stunde vergangen und es kam im endlos vor. Endlich kam sie durch die Türe zurück, durch sie vorher noch mit Selbstzweifeln gegangen war. Wortlos stellte sie sich an die hintere Autotüre obwohl sie am liebsten ihren Mann umarmt und geküsst hätte, aber ihr inzwischen gewonnenes Wissen über den Umgang mit Cuckoldmännern hinderte sie. Daher ließ sie sich öffnen und stieg ein. Er merkte schon einen veränderten Geruch. Sein Herz schlug bis zum Hals. Er fuhr wie in Trance zurück in die Wohnung.

Dort angekommen gab sie ihm den Schlüssel für seinen Peniskäfig mit der Anweisung: „Geh ins Bad, reinige dich und warte dann vor der Schlafzimmertüre mit steifem Schwanz bis ich dich rufe." Letzteres viel ihm nicht schwer, zu sehr pulsierte das Blut in seinen Adern. Endlich durfte er den Käfig abnehmen, was nicht leicht war bei der Fülle seines Penis. Er wusch sich gründlich und stellte sich dann wie gewünscht nackt und erregt vor die Türe des Schlafzimmers. Die Türe war leicht offen, drinnen war es sehr dunkel. Er hörte nichts. Julia hatte sich inzwischen ausgezogen und die kleine Nachttischlampe angemacht. Sie legte sich ins Bett und bedeckte sich nur mit dem Leintuch. Sie hatte es nicht eilig. Chris hatte ihr vor dem Weggehen noch ein paar Tipps zum Umgang mit Männern, die eine solche Neigung haben gegeben. Deshalb wartete sie länger als nötig. - Endlich das Befreiende: „Komm herein."

Drinnen brannte nur eine Minileuchte und die war neben dem Bett auf den Boden gerichtet, also alles war ziemlich dunkel. – Sie lag im Bett. Unter der leichten Decke zeichnete sich ihr Körper ab. Als er vor das Bett trat, hob sie diese an um ihn darunter schlüpfen zu lassen. - Er nahm sie gleich in den Arm, was gut war, denn sie hätte nicht gewusst, wie sie dieses entscheidende Gespräch oder Zusammensein hätte eröffnen sollen. Er küsste sie auf die Schulter. „Das ist der Geruch, den ich an dir liebe. Eine Mischung aus Parfüm und Mann." Sie war erleichtert und übernahm nun wieder die aktive Rolle. Sie griff nach seinem Penis und streichelte ihn. Dabei flüsterte sie ihm ins Ohr: „Vor einer Stunde hatte ich noch einen anderen in

der Hand." „War er geil auf Dich?" „Ich musste nicht viel machen!"
„Hat er einen großen Schwanz?" « Oh, ja, ich war überrascht, aber
er hat mich gut vorbereitet. Er ist sehr erfahren." « Ist es dir
gekommen." Oh ja, sogar schnell. Ich war ja durch die Umstände
schon sehr erregt." „Hast du ihn abgesamt?" „Ja, er lag ja auf mir
und ich wollte es für dich und mich!"

Er atmete immer noch den speziellen Duft von ihr ein und seine
Anspannung war auf dem Höhepunkt. „Wenn du willst, dass ich ab
jetzt einen Bull (fremder Liebhaber) habe der zukünftig bestimmt,
wann und mit wem ich ficke, dann musst du das jetzt sagen. Das
bedeutet aber, dass Du dann weiterhin warten musst, bis er oder
ich Dir erlaube mich zu ficken. Wenn du das nicht willst, schickst Du
mich jetzt in die Dusche und es ist Schluss mit dem Versuch!"

Er schluckte, war aber in seinen aufreizenden Gefühlen und seiner
Veranlagung gefangen. Die Situation war einfach zu aufregend und
spannend, als dass er darauf zukünftig verzichten wollte. (Obwohl
seine letzte Beziehung daran gescheitert war) Er signalisierte seine
Bereitschaft, die Bedingungen zu akzeptieren, was bei ihr innerlich
Erleichterung und Freude hervor rief, denn sie hatte den vorherigen
kompromisslosen Sex auch genossen. Sie gab ihm einen Kuss und
sagte: „Um meinen Bull zu akzeptieren, musst du seinen Samen
kosten". Er schluckte und nickte. Sie griff mit ihrer rechten Hand
zwischen ihre Beine und steckte zwei Finger in ihre Vagina. Mit
geschicktem Griff hatte sie so Restsperma auf ihren Fingern. Er
schloss die Augen und öffnete den Mund. Sie steckte ihm die Finger
in den Mund mit dem Spruch für Kinder: „Schön ablecken!"

Danach gab es kein Halten mehr. Sie fielen übereinander her. Er
drang in ihre geweitete und besamte Vagina ein mit den Worten,
dass er dieses Gefühl toll findet. Sie förderte seine Erregung noch

besonders mit Details aus dem vorausgegangenen Fick. Durch die erzwungene Enthaltsamkeit vorher und den ganzen Ablauf jetzt war er schon bald erlösend fertig. (Das hatte der Bull ihr bereits gesagt, wenn er mal darf, muss er schnell spritzen. Ausdauernden und kreativen Sex wird sie mit ihm haben) Ermattet lagen sie nebeneinander und beide waren zufrieden. Ihre Gedanken gingen dabei schon in weite Ferne, da sie sich bei diesen Voraussetzungen noch viel vorstellen konnte. Zufrieden schliefen sie ein.

Am nächsten Morgen gab s Küsschen hin und her, schönes Frühstück. Das Erlebte vom Vorabend wurde nicht thematisiert bis sie ihm sagte: „Im Bad liegt dein Käfig. Bitte leg ihn an und komm dann zu mir." Im Bad fand er das Teil und begann zu überlegen. Dabei kam aber aus tiefsten Inneren eine neue Erregung in ihm hoch und er legte den Käfig an und ging zu seiner Frau. Diese nahm das Schloss und verriegelte ohne große Worte das Teil. Unterhose hoch und Küsschen auf die Wange. Zuletzt noch die tröstenden Worte: „Du hast ja gesehen, dass uns das beiden gut tut!"

Episode 4 - Erstmals darf er jetzt zuhause dabei zusehen.

Nach diesem für beide aufregenden Erlebnis, standen Tage geschäftlicher Arbeit an. Sie hatte ihn früher schon mal auf seinen Einkaufsfahrten, welche immer 1-3 Tage dauerten begleitet. Immer korrekt und dezent chic gekleidet. Stets bei den Verhandlungen gute Zuhörerin im Hintergrund. Er war ja in seinem Bereich ein wirklicher Könner. Sein Motto: im Einkauf liegt der Gewinn. Und damit konnte er sein Produkt gut verkaufen, brauchte aber immer alle 2 – 3 Wochen „Just in time" Nachschub. Wie gesagt stand die erste Fahrt nach der aufwühlenden Nacht an und eigentlich waren beide andere Menschen geworden. Sie kleidete sich nun bewusst optisch offensiver. Auch schminkte sie sich auffälliger. Ihm gefiel das und anscheinend den beteiligten Geschäftspartnern auch. Dennoch war sie klug genug, ihm die Plattform bei den Verhandlungen zu überlassen. Wenn da mal was ins Stocken geriet, gab sie ihm mit unauffälligen Augenzeichen den dezenten Hinweis, z.B. nachzugeben oder hart zu bleiben. Es wird sich in ihrer Beziehung diese auch geschäftliche Verbindung, als weiteres starkes Bindemittel herausstellen. Er merkte also sehr wohl, dass seine Frau bei den Verhandlungspartnern begehrliche Blicke hervorriefen und er merkte deutlich, dass ihr Selbstbewusstsein wesentlich gesteigert war.

Die Tage vergingen und sein Drang steigerte sich immer mehr. Unausgesprochene Absprache war aber, dass er nichts in dieser Richtung fragen durfte. Ihre Lust und Planung hatten Vorrang. Irgendwann würde sie ihm schon sagen, dass, z.B. „heute Abend Fußball ausfällt, weil Besuch ansteht."

Das letzte Mal hatte er als Kind solche Erfahrung gemacht in der Zeit vor Weihnachten, wenn die Tage nicht herum gingen und man sich so auf Geschenke freut. Am Schlimmsten war dann der Besuch am Heiligabend in der Kirche. Da schien die Zeit stehen zu bleiben. Man sah auf Tafeln die Reihenfolge der zu singenden Lieder, das war schon viel, aber die Predigt hörte gar nicht mehr auf. Oder der letzte Schultag vor den großen Ferien. Schier endlos. – In diese Gefühlswelt fühlte er sich nun wieder hineinversetzt.

Dass etwas anstand merkte er nachts beim ins Bett gehen. Sie wollte mehr stimuliert werden. Ihr Kopfkino schien stark zu arbeiten und sie stöhnte dabei merklich. Dann am nächsten Tag gegen Mittag ein Anruf von ihr in der Firma und die Information, dass heute Abend Besuch käme und er bitte rechtzeitig zuhause sein sollte. Im viel es schwer vor seinem Personal diese Nachricht ohne

Regung zu verstecken. Aufgeregt kam er heim, fand etwas Vesper vor und sie stand im Bademantel vor ihm. „In 15 Minuten kommt Besuch, du kennst ihn ja indirekt. Wenn es klingelt, mache bitte auf und biete ihm ein Glas Rotwein an. Ich geh jetzt ins Bad und werde mich pflegen. Das kann etwas dauern. Ihr könnt euch ja derweil mal unterhalten!" und dann noch: „Wenn alles gut klappt, wirst du auch belohnt". Er nickte nur und sie entschwand.

Er aß eine Kleinigkeit wie in Trance und kaum hatte er geschluckt, klingelte es auch schon. Er öffnet und vor der Türe steht ein mittelgroßer, drahtiger Mann, wahrscheinlich jünger als sie beide, evtl. südländische Vorfahren. Man stellt sich vor. Er hieß Chris. Die momentane Verlegenheit war nur auf seiner Seite, da er ja vom ersten Treffen mit ihr die Hintergründe der sexuellen Beziehung bei den beiden kannte.

Erster Dialog: „Wein?" – „Gerne rot" Ein Glas wird eingeschenkt. „Danke! Wo ist Julia." „Sie ist im Bad und kommt später" Wenn man sowas zum erstem Mal im Leben erlebt, da sitzt der Liebhaber deiner Frau vor dir und du weißt, er wird es auch mit deinem Einverständnis bleiben. Es kommt dann zur Erregung noch eine Portion Verwirrtheit dazu. Was spricht man mit einem solchen Menschen in der Situation? Erstmal „Prost!" und ein tiefer Schluck aus dem Glas. Aber Chris machte es leicht und erzählte davon, dass er ein weiteres Paar mit ähnlichen Wünschen oft besucht und wie das dort abläuft. Er mache das aus Lust am Sex. Alles funktioniere aber nur, wenn er der „Dirigent" ist.

Ob er spezielle Wünsche hätte, wurde Leon gefragt. Der war so perplex, weil er so was ja vor Wochen kaum meiner Frau zu sagen traute und jetzt soll er es einem Mann sagen. Und zwar dem

Liebhaber seiner Frau, den er erst seit rund 15 Minuten kennt? Er stammelte so etwas wie, das soll meine Frau entscheiden.

Chris erzählte ungefragt, dass er noch ein weiteres, aber älteres Ehepaar regelmäßig besucht, wo auch der Mann gerne zusieht und seine Frau auch im höheren Alter noch sehr viel Spaß an der Sache hat. Das liefe schon länger reibungslos. Das beruhigte Leon etwas, denn hier schien ein sexuell erfahrener Mann vor ihm zu sitzen, der seine Gefühlswelt und seiner inneren Verbindung mit Julia nicht gefährlich werden könnte. Er merkte aber auch, dass Chris einen Führungsanspruch ausstrahlte, dem er und Julia sich unterordnen mussten.

Im Hintergrund ging eine Türe. Julia kam aus dem Bad, fast noch erotischer als vor Tagen, als sie ihn im Bad in seinem Käfig einschloss. Sie trug einen schwarzen Kimono, gerade so lang, dass man die Stickereien ihrer halterlosen schwarzen Nahtstrümpfe im Ansatz sehen konnte. Oben war das Teil soweit offen, man sah einen attraktiven Ausschnitt. Ihre beiden Brüste waren in einer schönen Mittelfalte zusammengedrückt. Ähnlich den Dirndln auf den Oktoberfesten. Ihre Stilettos klackten auf den Parkett. Sie kam zum Tisch und gab Christ einen flüchtigen Kuss auf die Wange. Da beide saßen und sie vor dem Tisch stand, konnte man fast von vorne noch mehr von ihrem Körper sehen. Jedenfalls kam es Leon so vor.

Fragend schaute sie in die Runde: „Bekomm ich auch ein Glas?" Leon erwachte aus dem faszinierenden Moment. „Ja, natürlich, setz dich erst Mal." Das Glas kam, Wein wurde eingeschenkt und ein aufmunterndes „Prost" kam von ihr. – „Habt ihr euch schon unterhalten?" Fragte Julia. Leon nickte und Chris erzählte von dem anderen Paar, welches er noch besuchte. Auch dass

Cuckoldbeziehungen gar nicht so selten seien und es immer gut laufen würde, wenn Vertrauen unter allen vorhanden wäre.

Trotz der eigentlich beruhigenden Informationen, war bei Leon die Spannung groß. Er merkte es speziell in der Magengegend und in seinem Käfig, in dem es besonders eng wurde. Chris fragte Julia, ob Leon auch seinen Käfig konsequent tragen würde, was sie bejahte. Er wollte ihn dann mal sehen. Julia sagte zu Leon, komm zieht dich aus, damit wir das Teil sehen können. Jetzt rutschte Leon das Herz ganz in die Hose und er zögerte. Julia begriff sofort die Situation, stand auf, ging zu ihm, gab im einen Kuss und flüsterte ihm ins Ohr: „Das gehört dazu, komm mach es, nachher bist du sowieso nackt." Leon zog sich aus und stand nun nackt neben den beiden. Chris schaute kurz, dann sagte er: „Das ist für den Anfang in Ordnung. Wenn ihr weitermachen wollt, empfehle ich dir ein anderes Teil." Das blieb so im Raum stehen, da beide nicht wussten, wie so etwas aussehen könnte.

Einige Sekunden Pause, dann sagt Chris: „Julia, bring ihn doch bitte ins Schlafzimmer, wir haben noch etwas zu besprechen." Julia nickte und nahm Leon bei der Hand und ging zur Schlafzimmertüre. Drinnen wurde zur Orientierung erst die Deckenlampe angemacht. Sie sagte Leon, „bitte stell dich in diese Ecke." Sie ging derweil ums Bett zu ihrer kleinen Nachttischlampe,, bog diese zwischen das Möbel und die Wand, machte sie an und ging dann zurück zum Hauptschalter. Deckenlicht aus. – Im ersten Moment war es jetzt ganz dunkel und man hatte das Gefühl, nichts mehr zu sehen. Doch Augen gewöhnen sich schnell an Restlicht. So kam sie nun zu ihm und stellte sich einen halben Meter vor ihm auf. Sie schaute ihm tief in die Augen, öffnete ihren Kimonogürtel und er sah was sie drunter trug. Es war wieder das schwarze Korsett, das ihre Brüste so hervorragend präsentierte. Einen Slip hatte sie nicht an. Man sah in diesem Licht ihr schönes behaartes Dreieck schemenhaft. Sie griff um ihren Hals um die Kette mit dem Käfigschlüssel abzunehmen. Dann fragte sie: „Möchtest Du, dass ich jetzt so zum ihm hinausgehe?" Er schluckte und nickte nur. „Dann gebe ich dir hier den Käfigschlüssel. Du kannst ihn abnehmen. Du kannst wichsen beim Zuschauen. Wenn es dir aber vorher kommt, wirst du anschließend keine Belohnung bekommen."

Ein leichter Kuss noch auf seinen Mund und sie ging mit offenem Kimono hinaus. Er sah sie im Gegenlicht durch die Türe gehen, dann war es wieder dunkel. – Er nahm den Schlüssel und öffnete seinen Käfig. Dieser war nur schwer abzunehmen, denn er war sehr erregt und damit sein Schwanz sehr groß. Er hörte in die Dunkelheit. Nichts zu hören, keine Stimmen. Seine Spannung war zum Zerreißen. Plötzlich, Stühlerücken! – Wieder kurze Stille. Dann kam das Klicken von Stilettos auf die Schlafzimmertüre zu. Die Türe ging auf und seine Frau trat ein, Chris dahinter. Sie hatte keinen Kimono mehr an er nur noch seine Pants.

Die Türe wurde geschlossen und bei standen nun voreinander vor dem Bett. Er umarmte sie und streichelte ihren Rücken. Sie tat das gleiche und fasste ihm mit einer Hand hinten in seine Pants und diese dann leicht nach unten zu ziehen. Nun nahm sie beide Hände und zog die Hose nach unten. Dabei ging sie auf die Knie. Vor ihrem Gesicht war nun sein großer Penis zu sehen. – Sie umfasste ihn mit einer Hand und begann leicht zu massieren. Ganz langsam hin und zurück. Dabei Schaute sie nach oben in sein Gesicht um die Wirkung derer Tätigkeit zu beobachten. Sie schien zufrieden. Jetzt öffnete sie ihren Mund und ihre Zunge leckte leicht über sein Glied. Er schien es zu genießen, denn sein Atem ging schwerer. Nun wurde der angefeuchtete Penis von ihr mit ihren Fingernägeln kurz hinter der Eichel gekrault. Das verursacht einen enormen Reiz und entlockte ihm ein kurzes: „Aaaahhh". Fasziniert schaute Leon dem Liebesspiel seiner Frau zu. Er wusste um ihre Fähigkeiten in diesem Bereich, war sie doch schon immer eine sexuell sehr interessierte Frau, gesteuert durch ihre eigene Lust. Julia hatte nun den Schwanz von Chris endgültig im Mund und bewegte ihren Kopf hin und her um ihn noch mehr zu stimulieren. Sie genoss dabei den Gedanken jetzt zwei Männer verrückt zu machen. Das gelang anscheinend so gut, dass Chris ihren Kopf nahm und sie nach oben zog.

Er wollte jetzt mehr. Beide legten sich schnell aufs Bett. Er streichelte sie zwischen den Beinen und küsste ihre Brüste, sie rieb seinen Schwanz und stöhnte leicht. Plötzlich flüsterte er ihr etwas ins Ohr und sie nickte kurz. Irgendetwas schien abgesprochen. Sie dreht sich herum und kniete in Doggystellung mit dem Gesicht zu Ihrem Mann auf dem Bett. Christ kniete hinter ihren offenen Beinen, bereit in sie einzudringen. Nun sagte Chris zu Leon: „Komm zu Deiner Frau und knie dich vor Sie!" Leon tat wie gesagt. „Nun fasst euch an den Händen und schaut euch in die Augen!" Die Spannung war unerträglich. Julia schaute ihren Mann mit aufgerissenen Augen an, den Mund leicht geöffnet. Sie war ja auch unendlich erregt ob dieser Situation und auch wegen der ganzen Vorgeschichte.

Ein dicker Schwanz war bereit in sie einzudringen und um ihre Lust zu befriedigen. Aber sie wusste, dass Chris hier noch etwas vor hatte um das zukünftige Verhältnis unter den Dreien zu festigen. Chris fragte daher Leon: „Möchtest du, dass ich in Zukunft bestimme, wann und von wem deine Frau gefickt wird. Dabei wirst du dann warten müssen?" – Wieder fuhr es Leon in den Magen. Die Stimmung im Moment, sein Geilheit, die auf Erlösung hoffte. Seine Frau vor ihm mit erwartungsvollem und geilem Blick. Er war fertig und wollte nur noch, dass dieses Spiel weitergeht, hatte es sich doch bis dahin besser entwickelt als er dachte. Er nickte und sage nur kurz: „Ja." „Gilt das auch für dich Julia?" fragte Chris. Auch sie schaute nochmals in die Augen ihres Mannes und sagte flüsternd: „Ja, gerne!" Dann schloss sie die Augen.

Julia und Leon hielten sich immer noch an den Händen als Chris leicht und kurz in sie eindrang, nicht weit, nicht fest sondern nur mit der Eichel kurz zwischen den Schamlippen hin und her. Das reichte aber um Julia ein ausdauerndes „Ooohh,……..Ooohhh, zu entlocken. Ihre Hand griff mit leichten Reflexen seine Hände, so spürte er indirekt auch die Gefühle seiner Frau die gerade von einem anderen Mann gefickt wurde. Julia wollte jetzt mehr und versuchte gegenzustoßen, damit der Schwanz sie ganz ausfüllen würde. Chris verhindert das geschickt und steigerte so ihre Lust gewaltig. Sie wimmerte leicht, doch dann begann Chris sie fest zu stoßen. Bei jedem Stoß riss Julia ihren Kopf nach oben und gab rhythmisch kehlige Laute von sich. Gleichzeit verkrampfte sich ihre Hand gleichmäßig zu den Stößen um die Hand ihres Mannes. Chris machte langsamer und hörte plötzlich ganz auf. Leise aber bestimmt sagte er zu Julia: „Erzähle Deinem Mann was du jetzt fühlst!". Sie war kurz irritiert. Sie schaute Leon in die Augen und sagte: „Er steckt ganz tief in mir drin, es ist wunderschön. Jetzt bewegt er sich ganz leicht.- Oh Gott, bin ich geil." Dann senkte sie ihren Kopf in Erwartung des Finales.

Man merkte nun auch Chris an, dass er das Spiel beenden wollte. Seine Stöße waren nun intensiver, zielgerichteter, Julias Stöhnen intensiver. Beide wollten Erlösung. – Mit einem lauten :"Aaaaaaahhhhhh!" bäumte sich Chris hinter Julia auf- Sie gab nur einen finalen Stöhner von sich und eine langgezogenes: „Jaaaaaaaaaaa." - - Chris blieb in der Stellung, sortierte aber die Beine von Julia zwischen seine und legte sich nun zusammen mit ihr auf die Seite. Sie lagen nun in einer Art Löffelchenstellung beieinander, schwer atmend. Chris sagte nun zu Leon, er solle sich vor seine Frau legen. Nun lag sie zwischen zwei Männern, einer hinter ihr mit seinem Schwanz noch in ihr und vor ihr ihr Mann mit einem großen erregten Penis und großen Augen. Leon begann seine Frau zu streicheln. Ihr Blick, der vorher fast ängstlich war, änderte sich in Sanftheit. Er küsste sie und dankte ihr für den schönen Moment mit ihr. Jetzt kamen wieder große Gefühle in ihr hoch und sie spürte, wie sehr sie ihn liebte.

Chris nahm nun Julias oberes Bein und zog es über seinen oberen Schenkel. „Leon, fass mal bitte zwischen die Beine deiner Frau!" Leon tat das und spürte den immer noch dicken Schwanz von Chris in der Scheide seiner Frau. Er streichelte nun vorsichtig den vorderen Lustpunkt von ihr, was sie veranlasste die Augen zu schließen und auch das zu genießen.

Chris flüsterte ihr jetzt was ins Ohr. Scheinbar auch etwas vorher Abgesprochenes. Julia nickte. Dann stand er auf und verließ beide. Nun waren sie alleine im Zimmer und in der inzwischen schwülen dunklen Stimmung. Julia rückte näher an ihren Mann heran. „Bis hierher hast du das toll gemacht, wenn du auch jetzt die Hauptspeise willst, musst du erstmal die Vorspeise essen, für die ich gesorgt habe. Komm legt dich auf den Rücken!" Er tat wie gewünscht und sie stieg erstmal auf seine Brust mit dem Gesicht zu seinen Beinen um dann sich leicht zu erheben und mit zwei Fingern ihre Lustgrotte zu spreizen und sich auf seinen Mund zu setzen. Er sah nur kurz eine große Vagina, geöffnet, nass und gerötet. Sie sah aus wie eine halbe Cantaloupe-Melone, in die man mit einem großen Messer einen Schlitz geschnitten hatte.

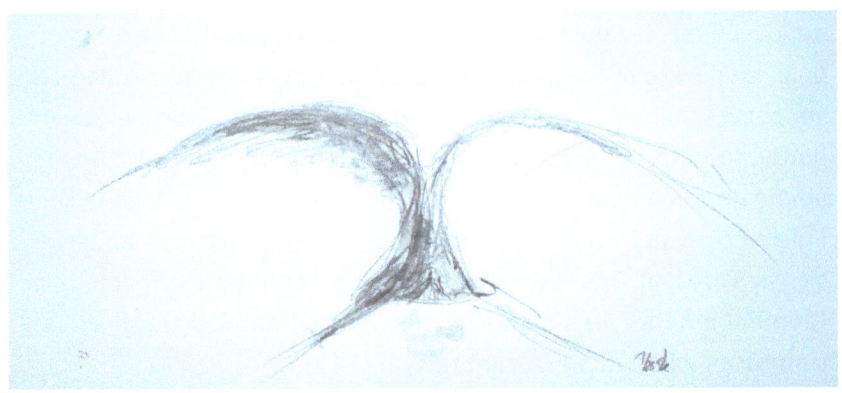

Dann hörte er den Befehl: „ Schön auslecken. Ich möchte deine Zunge tief in mir spüren!"

In seiner seit Tagen aufgestauten Geilheit war ihm das jetzt egal. Sperma ist ja nichts giftiges und wenn Frauen das schlucken können, dann ich auch, dachte er. Schließlich hatte er nach dem ersten Date zuhause ja auch eine Probe am Finger seiner Frau abgeschleckt. Seine Zunge steckte soweit es ging in Ihr. Der Geschmack von Sperma schien etwas salzig zu sein. Sie bewegte ihren Unterkörper leicht vor und zurück um ihr Gefühl zu intensivieren. Irgendwie kam Chris in diesem Moment wieder ins Zimmer. „Macht er es gut?" konnte er hören und: „ich rufe dich an!"

Dann waren sie wieder zu zweit. Julia stieg von Leon herunter und setzte sich nun auf seine Oberschenkel, seinen Penis direkt vor ihrer Möse. Sie rieb ihn genüsslich und profihaft leicht auf und ab. „ Ich denke, du hast nun die Hauptspeise verdient.

Möchtest du in meine frisch gefickte Fotze spritzen?" Er stöhnt nur „Ja, bitte." Denn er hielt es kaum noch aus. Sie wusste das, hatte sie doch mit ihrem Dom, Chris besprochen, dass ihr Cuckold, ihr Mann, zwar noch ab und zu ficken durfte, das dann aber schnell zum

Orgasmus führen sollte. Er sollte also schnell abgesamt werden. Fürs Ficken war er ja nicht mehr ausschließlich da, sondern um seine Frau (Hotwife) zu lieben und ihr die Freiheiten, die sie braucht zu ermöglichen und zu tolerieren.

Also trieb sie das Spiel mit Worten und Fingerspielen weiter. Als erfahrene Frau wusste sie nun, dass er kurz davor stand. Also setzte sie sich langsam auf ihn und führte seinen Penis in sich hinein. Langsam, ganz langsam und ihn immer anschauend. Sie genoss das Spiel, hatte sie doch alles im Griff. „Gefällt dir das. Gefällt dir das Gefühl, dass ich nass, groß und frisch gefickt bin?" Jetzt war es um ihn geschehen. Sie beugte sich zu ihm hinab. Ihr Mund war an seinem Ohr. „ Komm spritz auch hinein! – Ich brauche den Saft von Männern in mir!" hauchte sie. Vier fünf Stöße brachte er noch zusammen, dann explodiert er zuckend und stöhnend tief in ihr.

Sie hatte das alles kontrolliert und zufrieden mit sich selbst nun zu Ende gebracht. – Beide blieben eng kuschelnd noch beieinander liegen. – Sie bat ihn um ein kleines Handtuch, und er ging noch kurz ins Bad. Als er zurückkam, schlief sie schon.

Am nächsten Morgen war sie schon wach, hatte Frühstück vorbereitet, hatte beste Laune und weckte ihn mit Küsschen. „Guten Morgen Schatz, ein schöner Tag ist heute. Wenn du im Bad bist, bitte reinige dich und lege deinen Käfig wieder an. Wir wollen doch beide, dass das spannende Spiel weiter geht." Tatsächlich lag das besagte Teil bei ihm im Bad. Er legte es an, denn das gestrige Erlebnis war überwältigend und er verstand, dass ein solcher Käfig Teil der Luststeigerung auf beiden Seite war. Als er in die Küche kam, stand sie schon mit dem Schlösschen vor ihm, setzte es an und „Klick" war es zu. Küsschen für ihn und damit ging es zum Frühstück.

Die Woche begann normal, schönes Wetter, erfolgreiches Arbeiten, sie ging in ihre Kindertagesstätte. In Sachen Sex wusste er, dass er sich nicht ungeduldig zeigen durfte, bzw. Fragen stellen. Er musste warten. Das ging ja auch kurz gut, aber der Hormonspiegel stieg Tag für Tag. In den ersten Monaten vor seinem Geständnis hatten sie fast täglich Sex. Manchmal, wie Normalbürger am Samstagnachmittag, manchmal, weil er in der Löffelstellung beim Einschlafen sich an ihr rieb und sie aus Empathie seinen Schwanz einführte und still hielt. Beide schliefen danach gut ein. Aber es war ein häufiges, fast tägliches Geben und Nehmen in diesem Bereich. Nun aber waren sie unmerklich in eine selbstgestellte Falle geraten.

Dadurch, dass er wollte, aber nicht durfte, sie aber auch Sex gerne hatte, baute sich ein unmerklicher Stau auf. Chris hatte die Erfahrung und das Wissen solche Situationen auszureizen. Julia hatte seine Fantasie auch gewaltig angeregt und er wollte schauen, wie weit sie gehen würde, bzw. was sie noch alles zulassen würde. Er wusste genau, dass Leon alles mitmacht, was er Julia schmackhaft gemacht hatte. So telefonierte er ab und zu mit ihr, unverfänglich. Sprach über evtl. Termine bei denen er Zeit hätte. Das löste bei ihr Erwartungshaltung aus. Diese Termine verschob er aber kurz danach, weil etwas dazwischen gekommen sei.

Leon merkte nachts im Bett, dass Julia verwunschene Gedanken hatte. Sie begann zu masturbieren, bzw. forderte ihn auf sie mit Hand oder Mund zu stimulieren. Irgendwie fand sie dabei aber keine richtige Erlösung. Wie gesagt, Da es keine Fragen gab, gab es auch keine Antworten.

Irgendwann kam dann wieder der Hänsel-und-Gretel-Test. Sie prüfte seine Hoden auf gefühlten Inhalt. Da sie aber vorher bereits von Chris eine Terminverzögerung erhalten hatte war die Antwort an Leon: „ Da fehlt noch einiges bis zum Entladen! Am Wochenende schau ich wieder nach!".

Nachts führten sie ab und zu schmutzige Gespräche, die der Geilheit beider entsprachen, aber in diesem Moment realitätsfremd waren. - Das dachten beide jetzt noch.

Episode 5 Hochzeitsreise

Irgendwie ging es ganz schnell bei den Beiden. Durch die Erfahrungen aus früherer Beziehung wussten beide, was sie wollten und suchten. Dazu kam noch die neu gefundene Freiheit für Julia, sich selbstbewusst und selbstbestimmt auszuleben und dazu auch noch ihrem geliebten Mann glücklich zu machen.

So war der Entschluss klar zu heiraten. Verwandtschaft oder Freunde wurden nicht informiert. Bald war standesamtliche Trauung und dann eine kleine Reise geplant. Ohne vorgesehene sexuelle Experimente und ohne Käfig für Leon.

Die Fahrt ging nach Rom, der ewigen Stadt und man fand ein tolles, wenn auch ungewöhnliches Hotel, Umilta 36, direkt um die Ecke beim berühmten Trevibrunnen. Freundliches Personal, sauberes Zimmer, innen wunderschönes Design und fantastische Lage. Ideal um die Stadt zu erkunden. Wer damals Anita Ekberg in La dolce vita in dem Brunnen gesehen hatte, vergisst diesen oder die Frau nicht mehr.

Um Rom zu sehen ist eine Woche zu kurz, dennoch wurden einige Hauptsehenswürdigkeiten im Schnellgang abgearbeitet. Besonders aber in Erinnerung geblieben ist die Gelatteria Fassi, die zu den ältesten Roms zählt. Auch soll es den besten Kaffee bei Sant Eustachio il Café geben, was die beiden nur bestätigen konnten.

So vergingen die Tage und Julia konnte nicht genug sehen und erleben. Leon wurde langsam müde. So beschloss Julia selbst ein bisschen zu bummeln, vielleicht auch was einzukaufen. Tolle Boutiquen gab es ja genug. Erstaunlich wieviel Energie Frauen in solchen Momenten entwickeln können, denn bummeln, Kleider anschauen, probieren, nächster Laden, das ist schon anstrengend.

Endlich schien da ein Geschäft zu sein, das für ihren Geschmack mehr als ein zwei Stücke anzubieten hatte. Der Laden war nicht groß, leicht abseits, der Inhaber war selbst vor Ort. Er erkannte schnell den bevorzugten Kleiderstil von Julia und ihre Größe und so brauchte sie nur in der Umkleide zu stehen und er brachte Stück für Stück. Seltsamerweise wusste er scheinbar genau, wann Julia halbnackt da stand. In diesem Moment ging immer dann der Vorhang auf, sein Kopf erschien, schaute etwas länger als angebracht und entschuldigte sich dann wieder. Julia war erfahren genug um das Spiel zu durchschauen und spielte es amüsiert mit.

Eigentlich gefielen ihr drei Kombinationen und sie versuchte dem Besitzer der Boutique klarzumachen, dass alles schön und toll war, aber zu viel für sie. Auf einmal konnte er ein wenig Deutsch: „Bitte morgen um 12 Uhr hier. Sie tolle Frau. Ich Spezialpreis, nur für sie." Dabei schaute er unmissverständlich. Julia bedankte sich und ging wieder ins Hotel zurück. Jetzt war sie auch müde.

Sie erzählte Leon von den tollen Kleidern und dem seltsamen und doch eindeutigen Angebot. Morgen war auch der letzte Tag, dann ging es zurück. Es war ja die Hochzeitsreise und so hatten beide genug Gelegenheit für Sex miteinander. Leon war deshalb nicht auf „Sparflamme." Trotzdem reizte es ihn, Julia dahin zu schicken, was er natürlich nicht zugab. „Ich gebe dir meine Kreditkarte, dann kannst du morgen die hübschen Sachen holen." Das war verlockend, wenn auch Julia wusste, dass sie in eine selbstgestellte Falle tappen konnte.

Am nächsten und letzten Tag in Rom ging sie also mittags zu der Boutique und betrat Punkt 12 Uhr den Laden. Der Chef konnte sein Glück kaum fassen, da er hier entweder eine Kundin oder ein Erlebnis vor sich hatte. Er bat Julia nach hinten, verschwand gleich wieder, denn er schloss den Laden ab. „Pausa pranzo" hing ein Schild an der Türe. Dann bracht er die von Julia favorisierten Stücke zu ihr. Sein Blick sagte, dass er zusehen wollte, wie sie alles nochmal probieren würde. Sie ging hinter eine Art Paravent und entledigte sich ihrer Garderobe. Drunter hatte sie schon sehr aufreizende figurbetonende Dessous vorher ausgesucht. Als der Inhaber das erste Stück um den Paravent reichte, sah er bewusst unabsichtlich Julia in ihrer ganzen Pracht. Sie tat erschrocken, er entschuldigte sich. Das Spiel ging weiter und er wurde immer offensiver und erregter. Nach dem dritten Kleid kam er mit drei großen Tüten, packte alles hinein und machte unzweideutig das Angebot, diese Tüten gegen besonderes Entgegenkommen Julias einzutauschen. Die Spannung zwischen den beiden wuchs bis Julia zu seinem Gürtel griff und diesen öffnete. Das war das Signal für ihn. Julia dreht sich um, zog den Slip nach unten und lehnte ihren Oberkörper vorne über eine Sessellehne. Er ließ sich nicht lang bitte und drang von hinten im Stehen in sie ein. Er hielt sie mit beiden Händen rechts und links am Becken fest und bestimmte das Tempo seiner Stöße. Julia stöhnte extra etwas lauter und hektischer um ihn zu motivieren, was auch gelang. Keine fünf Minuten später war er fertig.

Julia versorgte sich schnell mit einem Taschentuch, zog den Slip hoch, den Rock herunter und nahm die drei Tüten. Sie verabschiedete sich vom Chef der Boutique mit einem Küsschen, schloss die Türe von innen auf und weg war sie.

Zehn Minuten später war sie im Hotel. Leon lag auf dem Bett und freute sich, dass seine Frau zurück war und das anscheinend noch sehr erfolgreich, denn sie hatte ja drei große Boutiquetüten in der

Hand. Sie legte die Taschen beiseite, zog sich aus und kam zu Leon auf das Bett. „Hier deine Kreditkarte. Ich habe sie nicht gebraucht. Meine Zahlungsweise war genauso erfolgreich." Damit nahm sie seine Hand und führte sie zwischen ihre Schenkel. Er spürte gleich die Feuchte und die Größe ihrer Scheide. Ihr Blick war erwartungsvoll und auch ein bisschen ängstlich. Hatte sie es im Sinne von Leon richtig gemacht? Sie verwarf den Gedanken aber gleich wieder, denn sie hatte es gewollt und gemacht und damit war es richtig! Erregend und spannend war es allemal.

Leon streifte gleich seine Shorts ab und kuschelte sich an Julia. Es wurde ein zärtliches Vorspiel das beide genossen. Sie wollte auch nicht die Methode Chris anwenden, ihren Mann schnellstmöglich zum Orgasmus zu bringen und Leon verzichtete auf stimulierende Gespräche, als er in Julia eindrang und genoss nur das Gefühl und den Gedanken an diese herrliche große Vagina und seine leidenschaftliche Frau.

Eine wunderschöne Woche Rom ging zu Ende.

Episode 6 : Essen mit Chris und einem Freund

Ende der darauffolgenden Woche rief Chris Julia an und erzählte, dass ein Freund aus Frankreich zu Besuch käme und dass er gerne exclusiv essen gehen wollte. Da das Ganze auf Spesen seiner Firma gehen würde, könne sie gerne mitkommen. Das gefiel Julia, denn in den vorgeschlagenen Nobelschuppen würde sie sonst nicht gehen, auch nicht, wenn sie sich das leisten könnte. Also, was soll s? In diesem Fall fragte sie ihren Mann, ob etwas dagegen sprechen würde. Leon beruhigte sie und freute sich sogar für sie, denn das war eine Chance.

Am nächsten Abend wollte Chris sie abholen kommen. Sie machte sich chic, aber dezent, eben dem Anlass, bzw. der Lokalität angepasst. Leon fand seine Frau wieder umwerfend schön und sagte ihr das auch. „Danke," hauchte sie, denn sie spürte wieder eine tiefe innere Verbundenheit. „Ich weiß nicht wie lange das heute dauert. Komm, ich erlöse dich von deinem Käfig. Dein Schwanz soll die Freiheit heute Abend genießen. Du wirst ja die Freiheit nicht ausnutzen!" Er schaute erstaunt, aber gesagt getan.

Da klingelte es schon. Ein letzter Kuss und den Wunsch für viel Spaß, dann ging sie hinaus. Der Wagen stand direkt vor ihrer Haustüre, denn sie hatten eine Einfahrt. Es war eine Art Van, amerikanischer Bauart, groß und etwas protzig. Schiebetüre an der Seite. Aber das war nicht ihre Sache. Chris zeigte in den Van. Dort saß im Halbdunkel ein im ersten Moment mittelgroßer Mann, vielleicht um die 40 und begrüßte sie mit: „Guten Abend" aber mit starkem französischen Einschlag. Hörte sich charmant und leicht lustig an. Christ öffnete die Beifahrertüre und ließ Julia einsteigen. Dann schloss er die hintere Schiebetüre und es ging los.

Das Lokal lag am anderen Ende der Stadt. Der Parkplatz war halb belegt, war ja auch kein Wunder, da man hier nur mit vorheriger Reservation Essen konnte. Eine freundliche Dame öffnete die Eingangstüre, fragte nach Namen und führte die Drei zu einem bereits topgedeckten Tisch. Julia hatte die erste Platzwahl. Sie nahm den Stuhl mit Blick ins gesamte Lokal, also unbewusst den besten Platz am Tisch. Die beiden Herren saßen auch und nun konnte sie erstmals den Franzosen genau sehen. Das Alter schien zu stimmen, irgendwie wirkte er drahtig im Körperbau, das Beste aber war sein französisches Deutsch. Es machte ihn interessant und die folgenden Gespräche unterhaltsam.

Die Männer empfahlen ein Menü, Julia schloss sich dem an, eine Getränkeempfehlung zu den jeweiligen Gängen wurde auch angenommen und so begann ein schöner, exclusiver Abend. Fünf Gänge waren vorgesehen, einer ungewöhnlicher als der andere, Aperitif davor, schwerer Rotwein dazwischen, eine Art Spätlese bei einem Gang. Sie konnte sich das alles gar nicht merken. War auch egal, aber es zeigte Wirkung bei Ihr. Das merkte sie erstmals, als sie zur Toilette ging. Sie musste sich beim Gehen konzentrieren, war aber bester Laune. Diese wurde noch besser als sie in den tollen Räumen vor dem großen Spiegel stand und sich anschaute. Nicht schlecht Julia, dachte sie. Sie fühlte, dass sie in der neuen Beziehung befreiter geworden war. Sie strich sich von oben mit beiden Händen von den Brüsten abwärts über ihr Kleid, Lippenrot geprüft, leicht Parfüm nachgelegt und ab zurück an den Tisch. Es war Zeit für die Nachspeise. – Danach war sie pappsatt, aber in Topstimmung. An der Bar gab es noch einen Absacker, was das war wusste sie nicht, es schmeckte verführerisch süß. Dann ging es zum Auto.

Chris öffnete die seitliche Schiebetüre und bat Julia einzusteigen. Sie registrierte gar nicht, dass sie auf der Herfahrt ja vorne gesessen hatte. Der charmante Franzose stieg nach und die Türe ging zu. Chris setzte sich an das Steuer: « Ich fahre jetzt noch ein bisschen durch die Stadt für meinen Freund. Sightseeing so zu sagen. » Naja, warum nicht, dachte Julia, bemerkte aber nicht, dass die Scheiben des Van stark getönt waren. Man konnte eigentlich nichts sehen, bzw. ins Auto schauen. Gute Musik lief, das Auto glitt sanft dahin und der nette Franzosen beugte sich zu ihr herüber und streichelte ihre Schulter. In seinem köstlichen Deutsch meinte er: „Du bist eine wunderschöne Frau, du riechst so gut ich möchte dich ein wenig berühren und fühlen." Julia war leicht irritiert, aber auch geschmeichelt und der bisherige Abend und die jetzige Stimmung taten das Übrige. Irgendwie dachte sie einen Moment an vergangene Zeiten, als man noch in den Autos geknutscht hat. Sie ließ ihn gewähren und seine Hand vollbrachte Wunderdinge. Seine Finger schlüpften als bald seitlich in ihren Slip. Dann umfasste seine ganze Hand ihre schön behaarte Pracht und der Mittelfinger tat sein Übriges um von letzten Bedenken im Kopf auf Wollust umzuschalten.

Sie rutschte im Sitz nach vorne, legte ihren Kopf zurück, schloss die Augen und spürte ein sich steigerndes Kribbeln in sich. Er zupfte an ihrem Slip und sie hob bereitwillig ihr Gesäß um ihm zu helfen ihn abzustreifen. Jetzt war sei wörtlich ganz in seiner Hand. Sein Kopf lag auf ihrer Brust, ihre Beine waren bereitwillig gespreizt und plötzlich blitze etwas. Einen Moment war sie irritiert. Was war das? Aber egal, die sich immer weiter steigernde Erregung war stärker.

Chris hatte kurz angehalten und ein Foto von der erotischen Szene gemacht. Jetzt schickte er es mit dem Kommentar: « Julia geht's gut. Bringe sie bald zurück," an Leon. Die Fahrt ging weiter, Julia war jetzt heiß und wollte das Momentum in diesem Spiel zurück. Sie rutschte auf dem Sitz zurück, drehte sich zum Franzosen hin, öffnete geübt seinen Gürtel, dann dann seinen Reißverschluss und zupfte an der Hose. Das war das Zeichen für ihn sich kurz zu erheben und seine Hose und seine Shorts nach unten zu ziehen. Im Van war zwischen der Hinterbank und den Vordersitzen mehr Platz als üblich, sodass man die Beine ausstrecken konnte.

Zwei untere Knöpfe am Hemd des Fremden waren noch zu öffnen und sein prachtvolles Teil ragte in das Halbdunkel des fahrenden Autos. Draußen zogen immer wieder Lichter vorbei, die seinen Schwanz mal heller, mal dunkler werden ließen. Kurz dachte Julia, wie verrückt ist das denn? Wir fahren an Menschen vorbei und ich

werde gleich einen Schwanz lecken! – Dann schritt sie zur Tat.
Perfekt wie sie es konnte, er es aber noch nicht kannte. Er stöhnte
nur: „Ohhh, mon dieu, ohh! » Julia stand gebückt auf, stieg mit dem
rechten Fuß über ihn, Gesicht in Fahrtrichtung und ließ sich langsam
auf sein Glied sinken.

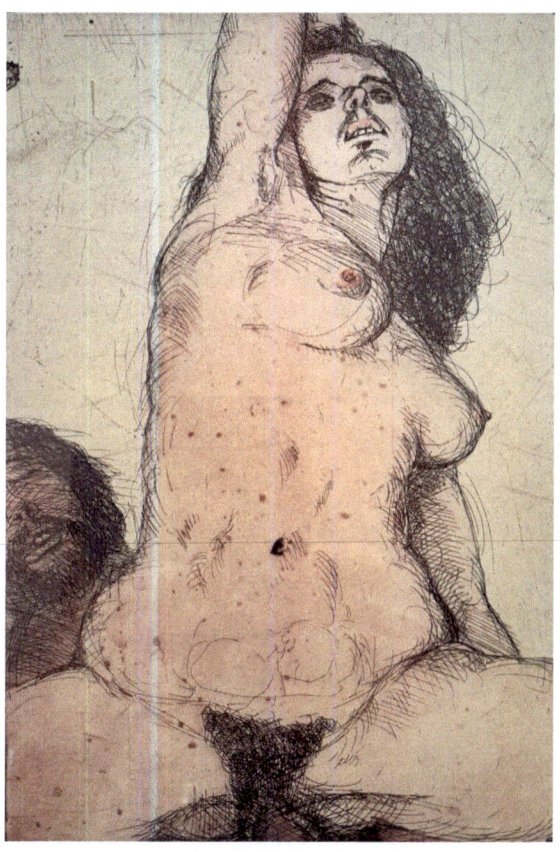

Sie hielt sich an der vorderen Beifahrernackenstütze mit beiden
Händen fest und er navigierte sein Lustobjekt gekonnt vor ihre
Möse. Sie zögerte nicht, als sie seine Eichel spürte und setzte sich
beherzt auf den harten Schwanz des Fremden. Er packte sie sogleich

rechts und links an ihrem Gesäß und steuerte so das Tempo seiner Stöße. Sie ließ sich das kurz gefallen, erfüllte es sie doch mit starken Lustgefühlen. Dann jedoch wollte sie wieder bestimmen, wie es weiter geht, denn sie wollte keinen Orgasmus, nur Spaß und Gefühl. Also begann sie den Rhythmus zu steuern, was ihn wiederum so verrückt machte, dass er fast flehendlich rief: „lent, lent!" (langsam). Nein, dachte sie, ich will dich jetzt, bevor es mit mir zu spät ist. Noch zwei, drei ruckende Bewegungen mit ihrem Becken und sie hörte wieder: « Mon dieu, mon dieu, ahhhhh!" Ihre Hände verkrampften sich an den vorderen Polstern, ihr Kopf lag darauf und sie spürte sein Zucken in sich und wohlige feuchte Wärme.

Nicht bemerkt hatte sie, dass das Auto inzwischen stand, Chris ausgestiegen war und nun plötzlich neben ihr die Schiebetüre aufging. Sie erschrak mächtig, Chris aber hielt ihrem Arm fest und sagte: „Bleib auf ihm sitzen und gib mir deine Handtasche" Sie griff neben sich. Chris öffnete sie entnahm ihren Hausschlüssel und erst jetzt sah sie, dass sie direkt vor ihrer Haustüre stand, fast noch näher als bei der Abfahrt heute am frühen Abend.

Chris schloss auf und forderte Julia auf auszusteigen. Diese bat um ein Taschentuch. Er verneinte und wiederholte seine Aufforderung: „Komm, aussteigen!" Sie hob ihren linken Fuß über den Franzosen, stellte beide Beine auf das äußere Trittbrett des Vans und stieg mit zusammengepressten Schenkeln so gut es ging aus dem Auto. Ihr Rock rutschte dabei wieder in die Normalposition, sodass man eigentlich nur am Stand von ihr erkannte, dass da etwas anders war. Die Schiebtüre ging zu. Sie konnte sich nicht mal verabschieden, Zwei Schritte noch, und sie stand in ihrem Hausflur, die Handtasche unterm Arm, den Schlüssel in der Hand, frisch gefickt und besamt, beschwipst und total verwirrt.

Die Türe hinter ihr schloss sich und sie begann Gedanken zu sortieren. – Also erstmal ins Bad und reinigen, dann sehen wir weiter dachte sie. Vier Schritte zur Badtüre. Um die Ecke war das Schlafzimmer, Also Schenkel zusammen und los. Als sie gerade den Türgriff des Bades nehmen wollte, hielt Leon ihr Mann ihre Hand fest. Sie erschrak furchtbar, war sie im Kopf doch woanders. Er hielt ihre Hand fest und sagte bestimmend: „Komm!". Dann zog er sie durch die Türe nebenan ins Schlafzimmer. Dort brannte das berühmte kleine Lämpchen, das so eine erotische Dunkelheit brachte. Sie stand nun vor dem Bett, verstand aber eigentlich gar nichts mehr. Toller Abend, tolles Essen, gute Stimmung und Gespräche, verführt von einem Franzosen im fahrenden Auto, guter ungewöhnlicher Sex und jetzt steht sie hier vor ihrem Bett und hört:" Leg dich hin! Bitte auf den Bauch!"

Warum war ihr Mann jetzt dominant? Sie hatte ihm doch den Käfig abgenommen in der Annahme, dass er sich vielleicht mit sich selbst vergnügt oder dass sie ihn zuhause dann über dem Waschbecken schöne Geschichten erzählt und ihn erleichtert. Sozusagen als Belohnung für sein Warten. – Jetzt zog er ihr das Kleid ganz hoch und drückte sie aufs Bett. : „Füße zusammen und Kopf ins Kissen," waren die nächsten Anweisungen. Schnell stieg er auf sie und setzte sich auf ihre Oberschenkel. Sie auf dem Bauch, das Gesicht im Kissen vergraben und die Hände hielten das Kissen beidseitig wie vor einer halben Stunde die Nackenstütze des Vordersitzes.

Wieder schien ein erigierter Penis auf sie zu warten. So war es. Leon führte sein Glied an ihrer Pofalte senkrecht entlang zwischen ihre Beine. In der Mitte rutschte er etwas mit dem Körper nach hinten um den Eintreffwinkel flacher zu halten und stieß dann zu. Problemlos war er bis zum maximalen seiner Länge in ihr. Er presste ihre Schenkel mit den seinen zusammen, stütze sich mit beiden

Händen neben ihren Schultern ab und befand sich so in einer Art Liegestützenposition. Da hatte sie nichts gegenzuhalten. Lediglich ein ganz leises Stöhnen war aus dem Kissen zu hören.

Eigentlich hatte sie, frisch besamt und er erregt, das Kommando und sie bestimmte, wann er abspritzen sollte. Jetzt half nur abwarten. Sein Becken kreiste über ihrem Gesäß und sein Schwanz rotierte in ihr. In ihr stieg wieder Lust auf, war das doch auch was Neues, Unverhofftes.

Leon rutsche nun nach vorne und sein Penis ging nun von oben steil in sie. Seine Eichel rieb in ihr vorne auf der Innenseite ihren empfindlichen Punkt. Jetzt hörte er ein etwas lauteres Stöhnen aus dem Kissen, Ihre Hände begannen sich bei jedem Stoß im Rhythmus zu verkrampfen, bis sie in einem Anfall von Zuckungen kam. Ihr Kopf hob sich dabei im Takt aus dem Kissen, ihr Stöhnen war dadurch mal leise, mal laut, ihre Hände trommelten auf die Matratze und ihre Beine strampelten auf und ab. Der Rest Ihres Körpers war durch sein Gewicht fixiert.

Das Erlebnis war auch für Leon zu erregend und er füllte sein aufgestautes Sperma mit ein paar weiteren wuchtigen Bewegungen in seine Frau. – Beide blieben danach in dieser Position schwer atmend liegen, bis Leon seine Frau frei gab. Julia schüttelte ungläubig den Kopf. „Bitte bring mir ein Handtuch!" Sie hatte jetzt wirklich Bedarf. Sie setzte sich mit dem Handtuch zwischen den Beinen aufs Bett und bat Leon ihr das Kleid hinten zu öffnen und ihr beim Ausziehen zu helfen. Erstaunlicherweise, war das Kleid nicht verfleckt, vielleicht hatte es ein paar Knitter mehr. Als sie danach aus dem Bad kam, lag Leon bereits auf seiner Seite und hatte ihr Schlafshirt hübsch gerichtet. Licht aus und eine letzte Frage von ihr: „Wusstest du alles?". Er sagte, dass er ein Foto von Chris erhalten habe und vom Fenster gesehen hatte in welcher Situation sie beim Aussteigen war. Das hätte ihn besonders inspiriert. Zufrieden schliefen beide ein.

Episode 7: Zwischenzeit

Am nächsten Morgen wachten beide irgendwie verändert auf, waren doch die letzten Erlebnisse wie ein Wasserfall über sie hereingebrochen. Schweigend saßen sie beim Frühstück. Um diese Zeit hätte er schon seinen Käfig anhaben müssen und sie hätte ihn wortlos verschlossen. Beide hatten das Gefühl durchatmen zu müssen um nicht in einen Sog zu kommen, der vielleicht nicht mehr beherrschbar war und ihre Beziehung gefährden würde. Dieses übereinstimmende Gefühl bewies aber auch ihre gefestigte Beziehung und ihr gewachsenes Vertrauen gegeneinander. Leon begann: « War ja eine wilde Sache gestern Abend!" Julia nickte: „War alles nicht geplant. Hat sich so ergeben. Wahrscheinlich hatte Chris das alles so arrangiert." Sie erzählte weiter ihre Planung für den Abend und warum er keinen Käfig tragen sollte und wie sie gedacht hatte, dass alles klappen würde. Dann sagte sie:" Meinst du nicht, ein Pause würde uns guttun?" Leon nickte und nahm sie in den Arm. Beide spürten ihre tiefe Verbundenheit.

Wie es der Zufall wollte, rief Chris in den nächsten Tagen an und teilte mit, dass er grippeähnliche Symptome hätte und sich nicht wohl fühle. Irgendwie empfand sie es als Wink des Schicksals und wünschte ihm daher gute Erholung. Er fragte dennoch vorsichtig ob er sich wieder melden solle, wenn es ihm besser ginge. Blitzartig kombinierte Julia, dass das ja gut zwei Wochen dauern würde und was dann sei, würde man sehen. Also sagte sie:" Ja ruf ruhig an, wenn du wieder ganz fit bist!". – Normale Tage in der Wohnung, bei der Arbeit und auch im Bett begannen bei den Beiden. Nach dem letzten intensiven Erlebnis im Auto, war aber beim Sex ein paar Tage Funkstille. Nur Kuscheln und Streicheln, keine erotischen, geschweige denn obszöne Gespräche vor dem Einschlafen. Das hatten sie ja zum Antörnen die letzten Wochen ausgiebig gemacht.

Auch Frauen haben dann natürlich mal eine Pause. So waren plötzlich mehr Tage ohne Sex vergangen, als jemals zuvor. Bei beiden, bei Leon aber mehr meldete sich körperliche Bedürfnisse. Nach einem schönen Abendessen kamen sie dann endlich wieder zueinander, langsam beginnend und dann doch intensiv endend. Im Kopf von Leon waren dabei die Bilder vom ersten Date mit Chris und wie seine Frau das Ficken genossen hatte. Auch Julia hatte, während sie Leon in sich spürte antörnende Gedanken an den Franzosen und die Fahrt im Auto. Draußen Lichter, Menschen, andere Autos und sie ritt einen Schwanz bis zum Abspritzen. Irgendwie war dann die nicht erwartete Fortsetzung auch toll. Sie wurde von ihrem Mann dominiert, ohne Chance sich zu wehren.

Und so kam es, dass sich bei Beiden ihre Wünsche stückweise steigerten. Die erregenden Ideen kamen meistens morgens vor dem Aufstehen im Halbschlaf. So hatte Julia irgendwann eine weitere Idee, wie man das erotische Spiel ergänzen könnte. Sonntagsmorgens nach dem Duschen kam sie zu Leon. Der lag noch im Bett. « Schatz, nach dem Frühstück hätte ich eine Bitte. Ich brauche deine Hilfe. Erzähle ich dir aber später. » Leon war gespannt, bedeuteten solche Ansagen seiner Frau immer was Interessantes.

Nach dem Frühstück wurde der Tisch abgeräumt und Julia brachte ein Badetuch. Sie legte es auf die Tischplatte und noch einige undefinierbare Untensilien daneben. « So mein Liebling. Du möchtest doch auch, dass deine Frau anderen Männern gefällt und dass sie gepflegt ist. » Das war wieder so ein Satz, der bei ihm direkt in die Magengrube fuhr.

Julia zog ihren Bademantel aus. « Komm, hilf mir auf den Tisch. Dann hast du es leichter! » Er verstand immer noch nichts, half ihr aber, sich erst auf einen Stuhl zu stellen und dann auf den Tisch und das Badetuch zu setzen. Dort legte sich Julia zurück und öffnete ihre Schenkel weit. « Ich möchte bitte da unten perfekt aussehen, damit ich mich wohlfühle. Alleine ist das schwierig zu machen. »

Jetzt kapierte Leon seine Aufgabe. Er sollte also seine Frau im Intimbereich für andere Männer verschönern. So stand er nun vor ihr und betrachtete die volle Pracht. Er kannte ja von früher einige Frauen, aber seine solch perfekte Vagina hatte keine vorher. Kräftige geschlossene Schamlippen und leicht gekräuselte dunkelbraune Behaarung. « Bitte mach mir einen Bikinicut. » kam es von Julia. « Hier liegen Creme und Einwegrasierer und für den Rest ist der Haarschneider daneben. » So etwas hatte Leon noch nie gemacht, aber einmal ist immer das erste Mal.

Also Innenseite der Schenkel bis zum Beginn der Vagina mit Creme einreiben und warten. Dabei dachte er, dass das ja eigentlich überhaupt unnötig war, denn Julia hatte von Natur aus schon einen perfekten Haarwuchs, also eigentlich keine Haare an den Oberschenkeln. Aber das war wieder so ein fantasievolles Spiel von Julia, das seine Gedanken beflügelte. « Bitte in Haarwuchsrichtung rasieren, damit ich keine Pickel bekomme. Soll ja ästhetisch aussehen. » Also begann er vorsichtig mit der Rasur.

Julia schien das zu gefallen und zu erregen. Ihre Lustgrotte wurde durchblutet und öffnete sich leicht. Es war ja auch ein ungewöhnlicher und stimulierender Moment.

Leon wischte den Restschaum mit dem Handtuch weg. « So nun bitte mit dem Haarschneider vorsichtig die Haare auf meinen Schamlippen kürzen. Es soll ja beim Lecken auch Spaß machen. » Die Haare waren an dieser Stelle sowieso nicht lang, aber es war eben so ein Spiel um Leon anzutörnen.

Langsam und konzentriert näherte er sich mit der brummenden Maschine. Dann kappte er ganz vorsichtig einige Haarspitzen. « So, fertig. Jetzt sieht alles gut aus, » sagte er. Julia stieg vom Tisch herunter und gab ihm einen Kuss.

Episode 8 New York - New York

Leon hatte eine Einladung von einer amerikanischen Firma, die Geschäftspartner von ihm war zur Firmenbesichtigung und Einblick in die Designabteilung. Also flog er und Julia, zusammen mit zwei jungen Mitarbeitern nach New York.

Dort hatten sie ein schönes Zimmer mit Blick auf den Central Park. Die ersten beiden Tage waren geschäftlich geprägt. Viele neue Eindrücke und Ideen wurden mitgenommen. Am dritten Tag war Kultur mit dem Guggenheim Museum angesagt. Alles war mächtig und groß, betriebsam und hektisch, einfach zum Staunen für deutsche Verhältnisse. Lediglich die Esskultur war für Menschen, die aus einer Gegend kommen, in der in 50 Kilometer Umkreis viele Sternerestaurants zu finden sind, nicht befriedigend.

Im Hotel war eine riesige Lobby mit Bar und Lounge-Plätzen. Als Treffpunkt für abends war für die Vier die Bar vereinbart. An diesem Abend entschuldigte sich ein junger Mitarbeiter. Er wolle lieber in einem anderen Bereich der Empfangshalle sitzen. Ok, - kein Problem. Man sah ihn danach aber nicht mehr. Am nächsten Abend wollte der andere das Gleiche, was jetzt schon Verwunderung auslöste.

Leon nahm den Ersten beiseite und fragte nach den Gründen für die Absonderung. Dieser erzählte von der Möglichkeit, ein unkompliziertes Sexdate zu haben. Leon war überrascht. Er erfuhr weiter, dass man als Mann nur seine Zimmerkarte vor sich auf einen Tisch gut sichtbar legen sollte. Auf dieser war die Zimmernummer groß aufgedruckt. Man müsse dann nur auf das Zimmer gehen und warten. Danach kam ein Anruf von jemand mit der Nennung eines anderen Zimmers. Dort traf man entweder ein Ehepaar oder eine einzelne Frau an, die unkomplizierten Sex suchten.

Eigentlich konnte Leon das nicht fassen. Dass das in diesem eigentlich puritanischen Land möglich war und praktiziert wurde machte ihn erst mal sprachlos. Egal, er gönnte den Beiden ihren Spaß, zumal sie am nächsten Tag früher als Leon und Julia zurück flogen.

Am nächsten Tag stand ein Helikopterrundflug über New York an und abends ein Musicalbesuch.

Zurück im Hotel waren beide doch neugierig, was das mit den Zimmerkarten auf den Tischen so auf sich hatte. Beide bummelten also quer durch die große Eingangshalle mit ihren vielen Sitzmöglichkeiten. Und tatsächlich, saß an einem Tisch ein netter Mann und hatte seine Karte vor sich auf dem Tisch liegen. Das genügte den beiden als Bestätigung.

Das Zimmer der Beiden im 17. OG war groß, mit einem Vorraum und einem riesigen Doppelbett und Bad en Suite. Beide waren vom Tag müde, aber nicht zu müde um das Gesehene in der Lobby nicht noch zu besprechen. Leon war dabei gedanklich schon weiter und leicht erregt und Julia wusste, was er dachte und sich vorstellte. Da er sich auch noch besondere Mühe gab lieb und zärtlich zu ihr zu sein gab sie ihm zu verstehen, morgen Abend über einen Versuch mal nachzudenken.

Der nächste Tag war ruhiger. Shopping war angesagt, auch um spezielle Wünsche von guten Bekannten zu erfüllen. Abends essen im Hotel. Wie immer durchschnittlich und sobald man die Gabel weglegte, lag die Bill auf dem Tisch. OK, Bezahlen und dann wieder quer durch die Lobby Richtung Bar. Tatsächlich lagen auf zwei verschiedenen Tisch Zimmerkarten. Leon hatte sich im Vorbeigehen die Nummern gemerkt und dann schnell notiert. Julia hatte nur eine Karte gesehen. In dem Moment aber nicht auf die Nummer geschaut sondern mehr auf den Besitzer.

Man genehmigte sich einen großen Cocktail. Julia spürte die Nervosität bei Leon. Sollte sie ihm seinen Wunsch erfüllen? Sie beschloss erstmal abzuwarten und den Cocktail und sie Stimmung zu genießen. Leon begann vorsichtig: « Hast du gesehen, zwei haben ihre Karte auf dem Tisch?" „Zwei? Ich habe nur einen gesehen." „Doch, der dunkelblonde da links hinten und der dunkelhaarige in der Mitte, neben der Säule." Julia schaute die beiden an so gut es ging. Beide schienen jünger als sie. Beide schlank und eher drahtig, aber nicht unsympatisch. „Und, soll ich mir jetzt einen aussuchen?" fragte sie naiv unschuldig. „Es wäre jedenfalls mal ein neues Erlebnis, das jetzt nur noch machbar wäre." Na ja, neues Erlebnis wegen den Umständen ja, aber beim Ficken danach, ist vieles gleich dachte Julia bei sich. Andererseits war die Idee reizvoll. Da sie Leon und Sex liebte konnte sie sich den nächsten Stunden langsam vorstellen. Sie bummelte zu dem Restroom, um die Beiden jetzt dabei selbst genauer anzuschauen. Auf dem Hinweg den Einen, auf dem Rückweg den Anderen. Zurück bei Leon sagte sie nur: „Der Dunkelblonde gefällt mir besser, besorge seine Zimmernummer." Leon sagte nur: „Hab ich schon." Und so gingen beide nahe am Dunkelblonden vorbei, nickten ihm zu und stiegen in den Aufzug.

Im Zimmer angekommen nahm Leon seine Frau in den Arm, küsste sie zärtlich und flüsterte ihr ins Ohr: „Danke." Sie verschwand im Bad und Leon rief nach rund fünf Minuten die andere Zimmernummer an. Es meldete sich ein Mann:" Hello, here is Frank." Darauf Leon: „would you like to come to our room?" „with pleasure." „Room 1703 in ten minutes please." „See you later." Damit war alles vorbereitet. Leon dimmte das Licht herunter, stellte sich einen Sessel in eine dunkle Ecke und wartete. Julia kam inzwischen aus dem Bad. Sie hatte einen leichten Bademantel an. „Wenn es anstrengend wird, ist nachher nichts mehr für dich drin," war ihre Ansage und Leon nickte. Kurzer Blick in den Spiegel und schon klingelte es an der Türe. Der Typ stelle sich mit Frank vor. Er war fast einen Kopf größer als Julia und bestimmt fünf Jahre jünger. Aber das war in diesem speziellen Moment egal.

Sie fragte, was er trinken wolle und richtete zwei Whiskey mit Eis aus der Zimmerbar. Leon beobachtete mit wachsender Spannung das sich anbahnende Schauspiel. Julia und Frank saßen sich nun auf zwei Polsterstühlen vor dem Schlafzimmer gegenüber. Irgendwas redeten sie leise und tranken ab und zu einen Schluck. Dann forderte Julia ihr Gegenüber auf, sich auszuziehen. Frank hatte nur Hose, Short und Hemd abzulegen, nicht mal Socken hatte er an. Julia kniete sich in ihrer bewährten Art vor ihn und begann sein Glied zu reiben, immer mit Blick nach oben. Er schien gut bestückt. Sie steigerte sich im Tempo und dann abzusetzen und mit ihrer Zungenspitze über seine Eichel zu lecken. Ihr Mund öffnete sich weiter und jetzt saugte sie mit schmatzenden Geräuschen fest an seinem harten Teil. Er genoss das natürlich, was unüberhörbar war.

Sie hatte nun die Initiative übernommen und forderte Frank auf, sich auf den Polsterstuhl zu setzen. Er tat das sofort und Julia stieg nun auf ihn.

Leon sah sie nun nur noch von hinten, wie sie zwischen ihren Beinen das Glied von Frank zielgerichtet einführte. Ein lauteres Stöhnen von ihr und ein ahhhh und ohhhh von ihm waren zu hören.

Nun schlang sie ihre Beine hinter dem Stuhlrücken um ihn. Sie wollte anscheinend sein Glied voll in sich spüren. Er konnte sich daher nur kurz und ruckartig in ihr bewegen. Das veranlasste sie zu kurzen heftigen Atemstößen verbunden mit einer Art leichten Seufzern.

Ein faszinierendes Schauspiel für Leon, dessen Schwanz hart nach oben stand und dessen Puls sich bestimmt Nähe 180 bewegte. Er sah wie seine geliebte Frau die Szene genoss. Jetzt stellte sie wieder beide Beine auf den Boden und stieg von Frank herab. Sie nahm in an der Hand und ging nebenan ins Schlafzimmer.

Dort war es noch dunkler und Leon konnte durch die Blickrichtung nichts sehen. Er stand also auf um einen besseren Blick auf die Beiden und das Bett zu haben. Es dauerte zwar nur gefühlt Sekunden bis er alles richtig sehen konnte, doch lag Frank schon auf Julia. Ihre Beine waren weit gespreizt und nach oben gestreckt um den kräftigen Amerikaner auch richtig befriedigen zu können. Der hatte nun die Initiative ergriffen und gab mit seinem Becken den Rhythmus und die Intensität des Aktes vor. Julias Beine machten in der Luft zuckende Bewegungen je nachdem wie stark oder tief er in sie eindrang. Sein kräftiger Körper auf ihr drücke ihr manchmal die Luft stoßweise heraus und so war ihr Stöhnen unterschiedlich laut. Eigentlich wusste sie ja, wie man Männer antörnt und zum Abspritzen bringt, aber der Typ schien immun gegen ihre Versuche.

Endlich machte er langsamer und die Beiden flüsterten etwas zusammen. Er richtete sich auf, kniete sich hin und hielt aber mit beiden Armen Julias Oberschenkel fest bei sich, so dass ihr Unterkörper nun auf seinen Schenkeln lag und er anscheinend seine Beute mit seinem Schwanz darin beobachten konnte.

Sie war wirklich seine Beute, denn sie lag hilflos auf dem Rücken, festgehalten von zwei kräftigen Armen mit einem dicken Glied ganz weit in sich.

Er begann sie wieder leicht zu penetrieren, in dem er mit seinen Armen ihre Oberschenkel zu sich hinzog. Alles langsam und bedächtig. Das gefiel Julia und sie erholte sich langsam wieder. Es wurde ihr aber immer mehr klar, dass dieser Typ sie an Grenzen bringen würde. So ergab sie sich ihrem jetzigen Schicksal in eine Art Opferrolle, was sie lockerer machte und irgendwie auch geil. Soll er nun machen was er will mit mir, war einer der letzten Gedanken.

Frank hielt sie nun an den Fersen jeweils mit einer Hand und spreizte ihr Beine ganz weit. Dabei drücke er beide Beine Richtung Julia. Er begann nun sein Finale kniend und sein Spiel selbst beobachtend. Mit kräftigen, festen Beckenbewegungen drang er tief in Julia. Sie jammerte und stöhnte nur noch. Einzig ein: „Come on, Frank" war zu hören, was ihn motivierte um dann mit letzten Stößen und lautstark sein Sperma in Julia zu pumpen. Er sank zuckend auf Julia zusammen. Beide brauchten eine Zeit um wieder Gedanken fassen zu können. Dann stand Frank auf um ins Bad zu geben. In der Zeit kam Leon zu seiner Frau, nahm sie in den Arm und dankte ihr für das Erlebnis. Er durfte nochmals aus der Nähe ihre benutzte Vagina sehen, dann kam Frank zurück. Leon bedankte sich bei ihm und Frank zog sich an und ging.

Er brachte Julia das dringend benötigte Handtuch, aber ahnte auch schon, was gleich kommen würde. „Ich bin jetzt kaputt. Ich gehe jetzt ins Bad und muss mich erholen. Du darfst es dir gerne dann selbst machen. Von mir kommt nichts mehr." Und das tat Leon auch, was leicht war mit den Bildern des eben Erlebten im Kopf.

Am nächsten Tag war Rückreise nach Deutschland.

Episode 9 Aushilfe in einer Erotikbar

Jetzt war drei Wochen eheliche Normalität, dann rief Chris an. Es ging im wieder gut. Durch die Pause war Julia auch wieder bereit mit ihm zu flirten. Er wusste gar nicht, wie passend seine Krankheit gekommen war. So erzählte er von einem Besuch bei einem anderen Ehepaar mit gleichen Neigungen und was dort an Varianten ausprobiert wurde. Das regte Julias Gedanken auch an. Aber,....sie hatten ja eine unausgesprochene Pause. Chris erzählte, dass er Teilhaber einer Erotikbar rund 40 km weit weg war. Das Objekt liege auf dem Land in ruhiger Umgebung. Jetzt verstand sie auch, warum er so einen amerikanischen Van fuhr, der aber genau zu dieser Tätigkeit passt.

Sie fragte neugierig was da so laufen würde und er erzählte von Damen, die für teuere Getränke in Separées Männern Erleichterung verschaffen würden. Oh je, dachte Julia, das ist nichts für mich. Sie sagte das auch Chris. Der meinte geschickt, das wisse er, aber er hätte trotzdem einen Vorschlag, der ihr vielleicht gefallen würde. Julia war natürlich bei einem solchen Satz neugierig. „Was meinst du!" fragte sie und er erzählte, dass durch Krankheit für Samstagabend eine Dame hinter dem Tresen ausgefallen sei und er nun eine Aushilfe benötige. Kein Sex, sagte er sofort, sondern nur Getränke ausgeben und sich mit den Besuchern unterhalten. Ganz harmlos. 20 Uhr Beginn, Ende ca. 1 Uhr nachts. Gibt auch gutes Geld bei Umsatz. – Kein Sex, nur Männern in erotischer Umgebung unterhalten, die Theke dazwischen und noch ein paar Euros, klingt gut, dachte sie. Dennoch sagte sie: "Ich muss das klären. Wir sprechen morgen!"

Wie gesagt, Julia verstand nun manches besser. Chris war Teilhaber einer Erotikbar, sein Auto war passend zu der Szene und auch seine

Kreativität beim Sex oder bei Sexspielen ließen auf große Erfahrung schließen. Das war dahingehend beruhigend, sollte er doch nur ein Lover für sie sein, der in die erotischen Fantasien von ihr und Leon eingebunden war. Insofern keine Gefahr für die Beziehung. Das war ihr wichtig, das war beiden wichtig. So konnte sie sich nach der letzten Pause und dem aufregenden Autoerlebnis wieder neuen Gedanken widmen. So kam die Anregung, Aushilfe für einen Abend in einer Bar zu sein, nicht unrecht. Aber das sollte Leon, ihr Mann entscheiden.

Abends erzählte sie von dem Telefonat und dem Angebot, erwähnte aber gleichzeitig, dass sie sich das eigentlich nicht vorstellen könnte, hätte sie doch davon überhaupt keine Ahnung. Im Unterbewusstsein wollte sie jedoch Zuspruch von Leon.Die ganze Sache doch auch spannend, weil neu im Erotikbereich. Dem war sie sowieso ja ein Leben lang positiv zugewandt. Leon schaute erstaunt, dass seine Frau sowas in Erwägung zog, sonst hätte sie es ihm ja nicht gesagt. Er überlegte kurz und sagte dann: „Ist doch toll für dich. Das machst du sicher gut und es sind ja nur ein paar Stunden. Außerdem kommt an diesem Abend ein top Fußballspiel das ich gerne sehen würde!" Als Hintergedanken regte es ihn an sich vorzustellen, wie seine Frau in einer verruchten Atmosphäre mit Männern flirtete um Umsatz zu machen. Jedenfalls hatte er so eine Vorstellung vom Erotikbarleben.

Also gut, sagte Julia, es soll aber die Ausnahme bleiben, denn das ist nichts für mich auf Dauer. – Am nächsten Tag sagte sie Chris zu und fragte nach Details. Es ginge nur um die Besetzung der Bar, Ausgabe von Getränken und Gesprächen mit Gästen. Was sie den anziehen solle war ihre Frage und Chris empfahl auf jeden Fall ein weißes Korsett, weißen Slip und passende Strümpfe, evtl. mit Strumpfhaltern, da es im Raum dunkler sei und das gut aussehen würde. Jetzt erschrak Julia, denn mit sowas hatte sie nicht gerechnet. Chris aber beruhigte sie. Es ging nur um die Optik, sie würde ja hinter dem Tresen stehen und hätte nichts mit der von den anderen Damen angebotenen Dienstleistung zu tun. Ihr Auftreten würde lediglich zusätzlich anregende Wirkung haben. Ganz beruhigt war sie nicht, aber ihr Mann fand das ja gut, sie irgendwie auch spannend und so vereinbarten sie einen Termin zu Abholung am Samstag.

Nun stand sie wieder in ihrem Bad, frisch geduscht, Haare hübsch geföhnt, zufrieden mit ihrer Figur im Spiegel und ein Kribbeln begann in ihrem Körper. Jedes Mal, wenn sie sich so vorbereitet hatte, gab es anschließend ein tolles erotisches Erlebnis. Das würde heute nicht sein, aber sie wollte der Männerwelt doch gefallen, bzw. über ihre tolle Optik eine gewisse Macht ausüben. Also noch hier einen Tupfen Rouge, dort sein bisschen Parfüm. Irgendwie wollte sie alles noch toppen und tönte ihre Brustwarzen mit dem Warzenhof dunkler. Das würde unter dem weißen Korsett bestimmt optisch zu sehen sein und zusammen mit dem leicht transparenten weißen Slip ihre weiblichen Attribute ahnen lassen. Sie wusste um die Männerfantasien und wie einfach sie auf solche Reize reagieren würden. Auch mal schön, dachte sie beim Ankleiden, « schauen ja, berühren verboten. »

Sie zog ihr schwarzes Taschenkleid an, das ihre Figur perfekt betonte und verließ das Bad. Ihr Mann pfiff bewundernd, als er sie sah: „Toll, du wirst bestimmt ein Erfolg!" – Julia fühlte sich geschmeichelt. Wo findet man schon einen Mann wie Leon, gut aussehend, erfolgreich und tolerant. Dazu noch mit der Einstellung, sich zu freuen und auch zu erregen, wenn sie mit anderen Männern flirtete.

Es klingelte pünktlich und Chris stand mit dem Van vor der Türe. Genau in dem Abstand, in dem er sie vor Wochen frisch von dem Franzosen gefickt hatte aussteigen lassen. Er frage sie, ab sie hinten oder vorne sitzen wollen. Das war keine Frage für sie.: „Vorne natürlich und ich will auch vorne sitzend wieder zurück gebracht werden!" Chris lacht laut und öffnete ihr die Türe. Die Fahrt begann, heraus aus der Stadt, übers Land. Es war Herbst und schon dunkel. Irgendwie dachte sie, ich will in solchen Dörfern die durchfahren wurden nicht wohnen. 40 Minuten später an einem Dorfrand ein großer Parkplatz und ein Gebäude mit roten Herzen als Leuchtreklame und anderem Kitsch außen. Einfach ein Etablissement wie man es sich im Film vorstellt. Oh je, dachte sie. Da musst du jetzt durch. Andererseits war sie auf dieses Genre neugierig. Also hinein hinter Chris. Drinnen war es dunkel und schummrig. Da war noch niemand. Es kam aber ein drahtiger Mann, südeuropäisch aussehend aus einer Seitentüre und begrüßte Chris. Es war sein Partner in dieser Bar: "Sascha." – „Julia". Und man hatte sich vorgestellt. Mehr schien ihn nicht zu interessieren, wenngleich sein Blick, so hatte sie das Gefühl doch Begehrlichkeiten ausdrückte. Chris ging vorweg durch einen Flur, öffnete eine Tür und sagt:" Hier kannst Du Dein Kleid ablegen!" Sie wusste ja, dass ihre „Dienstuniform" für diesen Abend das Korsett sein sollte. In dem Raum roch es sehr menschlich, man kann auch sagen leicht muffig. Jetzt merkte sie erst, dass hinter einem Garderobenteil zwei weitere Frauen am Umziehen waren. Sie ging auf diese zu, streckte ihre Hand aus und sagte: « Freut mich, ich heiße Julia!" Eine der beiden war groß, schlank und blond. Vielleicht ende Zwanzig, die andere mehr der südländische Typ, klein und kompakt mit ausladenden Brüsten. Schwarzhaarig, eventuell um die Vierzig. Etwas misstrauisch antwortete die Blonde: "Chantal!" Die kleine Schwarze: "Belinda!" Schienen ihre Künstlernamen zu sein. Nachforschen schien sinnlos. Julia versuchte nun ihren Reißverschluss hinten zu öffnen. Normalerweise machte das ihr Mann oder in erotischen Momenten jetzt ein geduldeter Liebhaber. Jetzt aber verbog sie sich gewaltig. Die kleine Schwarze, Belinda kam lachend zur Hilfe. Sie war scheinbar auch mehr der Gute-Laune-Typ und auch mehr gesprächig. Julia schälte sich aus ihrem Kleid und Belinda nickte anerkennend: "Bist du die Neue? Vor oder hinter der Bar?" fragte sie. Julia erklärte ihren Aushilfsjob und dass sie nur heute ausnahmsweise hier helfen würde. Man ging zu Dritt in den Gastronomieraum zu den plüschigen Sesseln und gepolsterten Rundecken. Chris wartete hinter der Theke. „Hinter der Theke ist oben-ohne-Service!" Meinte er. Sofort sagte Julia: „Dann kannst du mich gleich wieder heimfahren!" Chris akzeptierte das gleich und meinte, dass Julias Erscheinung in dem weißen Korsett mit den dunkel durchscheinenden Warzenhöfen ihrer Brust und dem wunderbaren behaarten dunklen Hügel in ihrem Höschen sogar noch eine bessere Attraktion für die Bar war, zumal sie die Fantasie der Gäste besonders anregen würde. Außerdem gab es in der Lokalität eine Art lilanes Licht, welches das weiße Outfit von Julia besonders leuchtend erscheinen ließ und die Dessous noch transparenter machte.

Egal, der Abend musste durchgezogen werden. Inzwischen war auch die Dritte dabei. Typ vielleicht Balkan, mittlere Größe auch dunkelhaarig, vielleicht auch Mitte vierzig. Sie stellte sich als Diana vor, was auch nach Pseudonym klang. Allen drei war unbewusst anzumerken, dass sie Julia heute als Konkurrenz für ihr Abendgeschäft ansahen. Diese wurde aber jetzt hinter der Theke von Chris eingewiesen in Preise für kleine Flaschen, große Flaschen sonstige Tresengetränke und vor allen Dingen darin, wie man es vermeidet selbst Alkohol zu trinken. Hierfür gab es in

Whiskeyflaschen abgefüllten Tee und ähnliches. Das musste, durch den eigenen Körper abgedeckt in das eigene Glas gefüllt werden und wurde nach dem Prost mit dem Spender wieder für diesen unerreichbar hinter sich gestellt.

Julia staunte, so aber war sie für den Abend gewappnet, denn auch sie sollte ja Umsatz machen. Die ersten Gäste kamen. Sie gingen zuerst mal an die Theke zu Julia. Bier, Wein und sonstige Getränke wurden je nach Typ geordnet und die Chantal, Belinda und Diana kamen Stück für Stück dazu. Chantal, die Blonde schien als erste Erfolg zu haben und verschwand mit einem Gast im Séparée. Kurz darauf steckte sie den Kopf heraus und bestellte bei Julia eine große Flasche. Julia servierte diese in einem größeren abgeteilten Teil des Séparées. Dort saß der Gast bereits mit offenem Hemd auf einer Liege. Julia verschwand schnell wieder. Draußen war jetzt Betrieb. Die kleine Belinda saß an einem Tisch mit einem Gast. Sie gab sich Mühe, ihre optisch ausladende Oberweite in Szene zu setzen. Scheinbar zeigte das Wirkung. Sie kam zur Theke und bestellt eine kleine Flasche fürs Séparée. Julia richtete auch das und ging den beiden nach. Drinnen hörte sie schon lautes Stöhnen von Chantal. Diese arbeitete die gekaufte große Flasche gerade ab.

Nichts wie wieder raus an die sichere Theke. So verliefen die ersten 3-4 Stunden. Die Männer holten sich beim Anblick von Julia scheinbar Appetit auf Sex und die Damen erfüllten das routinemäßig. Eine Stunde vor Schluss kam ein Gast, vielleicht um die sechzig Jahre, mittlere Größe, leichter Bauchansatz, kurzer Bürstenhaarschnitt, gut gekleidet. Irgendwie schien das ein besonderer zu Gast sein, denn die Köpfe von Diana und Belinda fuhren herum und schauten konzentriert auf den Mann. Er kam zur Theke und war irgendwie irritiert Julia zu sehen. Sie begrüßte ihn. Er schien sprachlos bei ihrem Anblick, schüttelte kurz den Kopf und entschuldigte sich für sein Schweigen. Er bestellte ein Bier und fragte Julia, ob er sie auch zu einem Drink einladen dürfte. Hier war natürlich der berühmte Teewhiskey gefragt. Ausgeschenkt, Eiswürfel rein und Prost.

Inzwischen kam Belinda zum Tresen und begrüßte den neuen Gast: „Schön, Robert, dass du uns wieder besuchst. Kann ich was für dich tun?" Aha, Robert hieß er und Belinda kannte ihn. Er spendierte ihr auch ein Getränk. Natürlich nahm sie auch Teewhiskey mit Eis. Er bat sie aber zu warten, er würde sich melden. Damit ging sie wieder an ihren Platz zurück. Robert schien nur an einem Gespräch mit Julia interessiert zu sein. Er erzählte, dass er früher eine große Bank geleitet hatte, dass er Witwer sei und keine neue feste Bindung mehr wolle und vieles Mehr. Eine gute Zuhörerin war Julia sowieso, so verging einige Zeit, ohne dass Barumsatz gemacht wurde. Schließlich wollte Robert Julia eine große Flasche spendieren und mit ihr nebenan gehen. Sie lehnte das höflich ab mit dem Hinweis, sie sei heute nur Aushilfe und nur für die Theke zuständig. Außerdem war der Mann ja so alt, dass er ihr Vater hätte sein können und an den hatte sie keine guten Erinnerungen.

Robert ließ aber nicht locker und redete mit Sascha, dem Zweitboss des Ladens. Der kam zu Julia und bat sie, wenigstens für eine kleine Flasche mit dem Gast im Lokal in eine ruhige Ecke zu setzen. Er findet sie toll und will das Gespräch weiter führen. Kurze Überlegung von Julia, dann willigte sie ein unter der Bedingung, dass Belinda den Verdienst der Flasche gutgeschrieben bekommt, denn es schien ja, dass Robert Gast von ihr war. Außerdem hatte sie inzwischen erfahren, dass Belinda 2 Kinder hatte und daher abends hier noch was dazu verdienen musste.

Sascha nickt und informierte Belinda. Diese schaute glücklich und hob den Daumen. Man zog sich in die dunkle Lokalecke mit den runden gepolsterten Sitzen zurück. Julia servierte die Flasche mit Gläsern so, dass sie beim Einschenken sich nach vorne beugte und ihm einen perfekten Blick in ihr wohlgerundetes Dekolleté bot. Sie dachte, wenn er schon zahlt, soll er auch was geboten bekommen und zahlen für ein Gespräch mit ihr, war ja schon was Besonderes. Man trank ein paar Schlucke. Im Gegensatz zum Teewhiskey war das echter Alkohol und die Stimmung wurde lockerer. Die Themen waren durchaus interessant, da er aus reicher Berufserfahrung sprach und auch anscheinend immer noch ein gutes Netzwerk in der Finanzbranche hatte. Ihr Mann Leon hätte jetzt bestimmt ein paar interessante Fragen. Sicher würde er sich auch jetzt beim Anblick seiner Frau im Korsett mit einem älteren Mann in dunkler Ecke flirtend sehr erregen.

Robert streichelte leicht über ihren Arm, was ihr eine leichte Gänsehaut bescherte. Egal, war angenehm und schließlich ist ja bald Feierabend, dachte sie. Da er so nett und spendabel war fasste sie unter dem Tisch an seine Hose und rieb ganz leicht über seinem Reißverschluss hin und her. Umgehend schwoll der Inhalt der Hose an. Irgendwie fühlte sie sich gut, hatte sie doch die Lage im Griff und tat was ihr gefiel. Die Flasche war fast leer und die Öffnungszeit des Club zu Ende. Aber Robert war jetzt richtig geil. Er machte Julia noch ein etwas unseriöses Angebot um doch noch zum Ergebnis zu kommen, aber sie lehnte diplomatisch und mit einem Küsschen auf seine Wange ab.

Dann ging sie sich umziehen, verabschiedete sich von den anderen Damen im Wissen, nicht mehr herzukommen. Robert war auch gegangen und Chris wartete mit dem Auto um sie heimzubringen. Vorne oder hinten einsteigen, fragt er. - Julia ließ sich hinten öffnen. Sie wollte in der guten Stimmung in der sie war, wie eine Königin kutschiert werden. Wie schon bei der letzten Fahrt mit dem Franzosen lief gute Musik, Lichter kamen vorbei, sie war angetörnt. Ihre rechte Hand suchte unter ihrem Kleid den Slip. Dann über den Gummizug wieder nach vorne über den seidenweichen Venushügel und mit dem Ring- und Zeigefinger spreizte sie ihre Vulva. Sie wunderte sich in dem Moment, wie feucht sie schon war. Ihr Mittelfinger begann ihren Kitzler leicht zu massieren und parallel lief im Kopfkino eine Geschichte über einen geilen Fick ab. Da summte ihr Handy. Ein kurzer Blick sagte ihr Leon hatte eine Nachricht geschickt. Also linke Hand ans Gerät, die rechte Hand streichelte weiterhin ihren Intimbereich. Sie rief ihn an: "Wann kommst Du?" fragte er. „Bin in 10 Minuten zuhause". „Kommt Chris mit." „Der hat wenig Zeit. Muss gleich weiter." Chris hörte das und bat Julia kurz zu unterbrechen. „Moment, Chris möchte mir was sagen." Leon hörte eine Minute nichts. Dann: " Bist du noch da?" „Ja natürlich". „ Also Chris kommt kurz noch zu uns rein. Es muss aber alles schnell gehen und du musst im Gästezimmer warten bis er fertig ist. Außerdem will er, dass du ihm ein Vorspiel und ein Nachspiel machst. Ist das OK?" Kurzes Schlucken an anderen Ende. „Ja, bis gleich." Julia noch: „Richte bitte das Schlafzimmer".

Fünf Minuten später standen sie vor der Haustüre und gingen hinein. Chris ging gleich ins Gästezimmer um sich auszuziehen und Julia bat ihren Mann ihr Kleid hinten zu öffnen. Es fiel herunter, sie stieg heraus und stellte sich vor ihn. Dann nahm sie seine Hand und führte diese zwischen ihre Schenkel. Er spürte sofort, wie feucht sie schon war. „Ich brauche das jetzt, das spürst du doch?" Sie gab ihm einen Kuss und flüsterte ihm ins Ohr: „ Deine Frau wird gleich gefickt und besamt, aber nur wenn du meinen Lover auch gut vorbereitest und auch geduldig wartest." Leons Schwanz war hart wie selten. Julia entschwand ins dunkle Schlafzimmer. Leon ging zu Chris, der mit seinem großen Glied im Zimmer stand und wartete. „Komm zeig ob du so gut blasen kannst wie deine Frau." Der Schwanz von Chris war größer als seiner. Er schloss die Augen und begann mit der oralen Betätigung. Während dessen lag Julia in Erwartung ihres Liebhabers mit angezogenen, gespreizten Beinen bereits auf dem Bett, ein Finger wieder in ihr selbst und wartete.

Chris kam herein, bestieg sie sofort und sie führte sein Glied gekonnt ein Mit einem lauten Aufstöhnen nahm sie ihn in sich auf. Er füllte sie sofort ganz aus und seine Stöße in ihr waren fordernd und dominant. Sie schnappte nach Luft, keuchte und begann ebenfalls durch Abstützen ihrer Beine mit ihrem Becken gegen die Bewegungen von Chris an zu arbeiten. So intensivierte sich das Ganze. Chris war erfahren und wusste wie man Frauen noch zusätzlich aufgeilen konnte. So schob er sich nach oben, damit sein Penis steiler in Julia eindrang und die Vorderseite der Vulva mit dem Kitzler stärker rieb. Julia begann zu zappeln, denn ein Orgasmus stand kurz bevor. Auch Chris wollte nicht lange ficken und stieß final besonders intensiv in sie hinein. Beide kamen zur finalen Erlösung. Bereits wenige Sekunden später lachten sie sich befreit an und Chris zog seinen Schwanz aus Julia.

Er ging ins Nebenzimmer wo Leon erregt mit leicht rotem Kopf auf dem Bett saß. „Komm, leck mich sauber, da kannst du probieren wie Deine Frau innen schmeckt. Habe sie gerade gut befriedigt. Wenn du damit fertig bist, kannst du zu ihr rüber gehen!" Leon tat wie gewünscht und reinigte den Penis von Chris. Er kannte ja den Geschmack seines Samens. Dann durfte er ins Schlafzimmer. Julia lag auf dem Rücken. Ein Gästehandtusch schaute zwischen ihren Beinen heraus.

Leon legte sich vor sie und streichelte über ihr Haar. Sie schaute zufrieden aus. Einen geilen Abend gehabt und jetzt einen zärtlichen Mann bei sich. „Ich liebe diesen Geruch an dir!" sagte Leon. „Den wirst du noch oft riechen dürfen," hauchte Julia und rieb seinen Schwanz leicht sozusagen als Belohnung für diesen schönen Moment mit ihm. „Komm mit ins Bad und hol dir deine Belohnung ab!" forderte sie ihn auf.

Er würde sie jetzt liebend gern ficken, aber die Vereinbarung für den Abend war ja anders. So bat er sie „darf ich dich bitte mit gespreizten Beinen sehen!" Kein Problem dachte Julia, legte sich auf den Rücken und entfernte das Handtuch. Instinktiv legte sie dabei ihren Kopf noch weit zurück und öffnete langsam ihre Schenkel. Dabei ging ihre rechte Hand wie spielerisch über ihren Bauch nach unten und zwei Finger öffneten ihre Vagina. Leon war aufgegeilt als er die große, frisch gefickte Scheide seiner Frau sah, immer noch feucht. „Zufrieden?" fragte Julia und Leon nickte. „Komm bitte ins Bad!" Leon folgte ihr.

Im Bad machte Julia nur einen kleinen Schminkspiegel an, sodass es da auch ein schummriges Licht gab. „Komm her und stell dich über das Waschbecken!" Geübt begann sie den Schwanz von Leon zu wichsen. Gleichzeitig erzähle sie ihm im Flüsterton von ihren Erlebnissen in der Bar. Da war viel dazu erfunden, aber sie wusste wie Leon darauf anspringen würde und was ihn schnell zum Abspritzen bringt. So erfand sie, dass es sie geil gemacht hätte, als sie das Stöhnen der anderen Frau um Separeé hörte und gerne an ihrer Stelle gewesen wäre. Auch erzählte sie von Robert, wie geil der auf sie war. Sie hätte ihm unter dem Tisch den Schwanz aus der Hose geholt und ihn befriedigt. Stimmte alles nicht, aber der Zweck war erfüllt. Mit lautem Aufstöhnen entlud sich Leon in mehreren Schüben ins Waschbecken. Julia staunte, freute sich aber innerlich, dass ihre Geschichten und ihre Technik anscheinend auf fruchtbaren Boden gefallen waren. Dabei musste sie selbst bei diesem Gedankenwortspiel lachen. Auch fiel ihr der Spruch ein : Dass man etwas locker aus dem Handgelenk macht, was ursprünglich sicher nicht dafür gedacht war. „Komm wir waschen uns noch schnell und dann muss ich schlafen Schatz. Morgen sollten wir wieder mit dem Käfig beginnen. Deine Freiheit ist jetzt wieder vorbei!" Chris war schon vorher unbemerkt gegangen.

Episode 10 : Der Spezialgast

Ein paar Tage beruflicher Anstrengung bei ihm und auch bei ihr waren angesagt. Überhaupt machte ihr der Job als Kinderbetreuerin Spaß, wenn auch manche Eltern anstrengend waren. In dem täglichen Job hätte niemand in Julia die femme fatale erkannt, die sie manchmal nachts sein konnte. Vielleicht ein ganz geschultes

Auge hätte in ihrem Blick so etwas vermuten können. Diese Unterschiede machten sie insgeheim weiter stolz vor allen Dingen, wenn sie hektische Satellitenmütter beobachtete, die noch dazu sehr untervögelt aussahen. Vielleicht hatten die auch nie die Chance sich mal hemmungslos geben zu dürfen. Sie konnte sich auch vorstellen, dass viele Frauen einen Nachholbedarf an Schamlosigkeit hätten. Eventuell würden sich das viele Männer von ihren Frauen sogar mal zwischendurch wünschen, ging es ihr dabei durch den Kopf? So unterdrücken beide ihren gegenseitigen Bedürfnisse. Irgenwie fand das Julia tragisch. Und so dachte sie lieber an den schönen Fick von ihr am Abend davor.

Ein paar Tage später meldete sich Chris wieder. Sie war ja immer neugierig, wenn er anrief. Hatte er doch so eine Art, alles spannend zu machen. Und bisher lief ja auch alles aufregend und erfüllend und vor allen Dingen meistens unerwartet. „Wir haben ein Problem", begann Chris den Anruf. Das hörte sich fast an wie im Film Apollo 13, als die Astronauten im Weltall Teile ihrer Raumkapsel verloren hatten. „Wie, was?" stotterte Julia kurz, denn sie war die Art von Telefonat mit ihm nicht gewohnt. „Du warst am Samstag in der Bar zu gut!" – Jetzt verstand sie gar nichts mehr. „Wieso, was ist passiert?" „Durch Deinen Topauftritt an diesem Abend, haben die Mädels mehr Umsatz gemacht als sonst. Du warst einfach zu erotisch für die Männer." „Und was ist daran ein Problem?" fragte Julia zurück. „Jetzt fehlt eben ein solcher Eyecatcher wie du und vor allen Dingen hast du unseren Hauptstammgast, den Robert ganz aus der Bahn geworfen!" Julia war perplex. „Das ist aber nicht mein Problem, ich habe nur ausgeholfen und es so gut wie ich dachte gemacht. War auch interessant und stimulierend, aber das war einmalig!" „Eben", sagte Chris „ das ist ja das Problem".

Jetzt war Julia noch verwirrter und machte einen Fehler mit der Frage: „Was kann ich dafür tun?" Das war die manipulierte und erwartete Antwort, auf die Chris gewartet hatte. „Robert wünscht sich dich nochmals zu sehen. Du brauchst nicht in der Bar arbeiten, lediglich zu einem vorher vereinbarten Termin da sein und danach wieder gehen. Nur einmal und nur weil uns Robert als Gast wichtig ist!" Na ja, nett war der Kerl ja, aber er könnte wie gesagt ihr Vater sein. Sie ahnte, was Chris und Robert erwarten würden, Sexarbeit in einem dunklen Separeé. Sie hatte ja beim letzten Mal die anderen Damen stöhnen gehört. „Du, dazu kann ich jetzt nichts sagen. Wird wahrscheinlich nicht klappen. Das ist eigentlich nichts für mich!" Hierbei machte sie wieder Fehler. Kein konsequentes Nein und dazu auch noch das Wort eigentlich.

Chris wusste, dass er Robert Hoffnung machen konnte. Abends im Bett erzählte sie ihrem Mann von dem Telefonat und dem ihr angetragenen Wunsch. Leon hatte noch die Geschichte von Samstagnacht im Bad im Kopf, als sie ihn über dem Waschbecken befriedigte. Er soll ja ein netter, interessanter Mann sein. Schließlich hatte sie auch erzählt, dass sie seinen Schwanz unter dem Tisch befriedigt hatte. Jetzt wollte er anscheinend seine Frau nochmals treffen um sie diesmal ganz zu genießen. Ihn törnte die Vorstellung natürlich an. Seine Frau im dunklen Séparée wird von einem älteren Herrn gefickt. Wenn er ihr das nahebringen wollte, musste er jetzt diplomatisch sein. Er kroch zu ihr hinüber und streichelte sie sanft und ausführlich. Sie ahnte etwas, ließ es aber geschehen. „Also Schatz, Sex sollte auch Spaß machen. Und wenn du das nicht willst, verstehe ich es natürlich." Natürlich bedeutete aber, es wäre schön wenn du das machen würdest. Julia schloss die Augen und genoss seine Zärtlichkeiten. Die andere Seite ihrer Neigungen war ja auch der Wunsch, dominiert zu werden. Deshalb hielt ja die erste Ehe so lang. Dominiert hieß in diesem Fall für Sex zu Verfügung zu stehen und zwar zu den Wünschen des Freiers, denn das war ja Robert. Der wollte ja bezahlen um mit ihr ins große Séparée zu kommen. Dann war da ja noch die Obsession ihres Mannes sie beim Sex mit einem anderen zu sehen oder zu wissen, dass er stattfindet. Zusätzlich noch das damalige Versprechen beim zweiten Sex mit Chris, dass er bestimmt, wann und von wem sie gefickt wird.

Sie hatte damals vor Geilheit zugestimmt. Jetzt war der Moment, wo sie drei Männer befriedigen konnte, sie musste aber mitmachen und hinhalten. Sie drehte sich zu Leon hin und flüsterte: „Ich denk darüber nach." Sie wollte das Schicksal entscheiden lassen, vielleicht rief Chris ja nicht mehr an und die Sache hatte sich erledigt. Doch nach zwei Tagen klingelte das Telefon. Die Nummer von Chris. Drangehen oder wegdrücken? Wegdrücken würde vielleicht die ganze Beziehung gefährden, nicht drangehen ist wie Zahnschmerzen, die gehen auch nicht weg, wenn man das Problem nicht angeht. Also kurz noch warten und später dran gehen: „Sorry Chris, hatte mein Handy suchen müssen." Damit es glaubhaft wirkt auch noch etwas hektischer atmen. Es folgte der übliche Smalltalk über „Wie geht's- wie fühlst du dich" usw. bis zum entscheidenden Thema. „Habe mit Robert gesprochen. Er versteht deine Bedenken, schließlich bist du ja keine Nutte sondern eine Ehefrau und er versteht, wenn du ihn nicht treffen möchtest. Er dachte nur, dass die damalige Unterhaltung mit ihm, auch dir Spaß gemacht hat. Er verspricht auch, dass es bei dem einen Mal jetzt bleiben würde." Das klang ja fast wie ein bitte bitte. Irgendwie, ohne zu überlegen sagte sie: "OK, mach einen Termin. Aber keinen Abend, nur diesen Termin und das Geld bekommt Belinda." (Der Spitznamen von Belinda war Gräfin Habenichts). Chris sagte, er würde sich wieder melden.

Julia war über sich selbst erstaunt und kurz verwirrt, hatte sie doch drei Männern jetzt einen Gefallen getan. Sie tröstete sich damit, dass sie eigentlich gerne gefickt wird. Außerdem hoffte sie, dass der Termin nicht so schnell kommen würde und schließlich konnte sie dann evtl. auch sagen, es sei ein Familienfest oder ein Schnupfen, warum es nicht ging. Andererseits war Leon schon fast zu lange eingesperrt und auch ihr Körper meldete Lustgefühle. So legte sie in der Nacht beim Träumen selbst Hand an sich und massierte leicht ihre Klitoris. In ihrem Hirn begannen Geschichten von Haremsdamen, die vorher auf Sklavenmärkten verkauft wurden und nun für ihre Herren bereit sein mussten und zwar in dem Moment, wo der Herr sie auswählte. Sie versetzte sich in eine solche Sklavin und deren Gefühle bei diesem Akt und bekam einen sanften Orgasmus. Ganz still, Leon merkte nichts. Das war eine Art sanfte Vergewaltigung, die immer wieder durch ihren Kopf ging.

Es nutzte nichts, am nächsten Tag klingelte das Telefon. Chris war dran. Wieder die Blitzgedanken, wegdrücken, nicht drangehen, warten. Aber das kannte sie schon, also drangehen und Stress vortäuschen. Da sie gestern nichts gesagt hatte, dass heute etwas anliegt, hatte sie auch keine Entschuldigung. „ Ich hole dich heute Abend um 21 Uhr ab, dann bist du locker um 23 Uhr wieder zurück." Das klang bestimmt. Sie stotterte etwas Unverständliches, aber Chris sagte, der Termin würde stehen. Und nun folgten Komplimente an sie, ihre Attraktivität, dass sie Sex ja auch liebte und die Sache eigentlich für alle schön und wichtig sei. Sie faste wieder einen klaren Gedanken. „ Was soll ich anziehen?" Jetzt bekam sie detaillierte Wünsche für ihre optische Erscheinung. „Bitte eine weiße vorne geknöpfte Bluse und einen engen dunklen Rock." Auch solle sie auf einen BH und den Slip verzichten. Natürlich schöne dunkle halterlose Nahtstrümpfe und hohe Schuhe. Haare gerne etwas strenger nach hinten gekämmt und etwas kräftigeren Lippenstift.

Oh je, dachte sie. Andererseits kann es ihr ja egal sein, was Robert gefällt. Hauptsache es erregt ihn und somit hätte sie leichteres Spiel. Also, why not! Chris sagte noch etwas von Terminen die er jetzt hatte und dass der Rest heute Abend im Auto besprochen wird. Von ihr kam ein kurzes OK und schon war sie mit ihren Gedanken alleine. Es war jetzt 17 Uhr und sie hatte für diesen Abend keine Sexaktion geplant gehabt. Essen stand an. So richtete sie schnell etwas, denn ihr Mann würde bald kommen. Tatsächlich war er 10 Minuten später da, nahm seine Frau herzlich in den Arm und erzählte kurz Geschäftliches. Beim Essen bemerkte er eine Veränderung bei seiner Frau: „Schatz, liegt was an?" fragte er. Sie wollte es spannend machen und begann: „Ich möchte nachher mal deine Hoden prüfen ob sie schon voll genug sind. Vielleicht können wir sie heute Nacht erleichtern. Was hältst du davon?" Leon war perplex und in der gleichen Sekunde erregt. „Hast du ein Date!" frage er. Und sie erzählte im vom Telefonat mit Chris und dass sie sich nachher fertig machen müsste, denn sie wird abgeholt. Jetzt ging bei Leon das Kopfkino an. Seine Frau fickt im dunklen Separee. „Ja, ich warte gerne. Schön, dass du so begehrt bist, das ist auch ein Kompliment für mich."

Sie ging ins Bad, Duschen, Haare waschen, föhnen, schminken, alles braucht Zeit und sie war ja auch durch ihre Erziehung Pünktlichkeit und Zuverlässigkeit gewohnt. Etwas mehr Rouge auftragen, dem dunkleren Lippenstift großzügig einsetzen, das etwas intensivere Parfum an den Hals tupfen und auch auf beide Pobacken. Man weiß ja nie. So stand sie nackt vor dem Spiegel und war eigentlich zufrieden, auch wenn ihr die Vorstellung in rund zwei Stunden einen Mann zu beglücken noch nicht ganz geheuer war. Aber jetzt war es zu spät. Alle erwarteten etwas von ihr und irgendwie war es auch reizvoll eine Art Nutte zu spielen, die einen Zahler befriedigt. Außerdem ging das Geld ja nicht an sie, sondern an die Gräfin Habenichts, Belinda, der sie ja den Stammgast unverschuldet weggenommen hatte. Insofern war das zusätzlich noch eine gute Tat.

Also Augen zu und durch. Weiße Bluse raus, schwarzer Rock dazu und die schwarzen Nahtnetzstrümpfe, halterlos mit dem breiten gestickten Band oben, das besonders reizvoll aussah. Zehn Minuten später stand sie wieder vor dem Spiegel und war zufrieden. Ohne BH waren ihre schönen vollen Brüste gut zu sehen. Die Brustwarzen schimmerten durch und alles bewegte sich leicht beim Gehen. Ohne Slip zu gehen war sie gewohnt, da das ab und zu sogar beim Einkauf in der Stadt ein erotisches Spiel von ihr war. Es erregte sie zu wissen, dass die Anderen nichts ahnten. Jetzt noch die High Heels mit 12 cm Absatz und sie stand perfekt da. Diese Absatzhöhe war nur für spezielle Anlässe gedacht. Lange laufen wollte sie damit nicht, aber es betonte ihre Figur und ihre Beine enorm und machte Männer sehr an. Fertig. Und da es warm draußen war und sie auch gleich ins Auto steigen würde, verzichtete sie auf eine Jacke.

Noch fünf Minuten. Sie ließ ihren Mann an sich schnuppern und flüsterte ihm ins Ohr: „Nachher rieche ich bestimmt anders! Freust du dich!" Leon nickte und schon klingelte es. Wieder einsteigen direkt vor der Türe, diesmal hinten. Sie war ja sozusagen ein Fahrgast zu einem Termin, der chauffiert werden wollte. Und los ging die Fahrt. Sie kannte die Strecke ja inzwischen. Zwanzig Minuten Fahrzeit. Zeit sich zu entspannen und in Gedanken sich vorzubereiten. Bevor das aber gelang sagte Chris: „ Robert liebt Brüste, daher deine Bluse. Er möchte gerne direkten Kontakt mit ihnen haben. Außerdem kannst du ihm deine Fingerfertigkeiten am

Schwanz zeigen und deine perfekte Mundtechnik. Am besten du kniest dich danach auf das Sofa mit hochgezogenem Rock, dass er dich von hinten nehmen kann. Da geht's am schnellsten." Das war ernüchternd, aber für eine Hobbynutte, die sie ja jetzt war ein guter Verhaltenstipp. Es waren ja noch rund zehn Minuten zu fahren und so begann sie die Beine zu spreizen und mit ihren Fingern sich selbst zu stimulieren. Ihre Träume von gestern, Harem, Sklavin, dann sexuelle Dienerin halfen ihr dabei in bisschen in Stimmung zu kommen.

Aber der Van hielt und die Seitentüre wurde geöffnet. Julia zog ihren Rock nach unten und stieg aus. Der Wagen hatte direkt neben der Bareingangstüre gehalten und so ging es sofort hinein. Aus der Dunkelheit von draußen in das Halbdunkel der Bar. Irgendwie war es seltsam und doch scheinbar typisch, das diffuse Licht, die schmusige leise Musik und ein irgendwie eigener Geruch.

Robert saß schon an der Bar mit Belinda und einem Drink. Julia ging zu den beiden und begrüßte beide. Dann flüsterte sie Belinda ins Ohr:" Keine Angst, ist einmalig!" Belinda entfernte sich und Julia kam sich angezogen wie sie war, wie ein Fremdkörper vor. Alle Damen in Dessous. Sie klassisch mit weißer Bluse und schwarzem Rock, aber darunter waren ja die Leckereien versteckt. Robert freute sich ehrlich über ihr Kommen. Scheinbar hatte er Zweifel. Er bot einen Drink an und Julia sagte leichtsinnig: "Whiskey bitte." Nur kam der nicht aus der gewohnten Teewhiskeyflasche, die ja für die Bardamen vorgesehen war, sondern war echt. Oh Gott dachte sie, ist auch egal jetzt.

Robert wollte mit ihr noch an einen Tisch sitzen. Es wurde die runde Sitzecke vom letzten Mal. Man stieß an und Julia merkte wie Robert mit den Augen an ihren nun nicht gezähmten Brüsten hing. Diese zeichneten sich auch durch ihre Brustwarzen unter der Bluse sehr deutlich ab. Julia musste nun tätig werden, denn Robert hatte anscheinend Hemmungen vor ihr. Sie rutschte näher zu ihm und faste unter dem Tisch an seinen Schritt. „Du hast mich bestellt, hier bin ich!" hauchte sie. Er schluckte kurz: „Lass uns nach Nebenan gehen." Julia nahm noch einen kräftigen Schluck und stand auf. Robert folgte ihr. Beide verschwanden hinter dem dicken Vorhang neben der Bar. Julia ging ins erste große Separee, das sie noch vom letzten Mal, als sie Service machte kannte. Die Bank darin hatte einen schwarzen Kunstlederbezug und war eigentlich höher als normal, so Stuhlsitzhöhe mit einem kleinen Tisch davor. In diesem Bereich war wieder ein anderer Geruch als draußen. So eine Mischung aus verschiedenen Parfums. Ziemlich verrucht. Robert hatte sich gesetzt.

Julia bot nun an, draußen eine Flasche zu holen würde und fragte verlockend, was es ihm wert sei. Er wählte die Teuerste. Belinda wird sich freuen und Julia fühle sich geschmeichelt. „Mach dich schon mal bereit, ich bin gleich wieder da." Dann ging sie zur Theke und bestellte die gewünschte Flasche. Anerkennende Blicke der etatmäßigen Barfrau, die sie ja vorher vertreten hatte. Flasche auf ein Tablett plus 2 Gläser und Julia ging wieder zurück. Heimlich hatte Chris die Szene beobachtet und mit seinem Handy fotografiert, wie Julia zum Vorhang ging. Er postete das Bild an Leon mit dem Vermerk: „Gleich bekommt deine Frau einen Schwanz reingesteckt!". Leon ging das Bild durch und durch, wusste er doch nun zeitnah was seine Frau gleich treiben würde. Es machte ihn unheimlich geil, gleichzeitig spürte er ein Ziehen in der Magengegend. Er schaut auf die Uhr und rechnet, 30 Minuten ficken, 15 Minuten Reden, 20 Minuten Fahrt, dann müsste sie gegen

22.30 Uhr wieder zurück sein. Er brauchte Ablenkung, das war zu aufregend. Ein seichter Fernsehfilm wurde angeschaltet.

Gleichzeitig war Julia bei Robert zurück. Dieser lag schon in Shorts auf der Liege. Julia setzte sich dazu, schenkte ein: " Jetzt brauche ich nur noch die 300 Euro von dir für die Flasche. » „Selbstverständlich, gib mir grad meine Börse rüber." Sie holte die Börse aus der bereits ausgezogenen Hose und 300 Euro wurden übergeben. Julia brachte sie zum Tresen. Wieder bei Robert streichelte sie ihm vorne über seine Short. Sein Schwanz war schon hart und deutlich zu sehen. Sie setzte sich auf seinen Bauch und schaute ihn an. Dann öffnete sie langsam von oben herab ihre Bluse bis zum letzten Knopf über dem Rock. Jetzt waren beide Hände rechts und links an der offenen Bluse und zogen diese ganz langsam auseinander. Stück für Stück erschienen ihre beiden Brüste bis sie beide ganz offen zu sehen waren. Sie fasste nun jede mit einer Hand von unten an und bewegte sie leicht auf und ab, so als wollte sie ein Geschenk übergeben. Eigentlich wollte sie das ja auch und Robert zog sie zu sich herunter und lutschte ganz vorsichtig an der einen Brust. Dann die andere. Julia forcierte diese Bemühungen durch noch näheres Hinstrecken und bewusst lauteres Atmen.

Er nahm nun beide Brüste abwechseln in der Mund und begann leicht zu saugen. „Ja das machst du gut. Das gefällt mir. Mach weiter," törnte sie ihn an. Sie hatte ihn nun in der Hand. Er stöhnt: „Bitte ich will dich unten lecken, setz dich bitte auf mein Gesicht." Das war eigentlich nicht üblich, aber es war ja einmalig. Außerdem kamen jetzt ihre einparfümierten Pobacken zur Geltung. Sie stieg von ihm, drehte sich, zog ihren Rock hoch und ließ sich auf seinen Mund nieder. Sogleich war seine Zunge an ihrem Kitzler, erst leckend, dann mit dem Mund leicht saugend um dann rückwärts in ihrer Spalte zu versinken. Irgendwie machte er das gut, dachte sie und gab ihm mit Bewegungen ihres Unterleibs zu verstehen, dass ihr das gefiel.

Ihre Finger hatten inzwischen ihren Weg in seine Short gefunden und diese nach unten gezogen. Heraus sprang ein nicht zu langer, aber sehr dicker Männerschwanz. Er wurde mit ihrem Speichel ausgiebig befeuchtet und dann mit der perfekten Technik aus Fingernägeln hinter der Eichel und reibenden Bewegungen der ganzen Hand maximal stimuliert. Sein Zungenschlag in ihrer Fotze wurde immer hektischer und ein leises Stöhnen oder Jammern drang zwischen ihren Schenkel hervor. Er hob nun ihren Po nach oben und bat sie: „Bitte lass mich dich ficken, ich halte das nicht mehr aus." Julia stieg herab.

Robert stand auf. Julia wusste dass er Doggystyle bevorzugte. Also zog sie ihren Rock maximal hoch. Da er eng war musste sie ihn mit rechts links Bewegungen nach oben befördern. Sie kniete sich auf das Ende der Liege mit den Unterschenkeln ins Freie. Jetzt zeigte sich, warum die Liegen höher waren. So konnte ein Mann ohne Verrenkung hinter einer Frau in dieser Position stehen und ficken. Robert trat hinter sie und stand nun zwischen ihren Beinen. Sie machte ein Hohlkreuz nach unten und stützte sich auf die Ellenbogen, den Kopf legte sie auf ihre Unterarme. Er war gut feucht vorbereitet, sie ebenfalls. Trotzdem schnappte sie nach Luft und ein Stöhner ging in den Raum, als der dicke Schaft Roberts in sie eindrang. Drei vier ruckartige Stöße, dann ging es besser. Sie entschied sich, alles nicht zu lange werden zu lassen und begann ihrerseits gegen den Schwanz zu stoßen und Robert mit Worten zum Abschluss zu bringen. „Ohhhh, - schööön, - jaaaa, - komm, - fester, mach mir s, - gib mir deinen Saft, ich will ihn spüren!" Das war zu viel für Robert. Drei ruckartige Stöße noch und dann spürte

Julia die warme Feuchtigkeit in sich. Kurzes festes Atmen bei beiden, dann ein befreiendes Lachen.

Julia griff vor sich und holte aus einer Haushaltsbox Papiertücher und reichte sie nach hinten. Robert zog seinen Penis heraus und sagt nur: " Das war gut!". Julia nahm ebenfalls Tücher und richtete sich auf. Durch die Tücher musste sie nicht so laufen wie damals bei Chris, als sie vom Franzosen gefickt war. „Ich komme gleich wieder Du kannst dich schon mal anziehen!" Damit ging sie zur Toilette. Robert hatte für sein Alter ganz schön abgeladen. Es dauerte schon ein wenig, bis sie wieder ins Séparée zurückgehen konnte.

Man trank noch die Gläser leer und nahm die noch fast volle Flasche nach draußen mit. Chris wartete und Julia gab ihm mit Zeichen zu verstehen, dass sie bald oder sofort gehen wollte. Er sprach kurz diplomatisch mit Robert. Dieser nickte. Julia ging zu ihm und sagte pflichtgemäß, dass es sehr schön mit ihm war, aber….Robert bekam ein Küsschen und beide gingen. Belinda winkte noch dankbar zum Abschied. Adieu Nachtbar.

Auf der Heimfahrt dachte Chris noch daran Julia vielleicht zuhause zu ficken, verwarf den Plan aber, denn sie schien von ihrer konzentrierten Aktion jetzt müde zu sein. So sagte er kurz vor Ihrer Haustüre, dass er jetzt erst mal drei Wochen in Urlaub sei. Er würde sich dazwischen mal bei ihr melden. Irgendwie war Julia froh über die Pause. Ihr Sexualleben war doch gehörig durcheinander gekommen seid dem Geständnis Ihres Mannes und dem Eintritt von Chris in ihr Eheleben.

Trotzdem waren alle Erlebnisse neu, teilweise fantasievoll und auch erfüllend gewesen. So halt, wie es die meisten Frauen nicht erleben würden. Sie verabschiedete sich und wünschte einen schönen

Urlaub und er bedankte sich bei ihr, dass sie das heute mitgemacht hatte. Julia war überrascht und erfreut. Im Hause wartete schon Leon. Sie ahnte seine Spannung und seine Wünsche, aber irgendwie war sie ziemlich müde im Kopf. Aber sie wollte ihren geliebten Mann damit nicht strafen, hatte sie ihm doch seinen Wunsch erfüllt und es war irgendwo auch aufregend gewesen.

Also ließ sie sich was einfallen und spielte wieder die Souveräne. Sie gab ihm den Schlüssel für seinen Käfig und sagte er solle in fünf Minuten ins Schlafzimmer kommen. Das Teil war wegen der Erregung wieder schwer zu entfernen. Er reinigte sich und ging ins Zimmer. Julia lag nackt auf dem Bett, mit gespreizten Beinen, Knie angezogen: « Komm, knie dich zwischen meine Beine und schau meine benutzte Fotze an. Da war vor einer Stunde noch einer drin und hat reingespritzt." Die Wortwahl war extra deftig, da es ihn in solchen Momenten besonders antörnte. Sie öffnete mit ihren beiden Fingern ihre Vagina, sodass er alles schön sehen konnte. „Willst du jetzt auch rein?" fragte sie und Leon bejahte das sofort. Die Aussicht in seine geliebte aber von einem anderen besamte Frau eindringen zu können, ihr mit Männerduft vermischtes Parfüm zu riechen erregte ihn über die Maßen. Er wollte anfangen, aber: „ Halt, warte ich habe eigentlich heute schon genug gehabt. Ich gebe dir genau 10 Stöße in mir, dann musst du abgespritzt haben. Sonst ist Schluss. Also wichse dich vorher schön und schau mich dabei an. Wenn du soweit bist für die zehn Stöße, dann kannst du in mich rein und die Reste vom Anderen spüren."

Leon nahm das Angebot sofort an und wichste sich heftig. Dabei flüsterte Julia einige Sätze ihm zu, was sie erlebt hatte und wie der Schwanz des anderen ausgesehen hatte usw. Leon stöhnte auf und man merkte, dass er vor dem explodieren war. Julia warf ihren Kopf zurück, hielt ihre Möse geöffnet und wartete auf das Eindringen ihres Mannes in sie. Es ging plötzlich sehr schnell. Er warf sich auf sie. Seine Latte drang tief in sie ein. Er genoss kurz ihren Geruch und das Gefühl ihrer feuchten und gedehnten Lustgrotte, während sie anfing die Stöße zu zählen. Stöhnend sagte sie sieben, acht, neun, da war es passiert. Leon bäumte sich auf und entlud sich in ihr.

Sie streichelte und lobte ihn: „Gut gemacht!" Beide schliefen danach tief und erholsam.

Episode 11: Heimlicher Wunsch

Sie hatte mit Chris in schwachen Stunden von ihren Sexwünschen nach einer Vergewaltigung gesprochen. Das regte seine Fantasie an und er arrangierte so etwas bei ihr zuhause ohne, dass sie es wusste.

Donnerstagabend. Sie stand in der Küche und machte das Abendessen. Spaghetti mit Bolognesesoße. Beim Rühren im Topf dachte sie an den nächsten Abend. Hier hatte sie einen Termin mit Chris, ihrem Liebhaber und Bull, der ja nach drei Wochen Urlaub seit vorgestern zurück gekommen war. Die erste Woche hatte sie noch Sex mit ihrem Mann, dann kam ein Anruf von Chris mit der Maßgabe, Leon zu verschließen. Das hieß, auch sie sollte warten. Über zwei Wochen hatte sie daher keinen Sex mehr gehabt. Was stattfinden sollte am nächsten Abend wusste sie nicht. Es war ihr auch egal, denn so war es umso spannender und erregender. Er wollte sie Freitagmorgen anrufen und ihr „Anweisungen" geben, die sie dann weiter in erregende Stimmung bringen würden. Danach wollte sie ihren Mann auf den Abend vorbereiten. Tröstende Worte, Prüfen der Hoden, aber auch die Aussicht für ihn, dass beide was Ungewöhnliches erwarten könnten. So dachte sie vor sich hin und lächelte leicht erregt. Ihr Mann war im Arbeitszimmer.

Es klingelt! – Sie öffnet die Türe. Davor stehen zwei Männer, die sie sofort zur Seite drängen und eintreten. Einer hält ihr den Mund zu. Sie hört ganz leise: „Mach kein Problem, sei ruhig, wir wollen niemand schädigen, nur Essen und ein bisschen Spaß haben." Sie zittert vor Angst, ihre Gedanken spielten Karussell. „Wirst Du ruhig sein?" Sie nickt. Er löst den Griff von ihrem Mund langsam und dreht sie um. Jetzt steht sie zwischen den Beiden. Sie sehen normal aus, nicht ungepflegt, nicht kriminell, wie man sich vielleicht Kriminelle vorstellt. „Du wirst jetzt machen was wir sagen, dann wird alles für alle gut", sagt er und weiter: "Ruf Deinen Mann!" Sie nickte und rief ihn. Er kam und blieb wie angewurzelt stehen. Sofort kommt die Ansage: „Ruhe, es passiert nichts bei Einhaltung unserer Anweisungen!" – Der zweite Mann geht hinter ihren Ehemann und bindet ihm die Hände auf den Rücken mittels Kabelbinder. So, der Befehl an Leon, setze dich in den Sessel. - Gesagt, getan. - Als er sitzt binden sie ihm einen Fuß an den Sessel, damit er nicht mehr weg kann. Er hat nun Blick auf den Esstisch und die offene Küche und seine verängstigte Frau. Auch bei ihm kreisen die Gedanken darüber, was das alles soll und wie es weiter geht. „So nun wollen wir mal schauen, was es heute zum Essen gibt." Sie prüfen die Töpfe. „Das sieht ja gut aus, das reicht locker für drei." „Ja, sagt sie, ich koche immer etwas mehr." „Da passt wunderbar Rotwein dazu. Hast du welchen" wird sie gefragt. Sie bejaht und holt aus dem Küchenregal eine Flasche. Das Etikett wird geprüft. „Gut, aber davon brauchen wir zwei!" Die zweite Flasche wird geholt und beide geöffnet.

Inzwischen erwärmt sich das Wasser für die Spaghetti langsam. „Wenn wir schon so leckeres Essen und so guten Wein haben, sollten wir auch schönes Geschirr und Gläser eindecken. Wo ist das?" Sie weist auf einen Schrank hin und er holt daraus das „gute

Geschirr" für Festtage und die großen geschliffenen Gläser. Sie steht immer noch starr in der Küche und versteht gar nichts mehr. „So, ich werde jetzt das Essen fertig kochen," sagte der eine und dann hingewandt zu ihr: „Bitte zieh dich um, dem Anlass entsprechend!" Wie, was, denkt sie. Er weiter, „mein Freund wird mit dir ins Schlafzimmer gehen und entsprechendes für dich und den Abend aussuchen!" Sie war sprachlos. Der Freund sagt sogleich: „Komm mit!" Sie ging wortlos mit weichen Knien voraus ins Schlafzimmer.

Im Schlafzimmer öffnete sie ihren Schrankteil und holte ein enges Kleid heraus. Er lehne ab, zu konservativ. Ein weiteres gefiel auch nicht. „Du hast doch bestimmt etwas Reizvolleres, z.B. eine Korsage?" Sie erschrak, woher wusste er das? Dann holte sie das Stück aus dem Schrank. Er nahm es in die Hand und hielt es prüfend an ihren Körper. „Ja das ist gut. Und nun noch ein paar schöne Nahtstrümpfe und passende hohe Schuhe!" Sie holte die Sachen aus der „Erotikecke" in ihrem Kleiderschrank. Er entdeckte dabei ihren Kimono. Die Länge war bis kurz übers Knie, der Stoff seidig glänzend. Sehr attraktiv. „Das dazu!" war der Befehl. Sie entnahm dem Schrank noch einen Slip, denn jetzt ahnt sie, wie ihr Auftritt nachher aussehen sollte. „ Wo ist Dein Bad!" Sie ging mit den Kleidern im Arm hilflos schauend an ihrem Mann vorbei voran und zeigte das Bad. Er schaute hinein. „Gut, du ziehst dich jetzt um mit den Sachen, die wir ausgesucht haben und machst dich chic für unser Essen. Wenn Du fertig bist, klopfst du an die Türe. – Verstanden?" Er prüfte nochmals die reizvollen Stücke und nahm ihr den Slip weg. Dann verschloss er die Türe von außen.

Das kann nicht wahr sein, bin ich hier im falschen Film. Was wollen die Typen blos? Sehen doch ganz normal aus, eigentlich nicht mal schlecht. Woher kannten sie meine reizvollen Dessous, die ich jetzt auch noch anziehen soll? Den Slip haben sie mir auch noch weggenommen, na ja ich habe ja noch den Kimono. Raus komme ich hier nicht. Anrufen kann ich auch niemand und mein Mann ist in ihrer Gewalt. Die Gedanken schwirren durch Julias Kopf, während sie sich mechanisch umzieht. Darin hatte sie ja inzwischen Routine. Also Kimono vorne fest verschließen und zusammenbinden und an die Türe klopfen. Es dauerte vielleicht zwei Minuten bis der Freund aufschloss. Sie stand nun vor ihm und er betrachtete sie prüfend. Wieder durchfuhren die Gedanken an Sklavenmärkte ihren Kopf. „Bitte etwas mehr Rouge und mehr Lippenrot." Er kam ihr näher und roch an ihr. „Auch könnte es ein schönes Parfum vertragen. – Soll ich warten oder wieder abschließen?" „Nein, nein, das ist gleich erledigt." War ihre Antwort. Sie zog den Lippenstift nach, extra etwas voller und puderte Rouge auf ihr Gesicht. Dann nahm sie das schwere Parfum, das sie in der Bar benutzt hatte und tupfte es auf den Hals. „Sehr gut, sehr attraktiv - komm!" sagte er und Julia folgte.

In der Küche hatte der zweite Typ inzwischen Teigwaren in das kochende das Wasser gelegt. Die Spaghetti und die Soße sind bald fertig, der gute Rotwein in einer Karaffe vorbereitet, der Tisch schön gedeckt und der Ehemann sitzt immer noch gefesselt in Sichtweite – Die Stilettos nähern sich hörbar auf dem Parkettboden dem Esszimmer. Dann kam sie herein. – Ein bewundernder Pfiff des Kollegen ertönt. Sie geht und schaut verschämt auf den Boden. „Das ist die perfekte Ergänzung zum Festmahl und die beste vorstellbare Nachspeise! – Komm geh zu deinem Mann, dass er auch sieht, wie sexy du bist. (das wussten beide nur zu gut) . Beuge dich mal nach vorne zu ihm." Sie tat wie befohlen und er schaute in ihren Ausschnitt.

Die Brüste waren durch die Korsage schön gewölbt und mit einer herrlichen Furche dazwischen. Ähnlich attraktiver Dirndl. - Sie schauten sich wortlos in die Augen und keiner verstand was los war. Nun verlange er, dass sie den Kimono unten leicht auseinander zog. Sie zögerte, aber die Anweisung wurde deutlich wiederholt. Also zog sie die beiden Enden des Kimonos unten leicht auseinander und er sah die geliebte, perfekte und wunderbar behaarte Vagina seiner Frau vor sich. Jetzt hatte er das Gefühl etwas unternehmen zu müssen. Er wollte aufstehen, aber es ging nicht. „Schön ruhig, wieder hinsetzen!" lautete der Befehl und zu seiner Frau hieß es: „Setz dich hierhin und lass dich bedienen!" Als alle saßen, sagte der Wortführer: „Der stört nur in seinem Sessel. Bring ihn ins Schlafzimmer, dann haben wir hier Ruhe. Leon wurde die Beinfessel gelöst und er ging mit dem einen ins Schlafzimmer. Dort in einer Ecke auf einem Sessel wurde er wieder fixiert. Das Licht ging aus, die Türe geschlossen und er saß im Dunkeln, allein mit seinen Gedanken. In so einer Situation ist man besonders hellhörig.-Nach kurzer Zeit hörte er erstmal den Ausruf „Prost" und danach Gläserklingeln. Gesprächsfetzen waren hörbar und wieder „Prost". Nach vielleicht 15-20 Minuten erstmals ein Männerlachen und wieder „Prost". Die Stimmung schien zumindest bei den Männern locker am Tisch zu sein, was ihn beruhigte, denn er hatte die ganze Zeit Angst um seine Frau. Er wusste nicht wieviel Zeit vergangen war, vielleicht 40-50 Minuten, da hört er Stilettoschritte, die sich auf die Schlafzimmertür zubewegten. Seine Aufregung wuchs. Die Türe ging auf und er sah im Gegenlicht seine Frau und dahinter die beiden Männer eintreten. Einer machte das Deckenlicht an. Der Letzte schloss jetzt die Schlafzimmertür ab, der andere ging zu den Fenstern, verschloss sie und ließ die Rollläden herunter. Er machte die kleine Nachttischlampe an, deren Leuchtkegeln nach unten zeigte. – Jetzt waren sie wie im Gefängnis.

Während die Männer sich auszogen kam seine Frau auf ihn zu und flüstert ihm ins Ohr: „Die Herren wollen eine Nachspeise. Diese kann für uns süß oder bitter sein. Sie sagten, ich kann mich entscheiden, ob sie freundlich und zärtlich zu mir sind oder ob sie sich alles mit Gewalt nehmen ohne Garantie für unsere Sicherheit. Ich habe mich in unserem Sinne fürs Erstere entschieden. Dafür muss ich aber jedem € 100.-- geben!" Sie griff ihrem Mann in die hintere Tasche, holte seinen Geldbeutel heraus und entnahm diesem € 200.--.

Einer der Männer lag schon mit größerem Penis im Bett, der andere nahm das Geld und löschte das Licht. Nun waren die Gestalten nur noch schemenhaft zu sehen. Fatal erinnerte die Dämmerung an das erste Mal als Leon seine Frau mit Chris beobachten durfte.

Der Größere der beiden sagte nun zu Julia: „Komm leg dich zu uns und zeig uns, was du kannst!". Julia hatte den Kimono abgelegt und kroch nun zwischen die Beiden. Einer nahm ihre Hand und führte sie an seinen Penis, der bereits groß und hart war. Sie begann zögerlich das harte große Glied zu reiben. Ihm schien das schon gut zu gefallen, denn er dreht sich zu ihr, nahm sie in den Arm und begann ihren Hals zu küssen. „Fester reiben!" stöhnte er. Sie tat wie gewünscht, wusste sie doch auch, dass Männer, wenn sie im Vorspiel gut erregt werden später schneller zum Orgasmus kommen. Also fügte sie sich in das ungewöhnliche Schicksal und zeigte ihre Stimulationsqualitäten. Er hatte inzwischen ihre Beine gespreizt und seine volle Hand lag auf ihrer Möse. Der Mittelfinger vibrierte zwischen ihren Schamlippen und drang langsam in sie ein. Er schien Erfahrung zu haben, denn durch das Krümmen des Fingers in ihr erreichte er ihren sensiblen G-Punkt was sie unweigerlich dazu brachte mit dem Unterleib zu zucken.

Nun ging alles sehr schnell. Er wälzte sich auf sie, drängte ihre Beine auseinander. Sie zog diese bereitwillig an und er führte seinen Schwanz zielstrebig ein. Sie warf ihren Kopf zurück und stöhnte laut auf. Nach ein paar Stößen hatte sie die Sache wieder im Griff und arbeitete mit ihrem Becken aktiv gegen ihn. Ihre Hände hielten ihn an seinen Pobacken fest und zogen ihn damit zusätzlich zu ihr hin. Das zeigte Wirkung. Er war kurz davor abzuspritzen, wollte aber das Spiel verlängern. Das aber passte ihr nicht und so stöhnte sie gespielt und flüsterte ihm ins Ohr, "mach weiter, nicht aufhören, gib mir deinen Saft jetzt, - schnell!" Er konnte nicht mehr an sich halten und mit einem lauten Seufzer und noch vier fünf festen Stößen entlud er sich zuckend in ihr. Sie schaute zur Decke und wartete kurz, dass er von ihr abließ.

Der andere hatte derweil ein kleines Handtuch geholt das er ihr gab. Sie nutzte es und gab es dem größeren weiter. Dieser ging nun aus dem Raum, anscheinend ins Bad und sie war mit dem anderen allein. Oh Gott, noch einer, aber den schaff ich auch noch. Sie dreht sich zu ihm und begann ihr routinemäßiges Vorspiel. Schwanz massieren und ihn dann dazu bringen, sie zu besteigen. Er hatte jedoch andere Ideen. Er wollte nicht auf ihr liegen, sondern verlangte erst mal einen Blowjob. OK, dachte sie, umso besser, dann geht es nachher schneller und legte sich bewährt ins Zeug. Zuerst mit der Zunge um die Eichel spielen, dann den Schwanz mit Speichel ganz feucht machen, die Eiche voll in den Mund nehmen und dabei mit der Hand ordentlich reiben und dazwischen mit den Zähnen leicht rückwärts über die Eichel fahren. Gleiches geht auch mit den Fingernägeln. Der Typ wand sich und stöhnte.

Sie wollte es nun hinter sich bringen und legte sich auf den Rücken. Er aber blieb liegen und zeigte ihr an, dass sie sich auf ihn setzen solle und er diese Stellung wünsche. Das war aber gar nicht im Sinne von Julia, denn das war die Stellung, die sie am besten zu ihrem Orgasmus brachte, da hierbei, warum auch immer, ein harter Schwanz ihren vorderen G-Punkt besonders stark stimulierte. Auch waren ihre Brüste frei über dem Gesicht des Mannes, was diese dazu stimulierte, sie anzufassen und zu kneten. Das steigerte dann bei ihr noch mehr die Lust.

Sie versuchte ihn auf sich zu ziehen, er aber verlangte, dass sie sich auf seinen Schwanz zu setzen hatte. Also bestieg sie ihn, hielt seinen Penis fest, spielte mit seiner Eichel vor ihrem Körpereingang. Er schien jetzt schon vor Glück die Augen zu verdrehen, dann setzte sie sich voll auf den harten Schwanz. Dieser drang mühelos in sie ein, denn sie sie war ja vom Vorgänger noch weit, groß und feucht. Viel spürte sie deshalb nicht. Einen Moment dachte sie, dass sich so vielleicht eine Hure fühlen musste, die diesen Job ja mehrmals am Tag erledigt.

Sie bewegte steil auf im sitzend ihren Unterkörper ähnlich einer Bauchtänzerin. Dieses Spiel war faszinierend anzuschauen. Es erregte Leon, der im gleichen Moment wegen dieser Gefühle ein schlechtes Gewissen bekam, war doch seine Frau hier tätig um beide vor Schlimmerem zu bewahren. Julia selbst hoffte dass sie den Typ endlich schaffen würde. Der war aber ausdauernd und es gefiel ihm aber merklich und hörbar so gut, dass er Julia für ihre Technik stöhnend lobte und sie anspornte. Sie musste das zu Ende bringen und sie wollte das auch, aber in ihr steigerte sich ihre eigene Lust, angeregt durch ihre Lieblingsstellung, die sie nun zwangsweise besonders aktiv ausführte.

Ihre Nervenbahnen signalisierten höchste Erregung. Sie wollte das nicht zulassen, nicht jetzt, nicht bei diesem Typen. Doch dann folgte ihr nach Erlösung suchender Körper nicht mehr ihrem Willen und sie sank nach vorne. Ihre Brüste hingen nun einladend über seinem Gesicht. Er hielt ihren Oberkörper sogleich in dieser Position um dann eine der Prachtstücke saugend in den Mund zu nehmen. Wie ein Blitz durchzuckte das Julia und da er gleichzeitig nun das Stoßen in ihrem geilen Körper aktivierte, schaltete sich ihr Hirn ganz aus. Sein Mund wechselte zur anderen Brust. Ihre Brustwarzen groß und steif und jetzt besonders empfindlich und da war es um sie geschehen. Mit einem lauten stöhnenden Schrei entlud sich ihr Körper in einem starken Orgasmus und langem Zucken fast aller Körperteile. Sie bemerkte dabei nicht mehr, dass sich ihr Fickpartner auch einen Orgasmus hatte. Die ganze Anspannung der letzten Stunden entlud sich nun und sie begann laut zu schluchzen. Der Unbekannte streichelte sie sanft und drehte sich mit ihr zur Seite. Das kleine Handtuch wurde gereicht und sie steckte es gedankenverloren zwischen Ihre Beine.

Der große der Beiden war inzwischen wieder im Zimmer, angezogen und ging zu Leon. „Ich werde dich nun befreien. Aber du bleibst so lange sitzen, bis wir weg sind, kapiert!" Leon nickte. Der Kleinere zog sich ohne ins Bad zugehen an und beide waren weg. Die Wohnungstüre klappte zu, man hörte die Haustüre sich schließen. Stille. Fast…Julia schluchzte noch immer leicht. Leon ging zu ihr streichelte und küsste sie leicht. Er sah ja seiner Frau gerne beim Ficken zu, hier war es jedoch was anderes gewesen.

Julia fing sich wieder und er fragte, ob man zur Polizei gehen soll? Sie überlegte kurz. „Wie willst du denen erklären, dass ich vergewaltigt worden bin und dafür noch € 200.—bezahlt habe? Außerdem habe ich einen gewaltigen Orgasmus gehabt. Lass uns das Beste daraus machen und die erregenden Teile von diesem Erlebnis bewahren."

Hier endet dieser Teil fast, denn am nächsten Tag rief Chris an. Er sagte den heute geplanten Termin mit Bedauern ab. Sie hatte das auch irgendwie nach der letzten Nacht verdrängt und war dankbar. Hatte sie doch auch genug gefickt, bzw. war gefickt worden. Sie erzählte ihm, was ihr passiert sei. Er fragte nach ihren Gefühlen dabei und wie es ihr ginge. Da er ja ihr Liebhaber und Bull in der ehelichen Beziehung war, schilderte sie ihre Angst, ihre Erregung und was sie beim gefickt werden empfand und wie sie trotz Widerstand in sich zu einem großen Orgasmuserlebnis kam. Seine Fragen am Telefon, auch nach Details kamen ihr seltsam vor. Andererseits wurde ihr klar, dass das Erlebte eigentlich einen sexuellen inneren Wunsch von ihr erfüllt hatte und das noch in verhältnismäßig harmloser Form.

Chris zeigte sich nach diesem Geständnis beruhigt und meinte nur: „Dann kann ich ja meinen Freunden sagen, dass sie ihren Job gut gemacht haben und damit die € 200.—redlich verdient waren." Julia war froh zu sitzen, sonst wären ihr die Beine weggeknickt nach dieser Information. Sie stotterte: „Wie?....Was?" Er informierte sie, dass sie beide nie in einer Gefahr gewesen wären und er ihr nur ein neues aufregendes Sexualerlebnis bereiten wollte. Jetzt wurde ihr einiges klar. Das war das Wochenerlebnis. Sie bat ihn um Pause, da sie erst mal das Ganze verarbeiten musste.

Bei allem tat ihr Leon leid, der jetzt theoretisch umsonst auf seinen Glücksmoment gewartet hatte. Andererseits, wenn sie es sich recht überlegte, hatte er ja für seine Wünsche die größten Eindrücke mitnehmen können. Hatte aber nichts davon. Also was ist zu tun um auch ihm gerecht zu werden. Ficken wollte sie jetzt nicht mehr. Sie brauchte auch eine Pause von Chris und ihrem Mann. - Ihr fiel was anderes ein.

Er kam abends von der Arbeit nach Hause. Beim Essen erzählte sie die Geschichte von Chris und dass alles nur arrangiert war und nie eine Gefahr bestand und dass jetzt erst mal eine Pause sei, die sie bräuchte. Leon freute sich ehrlich für sie, aber war unmerklich enttäuscht für seine Situation. Sie spürte und wusste das. Daher sagt sie zum ihm: „Komm nachher mal ins Bad, ich habe eine Überraschung für dich."

Gespannt klopft er an die Badtüre, denn er wusste, dass er das in solchen Momenten so machen musste. Es rief schnell von drinnen: „Herein". Seine Frau stand im Kimono vor ihm, nichts darunter und spricht: „Du hast gestern auch gelitten, andererseits auch nicht, das weiß ich, deshalb verschaffe ich dir jetzt Erleichterung. Chris hat das auch genehmigt. Sie fasst mit dem erregenden Griff an seine Hoden und nickte wohlwollend. : „ja, da muss man was tun!" Sie entfernte das Schloss von seinem Käfig und bat ihn das Teil abzunehmen. Wieder hatte er Probleme, da sein Glied wegen Julias Vorbemerkungen und ihrem Aussehen stark geschwollen war. Sie lachte dabei, denn es war auch schön zu sehen, wie gut es ihr gelang, ihn zu erregen. Sie öffnete ihren Kimono und rieb nun ihren nackten Körper an seinem, wobei sie seinen Schwanz wichste und ihn zwischen ihre Beine führte. So spürte er an seiner sensiblen Eichel ihre schöne Behaarung. „Gefällt dir das? – Rein darfst du aber heute nicht," schnurrte sie.

Dann dreht sie ihn zum Waschbecken hin und flüstert: "Denk an gestern und an die Schwänze in mir und wie es mir zum Schluss gekommen ist. Mach die Augen zu und stell dir das jetzt vor. – Komm !" Augenblicklich schloss er die Augen und die gestrigen Bilder liefern vor ihm ab. Es waren aber nur die Bilder, die in seine Cuckoldfantasie passten, wie der erste Penis in seine Frau eindrang, wie sie stöhnte und dann aktiv mit machte. Wie der zweite von ihr geritten wurde und sie nachher willenlos von ihm zum Höhepunkt gebracht wurde. All das lief ab während sie seinen Schwanz über dem Waschbecken rieb. Sie spürte, dass es ihm gefiel und es nicht mehr lange dauere bis er kommen würde. „Komm, -- ich will es sehen. Spritz wie die anderen gestern!" Das gab ihm den Rest und in einer großen milchigen Fontäne ergoss er sich in mehreren Schüben ins Waschbecken. Zuckend, stöhnend und erleichtert wachte er aus seiner Gedankenwelt auf. Julia lachte, gab ihm einen Kuss und wusch ihre Hände. „ Zufrieden? – Bitte mach das Waschbecken sauber, reinige dich und leg den Käfig wieder an. Bin in der Küche." Damit entschwand sie und er tat entspannt wie sie es wünschte. In der Küche verschloss sie ihn schnell wieder. Der normale Alltag war wieder da.

Episode 12 : Geburtstagsgeschenk (letztmals Käfig)

Der Geburtstag von Leon stand an. Julia fragte 14 Tage vorher ob er Wünsche habe. Wie fast immer haben Männer kaum oder keine Wünsche, sie wollen überrascht werden. So auch Leon. Gut sagte Julia, „dann schlage ich dir verschiedene Überraschungen vor. Wenn du eine gar nicht willst, OK, die anderen kommen in eine Verlosung, mal sehen was dabei herauskommt. Erster Vorschlag, exklusives Hotel, Ich setze mich über dein Gesicht und lasse mich ficken. So nah hast du das noch nie gesehen." Sie notierte das auf einen Zettel. „Zweiter Vorschlag. Ich lasse mich im Wald ficken und du kannst aus der Ferne von einem Hochsitz aus zusehen." Auch das wurde notiert. „Dritter Vorschlag. Du wirst in einem SM-Bereich vorbereitet, dann fixiert und kannst dann mir zusehen, wie ich mich vergnüge." Das wurde auch auf einem Zettel notiert. „Was kommt nicht in Frage?" Leon war von dem Angebot fasziniert. Er konnte nur sagen, dass er alle schön findet und sich überraschen lassen möchte. Julia war das ja klar. Also alle Zettel jeweils in einen

Umschlag. Alles vermischen und Leon durfte einen ziehen. Egal, Julia wusste ja schon vorher, was passieren würde, es war ja schon in Vorbereitung. Sie schaute in den Umschlag, schaute Leon vielsagend an und meinte, „gute Wahl." Es war zwar die Waldnummer, die war aber nie wirklich im Rennen. „So mein Schatz, jetzt heißt es nochmals geduldig sein. Da du ja deine Sexualität so gut im Griff hast, brauchst du deinen Käfig nach deinem Geburtstag nicht mehr tragen. Ich denke, wir beide kommen jetzt auch so zurecht."

Die zwei Wochen gingen schnell vorbei. Beide hatte ja noch Arbeit oder Jobs. In der Nacht vor seinem Geburtstag rutschte Julia zu ihm im Bett herüber. „So, jetzt sei lieb zu mir, ich will ein bisschen fantasieren und mich auf morgen vorbereiten." Sie nahm seine Hand und legte sie auf ihre Schenkel. Er wusste was sie wollte und begann zu Streicheln. Je näher er ihrer Vagina kam umso heftiger atmete sie. Endlich lag seine ganze Hand auf diesem prallen Lusthügel. Ihre Beine waren weit gespreizt. Als sein Mittelfinger begann langsam in sie einzudringen schloss sie die Schenkel, dreht sich zu ihm und presste seine Hand in dieser Stellung mit dem Mittelfinger in ihr ein. „Ja, jetzt gib mir s" hauchte sie und sein Finger führte kreisartige Bewegungen in ihr aus. Sie krampfte ihre Schenkel so zusammen, dass er fast Angst um seine Hand bekam, für sie war es jedoch die maximale Stimulation in diesem Moment. Sie zuckte und atmete stoßweise an seinem Ohr, dann löste sie den Schenkeldruck: "so jetzt bin ich gut auf morgen vorbereitet."

Am nächsten Tag holte Chris beide ab und man fuhr in ein gutes Restaurant zu Feier des Tages. Dort war ein Tisch für fünf Personen reserviert und Leon wunderte sich schon. Er ahnte jetzt aber langsam, welches Los er gezogen hatte. Wald konnte es nicht sein und Hotelbett war auch unwahrscheinlich. Man nahm Platz und fünf

Minuten später kam ein anderes Paar an den Tisch, mittleres Alter, sie dunkelblond mit streng nach hinten gekämmten Haaren, endend in einem Dutt. Sie sah dadurch erotisch streng aus. Er mittlere Größe und schlank, nicht auffällig ansonsten. Sie stellten sich als Sarah und Alexander vor. Nach belanglosen Floskeln und der Bestellung der Getränke und des Essen meint Sarah: „Es freut uns und speziell mich, dass du deinen Geburtstagswunsch bei uns erleben möchtest." Leon hatte ja schon viel erlebt, jetzt hatte er einen Kloß im Hals und Erregung in der Magengegend. „Danke dafür" meinte er. „Aber ich habe keine Ahnung was meine liebe Frau organisiert hat." „Du bist jedenfalls mir zugeteilt!" sagt Sarah geheimnisvoll. Chris kannte alle, Julia sah scheinbar die beiden zum ersten Mal, kam aber gut mit ihnen zurecht.

So entwickelte sich ein stimmungsvoller Abend, wobei Julia scheinbar ein, zwei Gläser mehr trank als sonst. Danach ging die Fahrt in einen Vorort mit Einfamilienhäusern und gepflegten Vorgärten. Eine Doppelgaragentüre öffnete sich. Das Auto von Sarah und Alexander verschwand darin. Dann ging das Licht im Haus an und die Eingangstüre auf. Die Einrichtung im Hause war postmodern gemischt mit wenigen Antiquitäten. Sah gut aus. Geschmack hatten die beiden. Ein Glas mit perlendem Inhalt wurde gebracht und auf einen interessanten Abend angestoßen. Vier wussten ja, was geplant war. Nach rund fünfzehn Minuten trat Sarah nah an Leon heran und sagt: „Du wirst mir jetzt folgen, während die beiden anderen sich um deine Frau kümmern. Jetzt war natürlich Alarm in Leons Hose. Sarah nahm in an der Hand und ging mit ihm in einen Flur. „Du verstehst, wenn alle ihren Spaß haben wollen, darfst du nicht stören. Ich habe daher was für dich vorbereitet. Wenn du schön mitmachst, hast du nachher einen Logenplatz, wie im Mittelalter. – Bist du bereit?" Leon nickte. Beide standen vor einer Türe die Sarah nun öffnete. Dahinter war eine Art Besenkammer. Klein und eng. „Geh da rein und zieh dich ganz aus. Rücken zur Türe und wenn du fertig bist, klopfst du. – Verstanden?" Die Ansage war unmissverständlich. Es war ja ein hocherotisches Spiel, da ist man drin gefangen. Die Türe wurde hinter ihm verschlossen und er begann sich zu entkleiden. Es war eng, es roch nach Putzmittel. Trotzdem schaffte er es, wenn auch das Ausziehen der Hose und Schuhe mit dem Bücken am schwierigsten war. Nackt stand er nun da, nur noch der Käfig war vorhanden. Versprochen war ja von Julia, dass er heute letztmals zu tragen sei. Er klopfte hinter sich und wartete. – Es wurde aufgeschlossen. „Bleib so stehen und dreh dich nicht um," hörte er Sarahs Stimme. Sie trat hinter ihn und zog ihm eine Augenbinde von hinten über den Kopf. „Jetzt Hände nach hinten!" Er tat wie befohlen und schon klickten Handschellen. „So jetzt rückwärts heraus zu mir," war die nächste Ansage.

Draußen im Flur stand er nun, sah nichts, war aber erregt. Er spürte wie sie um ihn herum lief. „So jetzt Beine leicht spreizen." Auch das machte er. „Jetzt befreien wir dich erstmal von deinem Käfig. Es soll ja heute das letzte Mal sein, wie ich gehörte habe." Sie schloss das Teil auf, löste die Hodenringe und wollte den Schwanz befreien. Dieser war aber durch die Gesamterregung so geschwollen, dass Sarah hier Probleme hatte. „Schön, dass es dich so geil macht." Dann fasste sie mit sicherem Griff seinen Penis und seine Eier hinten, wickelte ein Seil durch eine Schlaufe darum und : "so nun wirst du mir folgen müssen. » Im fielen dabei Stiere ein, die am Nasenring geführt werden. Nach ein paar Metern ging es durch eine Türe. Er hörte wie eine Art Vorhang beiseite geschoben wurde, dann kam der Befehl. "Stopp!" Sarah band nun das Schwanzseil an einen Pfosten und entfernte Leon die Augenbinde.

Er stand in einer Art Folterecke mit Kreuz an der Wand, irgendwelchen Bänken und einem Halspranger und vielen weiteren Utensilien an den Wänden. Der Vorhang trennte einen Raum ab, in dem ein großes Doppelbett stand, beleuchtet durch eine Nachttischlampe. Das war das einzige Licht in diesem Raum. Der Vorhang war aber so transparent, eine Art Voile, dass man das Bett sehen konnte, selbst aber nicht gesehen wurde, da man ja dahinter im Dunkeln stand. Sarah trat wieder vor ihn. Sie hatte nun eine Art Lederkorsage an und Netzstrümpfe und kniehohe Stiefel. Auch schien sie ihre Lippen nachgezogen zu haben, denn diese wirkten nun voller und roter. Sie fasste seinen Schwanz an und rieb ihn leicht. „Ich schau jetzt mal, wie weit die beiden mit deiner Frau sind Und wenn du dann eine gute Entscheidung triffst, haben wir bald alle etwas davon." Sie ging weg, durch eine Türe hinaus und Leon blieb am Schwanz fixiert zurück.

Sarah kam zurück. „Du hast ja eine geile Frau. Die beiden Männer haben sie gerade richtig in Fahrt gebracht. Wenn du willst hole ich die Drei hier herüber, dann hast du was zu Sehen oder ist es dir lieber, wenn die Drei jetzt drüben loslegen?" „Hole sie bitte." Mehr konnte Leon nicht sagen. „Gut, mach ich gleich, zuvor kannst du noch entscheiden ab du das Schauspiel am Kreuz oder Pranger erleben willst. Am Pranger kannst du zusehen, am Kreuz nur zuhören." „Bitte Pranger." Sie öffnete das Teil nach oben. Leon bückte sich, legte den Kopf in die Mulde, dann wurden die Handschellen gelöst. Beide Hänge in die kleineren Mulden rechts und links vom Kopf gelegt und das Ganze oben wieder herabgeklappt. Nun war man fixiert. Sarah schloss den Vorhang und ging nach nebenan. Kurz darauf kam Chris mit großem Schwanz durch die Türe, gefolgt von Julia, nackt bis auf ihre halterlosen Strümpfe, danach Alexander, ebenfalls mit großem Ständer. Sarah zum Schluss. Sie hatte nun den Slip abgelegt. Man sah ein dunkelblondes Dreieck. Die Frauen legten sich in die Mitte und Sarah wendete sich Julia zu, die nichts dagegen hatte. Sie ging sehr zielgerichtet mit Ihren Händen zwischen Julias Schenkel und schien ihr dabei ins Ohr zu flüstern. Julia begann zu zucken. Chris lag hinter Sarah und spielte mit deren Brüsten und Alexander rieb seinen Schwanz selbst, damit dieser in Form bleibt. Sarah schien Julia für ihren Mann vorzubereiten, denn Julia schien immer wieder zu nicken. Jetzt hob Sarah ihr links Bein an, damit Chris von der Seite in sie eindringen konnte. Man merkte es sofort, dass sie einen Schwanz in sich hatte, denn sie ließ Julia los.

Das nahm Alexander zum Anlass Julia sofort zu besteigen. Sie schien so willig zu sein, dass er mit der Schmetterlingsstellung begann.

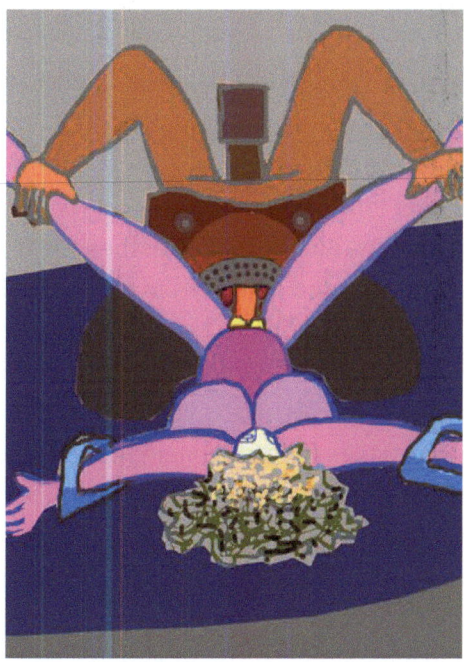

Es wurde laut, speziell von den Frauen. Leon sah schemenhaft wie seine Frau Stoß um Stoß freudig empfing. Alexander ließ nun Julias Beine los, stieg dann über beide darüber um sich mit ihr zur Seite zu rollen und sie dann auf sich zu legen. Sie begann sofort ihn richtig zu reiten und zu zeigen, was ihr Unterkörper an Bewegungen konnte. Sarah nebenan forderte Chris mit kurzen „Ja, ja, ja," Rufen und aktiver Bein- und Beckenarbeit. Man schien die Hochspannung von Chris zu spüren, sich beherrschen zu wollen. Doch nach zwei heftigen Stößen entlud er sich stöhnend in sie. Julia hingegen war wie in einem Tunnel, fixiert auf sich und den Schwanz in ihr. Sie stand kurz vor ihrem Orgasmus und gab daher alles für ihre Erfüllung. Da war die Beherrschung von Alexander auch vorbei. Julia spürte die warme Flüssigkeit in sich ausbreiten und sank zuckend auf ihm zusammen.

Sarah rollte sich zu ihr hinüber und flüsterte ihr ins Ohr, "vergiss deinen Mann nicht, er steht fixiert hinter dem Vorhang." Julia kam zu sich und stieg von Alexander herunter. Ein Teil seines Samens blieb dabei auf ihm. Sie gab ihm einen Kuss auf die Wange, richtete der Form halber kurz ihre Haare und ging zu ihrem Mann. Leon stand am Pranger fixiert, Blick auf das Geschehene mit steifem Schwanz. Sie befreite ihn und nahm ihn in den Arm. „Happy birthday, mein Schatz. Ich hoffe unsere Aufführung hat dir gefallen." Ihre Hand begann schon damit seinen Penis zu stimulieren. Sie hob das rechte Bein an und sein Schwanz konnte nun ihre feuchten Lusteingang spüren. „Alles für dich angerichtet." flüsterte sie. „Du kannst nun wählen zwischen ausführlicher mündlicher Stimulation durch mich und kurzem Fick danach oder du nimmst mich jetzt gleich hier." Leon ahnte, dass ihr ersteres jetzt lieber sei, da sie doch mit Alexander alles gegeben hatte. Er küsste seine Frau und drückte den Kopf von ihr nach unten. Sie verstand und ging auf die Knie und begann, was sie ja perfekt beherrschte. Viel Speichelfeuchtigkeit, leichter Einsatz der Zähne und Fingernägel, kraulen und leichtes Kneten der Eier und dann im richtigen Moment starkes Wichsen des Schwanzes unter Beobachtung des Mannes. Jener zeigt in dem Moment im Gesicht die Signale der kommenden Ejakulation. „Komm jetzt rein in mich. Füll mich wie der andere auf." Leon tat wie gewünscht und wie auch gewollt. Das Ergebnis war ein paar Sekunden später hörbar.

Die anderen waren bereits im Bad fertig und wieder angezogen. Man traf sich in wahrsten Sinne des Wortes erleichtert im Wohnzimmer. Sarah und Alexander waren eigentlich ein Swingerpaar. Das was heute stattgefunden hatte, war aber eine willkommene Abwechslung. Eine schöne Zeit zu zweit begann nun für Julia und Leon.

Episode 13: Parisreise

Nach einiger Zeit rief samstagmorgens Chris an. „Ich fahre jetzt spontan 2 bis 3 Tage nach Paris. Da kenne ich mich ein bisschen aus. Wollt ihr mit?" Es zeichnete Julia aus reaktionsschnell im Denken zu sein, da war sie aber überrascht. „Tolle Idee. Kann ich dich in ein paar Minuten zurückrufen?" „Gerne." Sie sortiert ihre Gedanken. Eigentlich nicht schlecht der Vorschlag, hatte sie doch bis Mittwoch frei. Also Leon überzeugen. „Hast du einen Moment Zeit oder störe ich?" fragte sie. „Was gibt s." Sie machte es spannend. „Vielleicht was Aufregendes für uns, wenn du flexibel bist." Schnurrte sie.

Jetzt war Leon ganz auf Empfang eingestellt. Sie erzählte vom Anruf Chris und davon, dass sie ja bis Mittwoch sowieso frei hätte. Leon sagte, dass er gleich zurückrufen würde. Fünf Minuten später sein Rückruf: „Alles klar, konnte zwei Termine verlegen, wann soll es losgehen?" „Wie ich verstanden habe innerhalb der nächsten Stunde." „Also ich komme, aber du musst bitte alles richten!" Kein Problem, Liebling. Du wirst zufrieden sein!". Chris wurde zurückgerufen, dass alles klappt. Zeit für Details zu besprechen war nicht. War auch egal, das war eine schöne Spätherbstfahrt. Wetter prüfen, wegen der Garderobe, Koffer auf und alles rein außer aufreizende Dessous. AB anschalten. Kurz innehalten um nachzudenken, nichts vergessen? Da klingelt es auch schon. Chris steht vor der Türe. „Sorry, verrückte Idee, schön dass ihr mitkommt." Und schon war auch Leon ihr Mann eingetroffen. Julia begrüßte ihn mit einem Kuss und einem Dankschön für seine Flexibilität. Gepäck in den eigentlich für Julia hässlichen Van, dessen Vorzüge sie ja schon auf der Rückbank mit dem Franzosen genossen hatte und es ging los.

Fünf Stunden würde es lt. Navi dauern, Zeit genug alles zu regeln. Leon machte den Vorschlag, die Kosten in Paris zu tragen. Chris sollte die PKW-Kosten übernehmen. Gute Idee, war Konsens. Draußen zog die Landschaft vorbei. Die Blätter waren schon bunt. Manchmal kamen auch schon kalte Winde auf. Julia fiel das Gedicht von Rainer Maria Rilke „Herbsttag" ein, das diese Stimmung so schön beschreibt. Darin die Zeile: "Wer jetzt allein ist, wird es lange bleiben!" Ja, der gute Rilke kannte ja nicht ihre Beziehung. Sie lächelte still vor sich hin. Ein bisschen dösen, Fahrerwechsel, weiter geht s und schon rollt man auf den Champs-Élisées zum Fremdenverkehrsamt, da ja niemand ein Hotel gebucht hatte.

Chris konnte einigermaßen Französisch: „Une chambre pur trois persones, s'il vous plait." Von wegen Zimmer am Wochenende in Paris. Julia verstand, dass es höchstens ein Zimmer in einem Palais für eine Nacht geben und dann für 2 Nächte ein weiteres in einem einfachen anderen Hotel in einer Seitenstraße beim Arc de

Triomphe. Hautsache Zimmer. Gebucht ohne nach Preisen zu fragen. Das Zimmer im Palais war eine Art Suite, ausgestattet mit Antiquitäten und einem riesigen Bett. Man beschloss erstmal irgendwo essen zu gehen und fand auch ein nettes Restaurant in der Nähe. Tolles Essen, guter Wein und alle stanken nach Knoblauch und waren bester Laune.

Zurück imLuxuszimmer, begann Leon mit seiner Frau zu schmusen. Sie wusste, dass er sie vorbereitete, genoss es aber trotz seiner Hintergedanken. Alle waren im Bad und Julia fand sich im Sandwich zwischen den Männern wieder. Chris vor ihr, Leon hinter ihr. Irgendwie wie im Tierreich, dachte sie kurz. Egal, der Abend war so anregend, das Zimmer so toll, das Bett so groß und die Männerschwänze so erregt. Sie spielte mit Chris um dann ihren rechten Schenkel über ihn zu legen und ihren Eingang frei zu machen. Er nutzte das Angebot sofort und drang in sei ein. Hinten spürte sie Leon und hörte sein erregtes Atmen an ihrem Ohr. Chris stieß heftig zu. Das Bett klopfte an die Wand und Julia stöhnte laut. Leon rieb noch ihre Brüste und so war sie kurz davor wegzutreten, als es laut an die Wand pochte. Wirklich laut und vernehmlich.

Die drei hielten inne, die Stimmung war weg. Beide Männer hatten anscheinend Mitleid mit Julia, dabei waren alle drei nicht zum gewünschten Ergebnis gekommen.

Nach einigen Minuten kam ein Vorschlag von Julia: „Morgen, im anderen Hotel lasse ich mir was für euch einfallen. Wartet mal ab. Und jetzt gute Nacht!" Beim Auschecken am nächsten Morgen verschwanden Julia und Chris schnell zum Auto. Leon beglich die Rechnung an der Rezeption. Diese waren so diskret oder unwissend, dass die nächtliche Ruhestörung nicht zum Tragen kam.

Also neuer Tag, Sightseeing in Paris. Zuerst Montmartre. Mit seinen gepflasterten Sträßchen, der erstaunlichen Basilika, den Künstlern und Bistros versprüht Montmartre einen unglaublichen Charme. Hoch auf dem Hügel der Butte im 18. Arrondissement hat das berühmteste Viertel von Paris nichts von dem Dorf verloren, das von den Künstlern im 19. und 20. Jahrhundert so geprägt wurde. Einfach erlebenswert. Sitzen, beobachten, irgendwas trinken. Bei allen war die Stimmung gut. Einmal rauf auf den Eiffelturm und Paris von oben sehen. Spätnachmittags über Seinebrücken, speziell die Pont neuf durch Viertel mit hochherrschaftlichen Häusern zurück zum neuen Hotel. Es war ein einfaches Hotel. Unten mit einem Restaurant, aber gute Citylage. Ein Parkplatz wurde auch gefunden und so beschloss man, abends unten im Hotelrestaurant zu essen.

Einchecken, zwei Männer eine Frau. Alle im besten Alter. Franzosen sind da schmerzloser. Das Zimmer war normal. Doppelbett + Einzelbett, eben für Familie mit Kind. Wer war aber bei Ihnen das Kind? Chris übernahm die Rolle. Noch etwas relaxen, dann Duschen, dann runter ins Lokal. Man hatte beim Einchecken schon einen Tisch reserviert. Einfaches Lokal, das heißt in Frankreich ja nichts. Papiertischdecken, Leute an der Theke trinken Pastis. Vielleicht sind sie auf dem Heimweg. Einfache Karte, war auch unwichtig. Der Wirt erkannte die Touristen und sagte einfach: „je vais te cuisiner quelque chose." „Merci." Damit war alles bestellt und keiner wusste was kommt.

Es war perfekt. Vorspeise, Zwischenspeise, Aperitif, guter einfacher Wein, süße Kleinigkeiten danach. Die Stimmung und der Alkoholpegel am Tisch waren hoch. Fast drei Stunden dauerte das Mal. Gegen Ende staut sich ja in der unteren Hälfte des Körpers das Blut wegen der Verdauung. Nebeneffekt speziell bei Männern Erektionsgefühle und damit erwartungsvolle Blicke zu Julia. Als erfahrene Frau wusste sie ja was los war und so riss sie zwei Ecken des Papiertischtuchs ab, nahm einen Stift und schrieb zwei Zahlen auf das Papier. Das wurde dann sorgfältig zusammen geknüllt. Leicht beschwipst, aber topfit sagte sie: «Wer die Eins zieht, darf mich zuerst ficken!" Die Papierkugeln lagen auf dem Resttischtuch und Leon begann zögerlich eine zu nehmen und zu öffnen. Er hatte die Zwei. Soweit alles klar.

Julia sammelte die Papierstücke wieder ein. Gleiches Spiel. Sie lagen wieder auf dem Tisch, diesmal mit der Ansage: "Die Nummer eins fickt mich von hinten, die Nummer zwei von oben!" Selbst Routinier Chris wurde es wärmer bei der Ansage. Diesmal zog Chris zuerst und hatte die Zwei gezogen, also er fickt zuerst von oben, dann Leon von hinten. Nachdem das geklärt war kam die Ansage von Julia: "Wenn es morgen wieder gut läuft und ihr heute nicht zu anstrengend seid, dann ist die Reihenfolge morgen umgekehrt!"

Plötzlich war ihr klar, wie weit sie sich aus dem Fenster gelehnt hatte und dass diese offensive Fickaufforderung nur der guten Stimmung und dem Alkohol geschuldet war. Irgendwie hatte alle drei es jetzt eilig ins Zimmer zu kommen. Leon musste ja noch bezahlen. Julia und Chris waren schon weg. Der Wirt kam nicht. Als er da war gab es noch einen Cognac auf das Haus. Er wollte weg, aber musste erst noch trinken. Der Wirt war so freundlich, den durfte man nicht beleidigen, zumal man ja morgen wieder da war. Endlich, kam er weg. Treppe rauf, Flur entlang, hinten rechts das letzte Zimmer. Er hörte aber schon einen Meter vorher das Stöhnen seiner Frau. Leise öffnete er die Türe. Chris lag in Liegestützstellung auf ihr. Er konnte seinen Schwanz sehen wie der in der Vagina von Julia steckte. Mal halb sichtbar, mal gar nicht. Sie hielt ihn seitlich mit beiden Händen und schien ihn immer wieder in sich hineinziehen zu wollen. Die Augen waren geschlossen, der Mund stöhnend offen und man sah, dass sie unter dem Körper von Chris mitarbeitete, sei es um ihre Lust zu steigern oder ihn anzutreiben. Für Leon ein absolut erregender Anblick. Die Kleider lagen um das Bett herum, teilweise auf dem Boden. Es schien also vorhin schnell gehen zu müssen. Chris ging nun mit dem Oberkörper nach vorne um steiler einzudringen. Sie versuchte mit den aufgestützten gespreizten Beinen ihr Becken zu heben, damit der Schwanz in ihr ihre Klitoris nicht zu stark rieb. Es nützte nichts. Ein Aufschrei bei ihr, ein lauten Stöhnen bei ihm und beide Körper zuckten. 10 Sekunden später ein befreiendes Lachen von Ihr und Chris richtete sich auf. Sein Glied war noch halbsteif als er Julia verließ. „So jetzt du," sagte sie zu Leon und drehte sich um in die Doggystellung. „Ich könnte heute zehn Männer ficken." Klang zwar vulgär, törnte aber Leon zusätzlich an.

Hinter ihr kniend sah er wieder diese wunderschönen großen Schamlippen, jetzt herrlich geöffnet und mit kleinen Samenpunkten garniert. Für ihn und seine Wünsche eine perfekte Einladung. Julia selbst wusste, dass die folgende Nummer kein Problem würde, war sie doch geweitet und ihr Mann höchst erregt. Ein paar aufreizende Worte, anfeuernde Sätze und Leon war in Fahrt und dann auch schnell befriedigt.

Chris war im Bad fertig, die beiden auch bald und Chris lag bereits im Kinderbett. Alle schliefen schnell ein. Am nächsten Tag war Kultur angesagt. Bald 4 Stunden Louvre und doch nicht alles gesehen. Zwischendurch bat sie Chris um einen Gefallen. „Ich habe ja gestern euch ausgelost und heute wäre Leon zuerst dran. Ich weiß nicht ob das gut ist. Könntest du heute Abend mit irgendeinem Vorwand verzichten?" Chris kapierte schnell das Problem. „Ich lass mir was einfallen." Julia war erleichtert und der Nachmittag gestaltete sich bis zum Abend unterhaltsam und kurzweilig. Nach den guten Erfahrungen gestern aß man wieder im Lokal des Hotels. Der Wirt freute sich. Jedoch war nicht so eine Völlerei wie gestern gewünscht. Auch weniger Wein, aber alles war gut. Zeit für das Zimmer.

Chris sagte zu den beiden, er brauche noch etwas Luft und wäre auch müde. Julia war s recht. „Komm nutze deine Chance," sagte sie zu ihrem Mann. Der verstand die Programmänderung zunächst nicht. Ging aber trotzdem gleich mit. Julia ging in die Offensive und spielte die Geile. „Komm", sagte sie, „du hast heute die Nummer eins gezogen, Missionarsstellung, beeile dich, ich habe Lust. „Denk dran, vielleicht werde ich nachher nochmals gefickt, also leg gut vor." Das wirkte wieder perfekt auf die Gehirnzellen von Leon. Er war sofort bereit. Julia stimulierte ihn noch fest mit der Hand, feuchtete die Eichel kräftig an und spreizte die Beine. Eigentlich ist es schön, aber wenn ein anderer im Spiel ist, doch anders. Sie wusste, dass Chris nicht auftauchen würde und so bestimmte sie das Tempo von Leon von intensiv auf einfühlsam. Sie genoss diese Minuten mit Hingabe. Beide waren zufrieden und Chris fehlte immer noch.

Zwanzig Minuten später kam er. „Sorry, habe etwas Kopfschmerzen. Denke wir sollten schlafen gehen." Damit waren alle zufrieden, wenn auch Chris etwas weniger.

Episode 14: Siebzehn Jahr – blondes Haar

Irgendwann rief Chris an und fragte, ob Julia und Leon Lust hätten an einer Gartenparty teilzunehmen Diese fände bei einem bekannten Ehepaar am Rande der Stadt statt. Er sei über ein paar Ecken mit denen verwandt und dort ginge es immer zwanglos zu, aber mit gutem Publikum. Nächstes Wochenende wäre der Termin und sie könnten mit ihm mitfahren, daher auch was Trinken. Beide sagten zu, war das ja mal was Neues. Julia ahnte aber nicht, dass Chris auch hier eine bestimmt Absicht verfolgte. Er kannte sie ja inzwischen gut und führte sie Stück für Stück zu einem vielleicht erreichbaren Ziel aus ihr eine Edelnutte zu machen. Dazu verschonte er sie mit plumpem Cuckoldsex, das hatte er ja bei dem anderen Ehepaar, das er ab und zu besuchte. Nein, hier funktionierte das gut, weil beide immer wieder für begrenzte Zeit keusch gehalten wurden. Er verschlossen und sie bekam dazwischen nur Softsex mit Leons Händen oder seiner Zunge. Da dann die kommenden Dates neue Sexerlebnisse versprachen war das Kopfkino der beiden immer auf Empfang und Julia besonders erwartungsfroh. Hier aber ahnten beide nichts.

Das Wochenende kam. Julia wollte etwas über den Dresscode wissen. Chris empfahl ihr, locker aber figurbetont. Chris kam mit seinem Van. Irgendwie war es Julia peinlich in dieses Auto mit Leon zu steigen und auch noch auf dem Rücksitz Platz zu nehmen. Sie war ja das vorletzte Mal auf diesem Sitz von dem Franzosen gefickt worden und das letzte Mal besamt von Robert gesessen. Es nutzte nichts und Leon ließ sich auch nichts anmerken. Nach kurzer Fahrt kamen sie an dem Anwesen an. Schönes Haus in Hanglage. Sie wurden den Gastgebern vorgestellt. Ein Ehepaar vielleicht 10 Jahre älter als sie und den beiden Kindern, eine Tochter von 15 Jahren und ein großer, blonder Sohn von 17 Jahren. Er wirkte etwas verschüchtert oder verstört. Egal, war ja nicht ihre Sache. Es gab gutes Essen vom Grill, schöne Musik von einem Discjockey, viele gute Gespräche mit den anderen Gästen. Kurzum, ein schöner Sommerabend mit herrlichem Sonnenuntergang. Julia und Leon waren bester Stimmung. „Und, gefällt es euch?" ja sagten beide fast gleichzeitig und bedankten sich für die Idee und die Einladung heute hier dabei zu sein.

Chris nahm Julia kurz zu Seite. „Der Hausherr ist ein Cousin von mir. Er hätte dir einen Vorschlag zu machen und würde gerne kurz mit dir darüber sprechen!" Julia stieg augenblicklich der Puls, was würde da jetzt kommen. War das wieder eine Fickfalle von Chris. „Keine

Angst!" sagte Chris, der ihre plötzliche Verunsicherung spürte, es ist sicher interessant für dich. Wie, was interessant für mich, dachte Julia. Irgendwie war das Fest jetzt anders für sie. Im Kopf kreisten die Gedanken und Leon merkte das. „Was ist?" fragte er und Julia erzählte, dass der Hausherr sie irgendwann was fragen wolle. Leon war auch verwirrt, dann aber selbst neugierig. „Denke, du solltest dir das anhören. Ist ja ein nettes Ehepaar!"

Nach rund einer Stunde hatte sich der Gastgeber immer noch nicht gemeldet und Julia wollte eigentlich jetzt nach Hause. Chris bat sie aber jetzt darum kurz ins Arbeitszimmer im ersten OG zu kommen. Wieder klopfte ihr Herz, Was würde sie jetzt erwarten. Für einen Kurzfick wäre sie nicht zu haben, da sie sich nicht in eine funktionierende Ehe einmischen wollte.

Der Hausherr erwartete sie und Chris stellte sie nochmals vor: „Das ist die tolle Julia. Eine wunderbare Frau." Mehr sagte er nicht und ging. Ihr Nachbar wirkte ähnlich verwirrt wie sie. Er schien auf jeden Fall nicht auf Sex aus zu sein. - Nach kurzem Schweigen begann er: „Ich hoffe es gefällt ihnen bei uns. Ich will es kurz machen. Ich hätte ein Bitte, bzw. eine Vorstellung wie sie uns helfen könnten. Unser Sohn Jonas ist jetzt 17 Jahre und ich weiß aus meiner Zeit, als ich so alt war, wie stark die sexuellen Wünsche in diesem Alter sind. Werden aber diese fehlgeleitet, z.B. durch zu viel Pornokonsum, führt das zu riesigen Problemen für die jungen Menschen und evtl. auch für die ganze Familie. Jugendliche, die in diesem Alter lernen mit Sex umzugehen, evtl. ihren Orgasmus zu beherrschen oder auch gelernt haben ihre Freundinnen glücklich zu machen, haben es im späteren Leben leichter. » Er holte tief Luft. « Für alles gibt es Bedienungsanleitungen, nur nicht für die wesentlichen Dinge im Leben. Und gut gelernter Umgang beim Sex gehört dazu." Jetzt machte Julia große Augen. „Verstehe ich das richtig, wollen sie, dass ich ihren Sohn sexuell anlerne?" „Ja, sie sind eine tolle Frau, leben in einer offenen Beziehung und Jonas, mein Sohn hatte schon einen anderen Blick drauf, als sie sich vorstellten!" Und kurz darauf: „Es soll nicht ihr Schaden sein, und sie machen das auch so wie sie es für richtig halten und so lange wie sie wollen oder denken!" Einerseits ein großes Kompliment, andererseits eine große oder auch reizvolle Aufgabe.

Jetzt erst merkte sie, dass Chris hier wieder etwas Neues eingefädelt hatte. „Würden sie mir bitte ihre Telefonnummer geben. Ich melde mich bei ihnen!" Sie bekam die Nummer und ging zurück. Unten wartete schon Ihr Mann und Chris zur Abfahrt und die Familie zur Verabschiedung. Als sie Jonas, dem Sohn die Hand zum Abschied gab, schaute sie genau hin. Seine Augen und ihre trafen sich den Bruchteil einer Sekunde länger als gewöhnlich.

Auf der Heimfahrt schaute Leon fragend, Julia aber sagte zu ihm, dass sie später alles erzählen wollte. Chris überlegte, ob er mit den beiden noch ins Haus gehen sollte um von seinem Recht als Bull Gebrauch zu machen, verwarf aber den Gedanken. Julia hing an seiner Angel und ein schöner, schwerer Fisch kann nicht auf einmal an Land gezogen werden, sondern braucht immer wieder Leine sonst reißt die Schnur. Also Verabschiedung von Chris und Dank an den schönen Abend. Drinnen holte Julia für beide ein Glas Wein um den Abend ausklingen zu lassen. „Auf dein Wohl Schatz. Schön, dass wir zusammen sind" sagte sie und dann begann sie zu erzählen, was von ihr gewünscht wird. Wohlgemerkt gewünscht. Außerdem hieß es ja, es solle nicht ihr Schaden sein. Jetzt staunte Leon sogar und sah seine Frau in einem ganz anderen Licht.

Er versetzte sich in einen Jugendlichen der die Chance bekam von so einer Frau im Bett ausgebildet zu werden. Das musste ein prägendes Erlebnis sein. Er fand ja damals schon den Film „Die Reifeprüfung" erregend in der die reife Miss Robinson den jungen Benjamin verführt. „Also ich würde das als Kompliment betrachten, denn der Junge findet dich ja auch scheinbar anziehend" sagte er. Julia meinte, dass sie dafür Zeit brauche. Im Bett nachher spielte sie heimlich mit ihren Fingern zwischen ihren Schenkeln und stellte sich einen jungen aufgegeilten Stecher vor, der sie unbedingt besteigen wollte. Oh je, warum erregt mich das, warum macht mich das feucht waren die letzten Gedanken vor dem Einschlafen. Am nächsten Tag betrachtete sie junge Männer und fragte sich ob sie mit denen schlafen könnte. Irgendwie war die Antwort immer, ja, warum nicht.

Also rief sie den Vater an und fragte erst vorsichtig, ob er jetzt auch sprechen könne. Dieser merkte gleich, dass hier anscheinend eine Entscheidung gefallen war und bejahte. Julia druckste herum, wie, ich habe sowas noch nie gemacht. Vielleicht will Jonas ja nicht usw. Der Vater beruhigte sie mit den Worten: „Jeder junge Mann kann sich glücklich schätzen, wenn er bei einer solch tollen Frau Erfolg haben würde." Julia freute sich natürlich über das Kompliment. Jetzt war aber die Frage, wie man das arrangieren könnte? - Da fiel ihr ein, dass sie ja übermorgen ein einfaches Büroregal in einem großen Möbelmarkt abholen wollte fürs Büro und Akten. „Vielleicht könnte Jonas mir da helfen, auch beim Aufbau?" schlug sie vor. Der Vater fand das gut und man vereinbarte einen festen Termin beim Möbelhändler. Ungefragt sagte der Vater noch:" Alle Unkosten, die sie haben plus € 500.-- pro Date bekommen sie selbstverständlich!" Wow, schönes Taschengeld, dachte Julia.

Ihr Mann war begeistert von der neuen Situation und den neuen Geschichten, die er hoffentlich bald erfahren würde. Er bekam den Auftrag an diesem Tag nicht zu früh zuhause zu sein. Julia ging frisch geduscht, aber einfacher angezogen zum Treffen. Sie sah Jonas schon von weitem auf dem Parkplatz, denn er war ja groß, schlank und blond. Sie musste nochmals tief durchamten, denn jetzt begann ja zumindest für sie die heiße Phase. Also behandelte sie ihn zuerst mal als Mann und sich selbst als dankbar für die Hilfe. Er war wirklich kräftig und wuchtete das Paket in ihr Auto und los ging s nach Hause. Dort hatte sie den Arbeitsplatz bereits vorbereitet, Werkzeug und Akkuschrauber lagen bereit. Sie halb noch die einzelnen Bretter so sortieren und jetzt sehr eng an ihm, die Aufbauanleitung zu studieren. „Schaffst du das alleine? Ich müsste mich kurz frischmachen im Bad?" frage sie und Jonas sah in dem einfachen Regal kein Problem.

Im Bad wechselte sie die Kleidung in einen knielangen Kimono, richtete Frisur und Rouge, der Lippenstift blieb dezent. Dabei fiel ihr automatisch der Song von Dalida ein: „Er war gerade 18 Jahr" und die Zeile darin: „Sie kämmte und frisierte sich, ein wenig mehr auf jugendlich" Verrückt, jetzt stand sie in Realität hier. Also noch die Pumps an und hinein in eine spannende Stunde. Jonas war gerade an der letzten Schraube. „Schön hast du das gemacht, Du bist ja richtig praktisch. Ich dachte nicht dass das so gut klappt." Das war natürlich Balsam für den jungen Mann. „Komm räumen wir den Karton weg." Dabei bückte sie sich so weit vor, dass Jonas sicher tief in ihren Ausschnitt schauen konnte.

Der Karton war weg und jetzt stand sie ganz kurz vor Jonas „Darf ich dich was fragen?" „Ja natürlich". „Hast du schon mal mit einem Mädchen geschlafen?" Joans schluckte „Nein." Möchtest du, dass ich dir das lerne?" Ihre Stimme hatte einen flüsternden Ton in der Nähe seines linken Ohres. „Keine Angst, es wird dir gefallen und es wird dir helfen!" Jonas konnte nur noch nicken. Sie nahm ihn an der Hand und ging mit ihm ins Bad. „Komm" sagte sie „zuerst mal

Duschen. Zieh dich aus. Ich dreh mich auch um, wenn du willst." Innerlich musste sie etwas lachen, ging dann aber auch ihn zu und zog sein Shirt über seinen Kopf. Geübt öffnete sie seinen Gürtel und die Hose. „Bitte ausziehen!" und ließ das Wasser in der Dusche laufen. Es war eine große, bodenebene Dusche mit Platz für zwei. Dampfwolken stiegen auf und Jonas hatte immer noch seinen Slip an.

Sie ging von hinten zu ihm, zog ihn herunter und „Auf unter die Dusche" war die Aufforderung. Joans gehorchte. Jetzt zog sie sich aus und ging zu ihm. Das Wasser kam von oben. Sie nahm in in den Arm und flüsterte: „Genieße es einfach und lass es geschehen!" Sie begann den Rücken von Jonas mit Seife einzureiben und abzuwaschen, dann seinen Bauch und dann ging die Hand mit der Seife langsam nach unten. Jonas schloss die Augen. Mit viel Seite auf der Hand begann Julia das Glied von Jonas einzureiben, zuerst ganz zart und leicht, dann etwas forcierter mit Zurückziehen der Vorhaut und ganz aktiver Reinigung der Eichel. Beide waren in einem Tunnel. Jetzt noch seine Hoden waschen und dabei leicht massieren. Sein Schwanz war jugendlich und noch nicht ganz ausgewachsen, kein Problem für eine erwachsene Frau.

Sie nahm Jonas wieder in den Arm und fragte: „Willst du mir den Rücken waschen?" Jonas nickte und begann sofort mit der Arbeit. Etwas unbeholfen zwar aber immerhin. Das Heiße Wasser von der Deckendusche tat zur Stimmung ein Übriges. Julia dreht sich nun um: „Bitte wasch mich auch zwischen den Beinen. Bitte nimm nur Seife auf die Hand!" Sie nahm seine rechte eingeseifte Hand und führte sie zwischen ihre Schenkel auf ihre herrlich behaarte Vagina. Sie ließ die Hand auch nicht los, sodass Jonas die waschenden Bewegungen mitmachen musste. „Das machst du gut" hauchte sie. „und jetzt mach es alleine!" Joans hielt die Hand voll Weiblichkeit mit kreisenden Bewegung fest und merkte, wie er Julia auch beglücken konnte. Nun stelle Julia die Deckendusche auf Handdusche um und beide entfernten die restliche Seife.

Vor der Dusche hingen zwei besonders flauschige Bademäntel, sodass abtrocknen nicht nötig war. Julia nahm Jonas an die Hand und zog ihn ins Schlafzimmer. Die Rollläden waren fast geschlossen, leicht dämmrige Stimmung. Sie zog ihm den Bademantel aus, ihren dazu und sagte als sie auf dem Bett lag: "Komm zu mir" Jonas legte sich neben sie. Er war zögerlich. Sie zog ihn an sich. „Komm lass uns den Moment genießen. Ich helfe dir dabei. Sie streichelte ihn am Rücken und forderte ihn auf, es auch bei ihr zu tun. Dadurch lagen sie ganz eng jetzt beieinander. Er spürte ihre reifen Brüste und sein Schwanz stand zwischen ihren Schenkeln, denn sie hatte ihren rechten Fuß über sein Becken gelegt. Sie spürte, dass er unbedingt jetzt in sie eindringen wollte. „Lass dir bitte Zeit, lerne erst mal das Fühlen, das Riechen und das Tasten. Eine Frau muss bereit sein. Komm fass mich unten an. » Natürlich war sie bereit, sehr sogar, aber jetzt war sie Lehrerin und wollte den Schüler weiter bringen. Jonas fasste zwischen ihre Beine. Ihre Haarpracht war inzwischen trocken vom Duschen und alles fühlte sich wie ein besonders weicher Teppich an. Jonas war vorsichtig. „Steck deinen Finger leicht in mich hinein" Er tat es. „ Was fühlst du?" „Du bist schön feucht und warm." „Komm leg dich auf mich." Sie spreizte die Beine und Joans stieg auf sie. Ihre Hand nahm seinen Schwanz um zu verhindern, dass er hektisch zustoßen würde. „Langsam" hauchte sie. „Ich zeig dir den Weg." Geübt setzte sie sein steifes Teil zwischen ihren Schamlippen an und sagte „komm jetzt." Er drang mit einem leichten Stöhner in sie ein. Sein Atem an ihrem Ohr ging hektisch. Er bewegte sich mit schnellen Stößen. Sie aber fasste ihn mit beiden Händen am Gesäß und hielt in tief in ihr steckend fest.

„Langsam bitte, ganz langsam, umso mehr haben wir beide davon." flüsterte sie ihm ins Ohr. Sie hielt ihn weiter in der Position.

Er richtete sich auf und sah ihr mit glasigem Blick in die Augen. „Schön gell?" fragte sie. „Oh ja, oh ja," kam von ihm zurück. „Jetzt spann mal deinen Penis in mir an." Sie merkte sofort wie sein Glied etwas dicker wurde und wieder nachließ. „Weiter bitte." Sie genoss das Spiel mit ihm und in ihr. Auch stöhnte sie dabei immer leicht, wenn er in ihr zuckte. Das motivierte ihn und er bekam das Gefühl, er mache hier was sehr Gutes. „So komm jetzt, zeig einer Frau was du kannst." Sie ließ ihn am Gesäß los und er stieß nun kurz mit schnellen Stößen zu. Es dauerte nicht lange, bis er aufschreiend abspritze, seinen Schwanz war dabei bis zum Anschlag in ihr. Uff, dachte sie, das war gut. Einen Orgasmus hatte sie nicht, aber ein perfektes Gefühl nach einem Fick. Jonas hatte sie mit seinem Samen überschwemmt und es lief einiges auf das Betttuch.

Sie verschwand ins Bad. Nach kurzer Zeit kam sie zurück, reinigte den Schwanz von Jonas mit einem Gästehandtuch. „So geh bitte auch ins Bad, wir müssen zurück." Auf der Fahrt zu Jonas Zuhause fragte sie ihn, ob er das mal wiederholen wolle und er nickte heftig. „Wenn du das wirklich willst, gebe ich dir aber eine Aufgabe. In zwei drei Tagen habe ich wieder Zeit. Bis dahin darfst du nicht onanieren oder Pornofilme schauen. Wirst du das einhalten?" Jonas nickte wieder.

Er hatte inzwischen mit seinem Vater telefoniert und mitgeteilt, dass er Julia helfen konnte und jetzt zurückgebracht werde. Der Vater wartete an der Türe und gab Julia heimlich einen Umschlag. Noch im Auto schrieb sie eine SMS an ihren Mann: „War erfolgreich. Alles bestens für dich vorbereitet. Warte auf dich!" Das motivierte ihn besonders sich zu beeilen. Julia lag schon wartend im Bett. Er sah im Halbdunkel den Fleck auf dem Laken. Das erregte ihn noch mehr. „Komm leg dich zu mir. Hier lag vorhin noch ein Anderer." Er wurde vom Käfig befreit und seine Frau begann sofort seinen Schwanz zu wichsen und ihm Details von vorherigen Fick zu erzählen. Auch er bestieg sie sofort. Dabei genoss sie ihren vorherigen Erfolg als er in sie eindrang und er spürte in ihrer Möse das vorherige Erlebnis. Sie brauchte nur noch zu ihm zu sagten: „Übermorgen kommt er wieder und wird mich wieder ficken!" Da war es passiert. Er ergoss sich in sie.

Abends gingen beide von einem Teil des Geldes gut essen. Niemand im Lokal erkannte bei der hübschen Frau, dass sie vorher gerade mit zwei verschiedenen Männern Verkehr hatte.

Am nächsten Tag wurde der Vater von Jonas informiert und Jonas erhielt eine Nachricht: Morgen 15 Uhr? Gleich kam das OK!. Also 15 Uhr bei mir frisch geduscht. Habe bis 16 Uhr Zeit! OK, Danke, kam zurück. Leon wurde informiert und das Zeitfenster gefiel ihm, da er da kompakt seine Gedankenwelt ausleben konnte und er auch dann schneller bei seiner Frau war. Diese unbändige Lust auf Gedanken, dass seine Frau Sex mit einem anderen hatte, und dann nachher das Date mit ihr in seinen Varianten beherrschte ihn.

Er parkte seinen Wagen auf der anderen Straßenseite von ihrem Haus. Dort waren Parkbuchten und davor ein paar Büsche. Er konnte also den Eingang sehen, wurde aber nicht bemerkt. Fünf Minuten vor der Zeit kam Jonas mit dem Fahrrad an, klingelte und die Türe ging auf. Julia öffnete und er ging zu ihr. Nun begann wieder alles im Kopf von Leon zu arbeiten. Nach zehn Minuten, ist sie jetzt schon im Schlafzimmer mit ihm? Nach 20 Minuten, wird sie schon gefickt? Er massierte seinen Schwanz in seiner Hose, wissend, dass er sich nicht befriedigen darf und geduldig warten musste.

Währenddessen ging Julia mit Jonas direkt ins Schlafzimmer.
„Komm, mach mir das Kleid hinten auf!" Das Kleid fiel zu Boden.
„Und jetzt zeig mir, was wir letztes Mal besprochen haben. Bereite
mich vor." Jonas begann sie hinter ihr stehend zu streicheln.
Schultern, Nacken, runter zum Po. Dort zog er ihr den Slip herunter.
Dann wanderten seine Hände von hinten über ihren Bauch langsam
zärtlich nach unten. Sie öffnete leicht ihre Schenkel, damit seine
Hände auch dazwischen Platz hätten. Er machte das gut. Es gefiel ihr
zusehens. Sie drehte sich um und öffnete seine Hose. „Komm zieh
dich aus!" Er stand nun nackt vor ihr. Sein jugendlicher Schwanz war
aufgerichtet und bedurfte keiner Nachhilfe. „Wir ficken heute
anders. Du wirst aber warten mit dem Abspritzen, bis ich es dir
sage. OK!" Jonas nickte. Julia kniete sich auf das Bett. „Komm steck
ihn von hinten rein!" lautete die Ansage. Jonas ließ sich nicht
zweimal bitten. Blitzschnell war er hinter ihr und stieß in sie hinein.
Das war ungestüm, sie stöhnte wie bei einem Männerschwanz.
„Langsam bitte. Lass es uns genießen." Der Rhythmus wurde
langsamer, seine Bewegungen in ihr eher kreisend. Jetzt wusste sie,
dass er etwas gelernt hatte. Das machte er ein paar Minuten und
Julia atmete stoßweise, was ihn motivierte. „Komm jetzt, ich will
dich bis zum Ende spüren!" sagte sie fordernd und Jonas legte los.
Julia stieß mit ihrem Becken dagegen, bis er durch ein verhaltenes
Jammern zu verstehen gab, dass er abspritzte.

Inzwischen waren 45 Minuten vergangen, daher sagte sie: „Ich muss
bald fort. Danke es war schön, aber ich bin ja verheiratet. Nun weißt
du ja, wie es mit anderen Mädchen gemacht werden soll. Ich
wünsch dir viel Glück. Jonas war etwas verwundert, verstand es
aber. Auch er bedankte sich für die schönen Momente und ging ins
Bad. Kurz darauf kam er heraus und verabschiedete sich. Julia war

absichtlich nicht ins Bad gegangen, wartete doch Ihr Mann vor der Türe auf das Ergebnis.

Sie blieb mit geöffneten Beinen auf dem Bett liegen und fünf Minuten später kam Leon herein. „Komm, diese Pussi gehört dir, sie wurde gerade für dich frisch besamt," sagte Julia in bewusst derber Aussprache. Leon konnte nicht anders. Ausziehen und sich auf seine Frau legen. Vorspiel war in dieser Situation nicht mehr nötig. Sein Penis flutsche problemlos in Julia. Er stammelte etwas von: Ich liebe das Gefühl und wenn du gefickt hast, liebe ich dich noch mehr. „Also dann komm und füll mich weiter auf. Der Andere war schneller." Das reichte Leon wieder um sich stoßweise zu erleichtern. Es war Zeit zum Duschen und Anziehen für beide um auf Kosten von Jonas Vater ein schönes Lokal aufzusuchen. Im Briefkasten lag ein Umschlag für Julia. Leicht verdientes Geld.

Episode 15: Hänsel und Gretel und die Domina

Es folgten Tage der Ruhe. Beide hatten tags ihre Arbeit und ihren Alltag. Julia war aber wegen des letzten Erlebnisses mit Jonas immer wieder in einer Art Hochstimmung. Sie telefonierte ja immer wieder mit Chris auf ihrem Spezialtelefon. Er wusste also über Wünsche und Neigungen der beiden bestens Bescheid. So hatte sie früher auch mal den Sexwunsch von Leon nach einer Domina und Käfighaltung erwähnt. Wenn ein Arbeitstag nicht zu anstrengend war und abends eine lockere Stimmung herrschte war es für beide erregend sich wieder Sexwünsche oder Fantasien zu erzählen und sich dabei gegenseitig zu stimulieren.

So kam Leon zu wiederholten Mal auf die Geschichte mit der kräftigen älteren Frau die er sexuell in Gefangenschaft zu bedienen hatte. In Julia reifte eine Idee. Sie besprach das am nächsten Tag mit

Chris, denn der hatte ja Beziehungen in die Szene. Zwei Tage später meldete er sich. „Ich habe die passende Frau mit einem Studio. Sie ist eingeweiht und würde es wunschgemäß machen. Ich würde dich an dem Abend mit einem Freund besuchen und wir könnten alles direkt per Telefon deinem Mann dort übertragen. Was hältst du von der Idee?" Julia war sofort erregt, meinte aber:" ich melde mich morgen."

Abends im Bett bereitete Sie Leon darauf vor, dass sie eine Überraschung, sozusagen ein Geschenk für ihn vorbereitet hatte, was noch zwei Tage Keuschheit von ihm verlangte. Er platzte natürlich vor Neugierde, sie aber sagte nur, dass es um die Erfüllung geheimer Wünsche von ihm ginge und er ihr vertrauen sollte. Am nächsten Tag klärte sie alles mit Chris ab. Termin und auch den Preis der Dame, denn sie war ja Profi. Abends dann sagte sie ihrem Mann, dass er morgen um 18 Uhr abfahrbereit sein sollte und sich auch sonst nicht vorzunehmen hatte. Um 17 Uhr richtete sie noch ein kleines Vesper. Optisch war ihr nichts anzumerken. Sie hatte ihr normales Alltagsoutfit an.

Was ging also hier vor, fragte sich Leon. Um 18 Uhr bat sie Leon in ihr Auto einzusteigen und fuhr los. Es war nicht so weit, vielleicht 8 Kilometer bis zu einem Backsteinhaus in einer normalen Umgebung. „Was machen wir hier?" fragte Leon. „Ich habe dafür gesorgt, dass du einen langgeträumten Wunsch erfüllt bekommst. Hier wohnt die Hexe aus Hänsel und Gretel und du bist die nächsten Stunden der Hänsel. Komm mit! Es wird ein neues Erlebnis für dich und uns sein." Sie gingen zur Eingangstüre und Julia klingelte. Eine ältere, leicht angegraute Dame öffnete. Ihr großer wallender Busen wurde von einer Art Kimono bedeckt. Ihr Haar war kräftig und streng nach hinten gekämmt und geknotet. Sie war etwas größer als Julia.

„Kommt herein. Ich heiße Claudia. Bitte hier entlang." Man trat in eine Art Wohnzimmer.

Julia ergriff das Wort: « Wir haben ja schon vorher darüber gesprochen, was mein Mann mal erleben will und was er auch erleben soll. Ich habe ihn daher hergebracht und werde ihn danach auch wieder abholen lassen." „Gut" sagte Claudia. „Zieh dich mal aus, damit ich dich begutachten kann." Leon war nun verwirrt und doch auch erregt. War doch Claudia der Typ Frau, der er sich in Gedanken immer wieder unterwerfen wollte. Er legte seine Kleider ab. „Socken können an bleiben." Kam die Ansage. „Dann wollen wir ihn mal vorbereiten. Hände auf den Rücken!" Er spürte ihre großen Brüste in seinem Rücken und schon hatte sie ihm Handschellen angelegt. Julia schaute fasziniert zu wie routiniert Claudia das machte. Jetzt nahm Claudia einen Strick, packte Leons Schwanz und seine Hoden mit einer Hand und band mit der anderen Hand das Seil hinter beiden zusammen. Nun war Leon ähnlich den Stieren mit dem Nasenring hilflos. „So komm mit. Erstmal muss der Hänsel versorgt werden, damit er Ruhe gibt. » Sie nahm das Seil und zog Leon daran hinter sich her in den nächsten Raum.

Dort sah es profihaft aus. Auf den ersten Blick ein perfektes SM-Studio. Sie zog Leon zu einem Käfig in dem in der Mitte ein Hocker mit einem Loch in der Mitte stand. „Langsam hinsetzen." Leon setzte sich langsam hin, sie hatte derweil das Seil durch das Loch im Hocker nach unten durchgezogen und band es nun auf dem Boden in einer Öse fest. Das Loch war so groß, dass sein Schwanz mit den Hoden darin Platz hatten und durch das Seil nun nach unten gezogen wurden. Er konnte sich nicht mehr bewegen. Er war fixiert. „So nun haben wir Zeit, das Weitere zu besprechen », sagte Claudia zu Julia. Sie ging wieder zurück und Julia übergab das Geld und schilderte ihre weitere Vorstellung von dem Abend. Claudia war

einverstanden. „Kein Problem. Ich werde ihn zufrieden stellen."
Julia ging jetzt wieder zu Leon und stellte sich vor ihn und
streichelte ihn sanft über den Kopf. „Armer Schatz. Da wirst du jetzt
durch müssen. Ich würde gerne dabei bleiben, aber ich bekomme
nachher Besuch." „Wer kommt" fragte Leon." Chris kommt mit
einem Freund vorbei. Du kennst ihn, das ist der Typ, der mir einen
Orgasmus bei der Softvergewaltigung gefickt hat. Wir gehen dann
etwas essen und vielleicht nehme ich die Beiden dann mit nach
Hause?" „Ich brauche ja auch Spaß, während du hier bist, das
verstehst du doch!" Trotz Strick um seine Eichel und seinen
Schwanz, schwoll dieser bei der Vorstellung von Julias Plan sofort
wieder an. „Ich rufe zwischendurch bei Claudia an, wie du dich
verhältst und ob du das gut machst. Wenn sie es bestätigt, dann
darfst du auch am Handy mithören. Freust Du dich?" „Ja." „So, ich
muss jetzt gehen, da ich mich noch hübsch machen will für die
beiden. Tschüss und viel Spaß mein Schatz!" Und zu Claudia sagte
sie: „Seine Hoden sind gut gefüllt. Du kannst ihn später absamen."
Es folgte noch ein Kuss auf die Stirn und Julia ging hinaus.

Er saß nun hilflos auf seinem Hocker, unfähig aufzustehen oder sich
zu befreien. Um ihn herum ein Käfig, durch den Julia gerade hinaus
gegangen war und die Türe geschlossen hatte. Draußen hörte er
noch die Frauen miteinander sprechen. Dann klappte eine Türe und
es war Ruhe. Seine Gedanken begannen zu kreisen und er malte
sich eine gewisse Zeitschiene aus. Also zehn Minuten bis Julia
zuhause war. Dreißig Minuten bis sie gestylt war usw. So kam er auf
einen Zeitrahmen von ungefähr 90 bis 120 Minuten bis sie wieder
zuhause sein würde. Dann begann er sich das Weitere in seinem
Schlafzimmer vorzustellen. Julia mit zwei Männern. Er wurde aus
seinen Gedanken gerissen, denn Claudia kam in den Käfig. Sie hatte
ihr Gewand ausgezogen und stand nun mit ihrer mächtigen Korsage

und ihren Riesenbrüsten vor ihm. Ihr Slip unten war durch ihre anscheinend große, behaarte Vagina stark gewölbt.

Sie war eben eine reife Frau. „Ich denke es ist in deinem Interesse, wenn du mich gut stimmst oder noch besser positiv erregst, dann bin ich etwas milder zu dir. Willst du das versuchen?" „Ja, selbstverständlich" kam es von Leon.

Sie spreizte die Beine und setzte sich auf Leons Oberschenkel. Sie war schwer, aber auszuhalten. Jetzt fasste sie oben in ihre Korsage und holte eine Brust heraus. Der Anblick war für Leon gewaltig. Ein riesen Stück Fleisch mit einem großen dunklen Warzenhof und harter großer Brustwarze. „Gefällt dir das?" Leon konnte nur nicken. „Dann zeig mir was dein Mund damit machen kann," war die Aufforderung. Sie hielt das gute Stück mit beiden Händen Leon vor den Mund und er begann daran zu lecken und dann zu saugen. Claudia sagte nichts. Nach einiger Zeit holte sie ihre zweite Prachtbrust aus dem Korsagenkörbchen und Leon bediente auch diese ausführlich. „Das war noch nicht genug, da muss später mehr kommen." Claudia stand auf und ging hinaus und verschloss den Käfig wieder. „Willst du dich nachher mehr anstrengen?" sagte sie in strengem Ton. „Ja gerne, natürlich," stotterte Leon.

Er war wieder allein mit seinem Gedanken. Wieviel Zeit vergangen war konnte er nicht mehr wissen. Sobald er sich auf dem Hocker bewegen wollte, spannte das Seil an seinen Hoden. Vielleicht nach fünfzehn Minuten kam Claudia wieder. Sie hatte nun eine Halbcorsage an und ihre beiden Brüste hingen schwer davor. „Willst du es nochmals versuchen oder soll ich deiner Frau sagen, dass du das nicht gut kannst?" „Nein, bitte, lass es mich versuchen." „Gut, ich werde dir jetzt die Handschellen abnehmen und du kannst meinen Körper erkunden und spüren, was mir gefällt!" Ihr gewaltiger Körper ging um Leon herum und sie öffnete seine Handschellen. Dann stand sie wieder vor ihm, spreizte die Beine und setzt sich wieder auf seine Schenkel. Ihre Arme hielt sie auf dem Rücken, sodass ihr ganzer Körper wie ein Angebot aussah. Leon begann sofort eine der Brüste zu streicheln und leicht zu kneten. Sein Mund und seine Zunge waren viel aktiver, als vorhin. Er saugte und leckte zuerst die eine, dann die andere Brust. Dann kam er auf die Idee, zwischen ihre Schenkel zu fassen um sie auch unten zu stimulieren. Erst nahm er die Hand vorsichtig nach unten und fasste die ganze Pracht mit der ganzen Hand an. Sie schien große Schamlippen zu haben und kräftige gelockte Haare. Sie hatte jetzt die Augen geschlossen und so wagte er den Griff von oben in ihren Slip um dann unten alles in der Hand zu haben. Es war so, wie er vermutet hatte. Eine prachtvolle, große reife Vagina mit starker gelockter Behaarung. Seine Finger spielten in der großen Furche und er spürte, dass ihre inneren Schamlippen wahrscheinlich größer waren als die Äußeren. Sein Mittelfinger wurde mutiger. Sein Mund suchte wieder eine Brust, und auf einmal begann Claudia stärker zu atmen. Ein gutes Zeichen seiner Aktivität. Sie beugte sich sich nach vorne: „Bis jetzt ganz gut. Julia hat gerade geschrieben, dass sie auf dem Weg nach Hause ist. Soll ich ihr sagen, dass du mich gut bedienst?" „Ja, bitte, mach das. Ich will dir gerne weiter zu Diensten sein." „Ok, dann binde ich dich jetzt los und du wirst mir als Frau mit deinem Schwanz Vergnügen bereiten. Wenn du das gut machst, schreibe ich das deiner Frau."

Sie ging hinter Leon und bückte sich. Das Seil war offen und Leon konnte aufstehen. Seine Penis war erregt und groß, trotz des Seils um seine Hoden. Sie nahm das Teil wieder und zog ihn in den Nebenraum. Dort stand eine Liege in Kniehöhe. Sie zog ihren Slip herunter und kniete sich so auf die Liege, dass er hinten zwischen ihre Beine stehen konnte. Das Seil nahm sie mit der Hand nach vorne. „So jetzt darfst du mich ficken. Aber trau dich nicht abzuspritzen. Hast du das verstanden?" Leon konnte nur „Ja" sagen und setzte seinen Penis zwischen die inneren Schamlippen von Claudia an. Sie war erstaunlich eng, für den kräftigen Körper. Vielleicht kannte er auch nicht mehr den Unterschied. Er hielt sich mit beiden Händen an ihrem Gesäß fest und begann langsam sich in ihr zu bewegen. Gleichzeitig dachte er an seine Frau Julia, die jetzt bestimmt gerade zuhause war. Was war da wohl jetzt los? Er durfte nicht nachlassen, aber auch sich nicht zu stark erregen, dann Abspritzen war verboten. Das war nicht leicht, hatte er doch durch seine verordnete Enthaltsamkeit, einiges an Vorrat. So lenkte er sich mit Gedanken ans Wetter oder sonstige Belanglosigkeiten ab und fickte das prächtige Weib in gleichmäßigem Rhythmus. Er lehnte sich nun über ihren Rücken um ihre Riesenbrüste anzufassen und die Warzen zu streicheln. Das gefiel ihr scheinbar besonders. Als sie merkte, dass er immer zappeliger wurde, ließ sich nach vorne auf den Bauch fallen.

Leon stand jetzt mit seinem Ständer vor der Liege. „Ja, gut gemacht. Ich schreibe jetzt mal Julia." Sie tippte ins Handy, kurz darauf kam eine Antwort. Wieder etwas getippt. Wieder eine Antwort. „Deine Frau ist gut drauf. Sie richtet gerade das Schlafzimmer. Wegen dir lässt sie aber etwas mehr Licht an. Komm mit." Er wurde wieder am Seil in den nächsten Raum gezogen. „Setz dich auf die Liege. Jetzt auf den Rücken legen. Hände nach oben!" Es ging wieder schnell und geübt bei Claudia.

Seine Hände wurden oben an der Liege fixiert, dann seine Beine an Stricken nach oben gezogen. Claudia wählte eine Nummer. Julia war gleich dran. „Wie weit seid ihr? - Schön, ich lege mal das Handy neben das Ohr deines Mannes. Du kannst ihm ja was erzählen. Ich werde ihm inzwischen ein Gefühl vermitteln, wie du es auch gleich spüren wirst. OK?"

Es schien ok und das Handy lag jetzt neben dem Ohr von Leon. „Hallo Liebling. Ich hörte, dass du fleißig warst und hattest auch Spaß. Chris liegt neben mir und hat seinen Finger in meiner feuchten Fotze. Ohhh, jaaaa, das ist schön Chris, warte ich muss erst noch Leon was sagen. Sein Freund ist auch schon geil auf mich und liegt daneben. Ich brauche jetzt Schwänze. Warte kurz, Chris will ficken. (8 Sekunden Pause) Oh Gott, ist sein Schwanz dick und groß. Ich sitze jetzt auf ihm. Er hat mich voll ausgefüllt.

Oh Schatz, das ist so gut. Wir drehen jetzt ein kleines Video und schicken es dir anschließend." Dann war die Verbindung vorbei.

Claudia hatte inzwischen einen Gummihandschuh angezogen und Gleitcreme auf ihren Zeigefinger gestrichen. „Jetzt gebe ich dir das Gefühl, das deine Frau jetzt auch hat." Damit fuhr sie mit dem Finger in seinen Anus. Sie war geübt und wusste, dass sie nach rund sechs Zentimetern bei seiner Prostata war. Dort angekommen, krümmte sie den Finger nach oben und begann mit einer reibenden Bewegung das Teil zu massieren. Leon bäumte sich auf, kannte er doch dieses irre Gefühl nicht. Jetzt setzte Claudia noch einen Vibrator mit der Spitze dem Hoden und dem Anus direkt auf den Punkt. Innen ihr Finger und außen der Vibrator auf dem Punkt. Aus dem steifen Penis von Leon tropfte Spermaflüssigkeit. „Schön, gell. Deine Frau fühlt das Gleiche. Soll ich dich so absamen oder willst du die herkömmliche Methode?" „Bitte normal," stöhnte Leon. „Oh schön, da ist ein Video vor 10 Minuten gekommen. Willst du es sehen?" „Ja, gerne, bitte" Claudia zog ihren Finger aus Leon, ließ seine Beine herunter und entfernte das Seil an seinen Hoden. Sie richtete etwas hinter seinem Rücken, dann stellte sie das Handy neben die Liege, dass Leon es mit gedrehtem Kopf sehen konnte. „So dann schauen wir mal, ob dir das gefällt."

Sie kam mit einem Masturbator, gefüllt mit warmen Wasser und innenliegendem Vibrator. Sie rieb den Penis von Leon liebevoll mit Gleitcreme ein und stülpte das Gerät auf den Schwanz. Mit leichtem Druck rutschte dieser auch komplett in das Teil. Dann ließ sie das Video laufen. Man sah schemenhaft eine Frau auf einem Mann sitzen und stöhnend ficken. Dahinter befand sich ein anderer Mann mit erigiertem Penis. Sie wurde nach vorne gedrückt und jammerte, „Bitte nicht, bitte nicht, das halt ich nicht aus!" Der Zweite aber setzte seinen Penis an ihren Anus und schob ihn kurz hinein. Sie bäumte sich vorne auf, war doch durch den Schwanz auf dem sie saß fixiert. Außerdem hielten die beiden sie fest. Der Untere hielt ruhig und der Hintere schob sein Gerät Stück für Stück in Julia. Man sah, dass er scheinbar ganz in ihr war. Jetzt wurde Julia nach oben gedrückt und der Hintere umfasste ihr Brüste und knetete sie, da begann er regelmäßig zu stoßen. Sie jammerte und stöhnte, trotzdem waren das keine Schmerzlaute. Nach kurzer Zeit bäumte sich der Untere auf und entlud sich scheinbar in Julia. Diese sank auf ihn und der Hintere hatte nun freie Fahrt. Auch der stieß immer hektischer und mit einem Aufschrei entlud auch der sich in Julia. Das Video war zu Ende.

Claudia hatte inzwischen die künstliche Vagina ständig bewegt und Leon war kurz vor dem Finale. „Komm jetzt, komm, deine frisch gefickte Ehefrau wartet auf dich!" Leon ergoss sich in das Gerät. Claudia legte es bei Seite, reinigte Leon mit einem Handtuch und band ihn los. Er bekam seine Kleider und wurde noch auf ein Bier eingeladen. So wie sie neben ihm Stand, war sie eine tolle reife Frau. „Kann ich dich auch sonst mal besuchen?" fragte er. „Wenn es deine Frau erlaubt, gerne." Und damit war der Besuch zu Ende und Chris fuhr ihn heim.

Daheim lag Julia im Bett und wartete: „Du abgesamt und ich besamt. Das passt ja gut", begrüßte sie ihn. „Und Schatz, wie war dein Erlebnis?" Leon schilderte das Erlebte und lobte Claudia für ihre Arbeit. „Willst du mal wieder zu ihr?" fragte Julia geschickt. „Kann ich mir vorstellen", kam die Antwort. Julia war zufrieden, hatte sie doch jetzt eine Adresse wo sie bei Bedarf Leon mal parken konnte. Heimlich lächelte sie bei der Vorstellung.

Episode 16 : Die Versteigerung

Ein paar Tage später telefonierte sie mit Chris. Es war ja irgendwie verrückt, welche Sexabenteuer er ihr inzwischen geboten hat. Leon und sie waren vom Erlebten begeistert, wenn es auch für Julia manchmal kurz Überwindung gekostet hatte. Aber die Vorgeschichten und die Spannung dabei waren es wert. Chris teilte mit, dass er wenig bis keine Zeit hatte, da er ein Event organisieren musste. Jede Frau würde nun fragen, was er da vorhat auch Julia. Er erzählte, dass alle zwei Jahre in einer anderen Stadt in exclusiver Umgebung ein Treffen von sehr betuchten Menschen stattfindet, die auf ein besonderes Erotikerlebnis stehen. Da musste Julia weiter fragen. Obwohl sie gut dazu passen würde, wäre das aber nichts für sie. Jetzt erst recht, dachte Julia. Was ist nichts für mich? Er erzählte, dass dort als Höhepunkt eine Frau versteigert würde. Wie, was? Was heißt versteigert? Ja es würden später am Abend Gebote für einen Fick mit ihr abgegeben und die beiden Höchstbietenden kämen dann zum Zuge. „Und das macht eine Frau so einfach mit?" fragte sie. Na ja, sie bekommt ja auch durch die besonderen Modalitäten einiges Geld dafür und außerdem trägt sie den ganzen Abend eine Maske, kann also niemand sehen und niemand wird sie später wieder erkennen. Julia schluckte kurz. „Wann findet das statt?" „Am Wochenende!" „Habt ihr schon eine Frau dafür?" „ja, es sind zwei in der Auswahl!" „Kann ich dich heute Abend nochmals anrufen?" „Ja, natürlich."

Chris wusste, dass er gewonnen hatte. Julia war wieder mal in seine Sexfalle getappt. – Abends erzählte sie Leon von der Sache. Er war natürlich dafür, dass sie Chris anrief. Hörte sich ja alles spannend an, besonders für ihn. Also wählte Julia die Nummer von Chris und hatte das Telefon auf laut gestellt, damit Leon mithören konnte. „Also ich habe mit Leon gesprochen, dem gefällt die Idee natürlich.

Ich habe da etwas Bedenken, wenn ich überhaupt in Frage komme." Chris erzählte ihr dann, dass die Leute aus dem ganzen Land anreisen um dabei zu sein. Meistens etwas älter, aber reich. Wenn es die Hauptdarstellerin des Abends versteht klug zu flirten und Spannung aufzubauen, dann wäre auch der finanzielle Erfolg größer für alle. Leon kann gerne als Gast mitkommen und sich unters Publikum mischen. Das zog natürlich. Leon nickte und Julia fragte nun: "Meinst du, dass du mich für diese Aufgabe vorsehen kannst?" Chris erwiderte, dass er sich mit den Mitveranstaltern absprechen werde und sich morgen wieder melden würde. Dann müsste sie auch mitmachen. Kurze Pause und Julia sagte: "Ja, geht in Ordnung."

Am nächsten Tag meldete sich Chris wie versprochen bei Julia. Sie hatte kaum geschlafen. Die Vorstellung, versteigert zu werden, war gleichermaßen aufregend wie beängstigend. Neben ihr saß Leon, gespannt und schweigend, als sie den Anruf annahm. Chris: "Hallo Julia, ich habe mit den anderen gesprochen. Sie sind begeistert von der Idee, dich als Hauptdarstellerin einzusetzen. Du wärst perfekt. Wir müssen nur noch ein paar Details klären."

Julia: (unsicher, aber neugierig) "Welche Details meinst du?"

"Zunächst einmal, was du tragen wirst. Wir haben strikte Vorgaben: Ein elegantes Kleid, das zwar aufregend, aber nicht zu enthüllend ist. Und natürlich eine Maske, die dein Gesicht fast vollständig verbirgt. Wir sorgen dafür, dass niemand dich erkennt. Du wirst aber auch nichts sehen" Leon flüstert: "Das klingt doch gut, oder?" Julia: (nickt zögerlich) "Okay... was noch?" Chris: "Der Abend wird in drei Phasen unterteilt. Zuerst ein Empfang, bei dem du dich unter die Gäste mischen wirst. Es ist wichtig, dass du ein bisschen mit den Männern flirtest, aber nicht Offensichtliches. Danach wirst du im

Mittelpunkt einer kleinen Präsentation stehen – du wirst vorgestellt und einige Minuten beobachtet. Dann gehen wir in ein Nebenzimmer. Dort kommen nur Personen rein, die an der Versteigerung teilnehmen wollen. Sie bezahlen jeder € 100.— Eintritt. Sie können dich dort nackt ansehen und dann Gebote abgeben. Hierbei wird Geld in einen Umschlag gelegt und nur die beiden Höchstbietenden kommen zum Zug. Die anderen haben ihr Geld verloren, bzw. das bekommt der Hausherr für die Organisation des Abends.

Julia atmet tief durch „Und… wenn ich das nicht mehr will? Kann ich jederzeit abbrechen?" Chris: „Natürlich. Niemand wird dich zu irgendetwas zwingen. Aber ich verspreche dir, dass du es genießen wirst – und dass es Leon gefallen wird." Leon nickte ermutigend. Julia wusste, dass er von der Idee fasziniert war. Für ihn war es ein Höhepunkt seiner Fantasien, sie mit anderen Männern zu teilen und doch auf eine gewisse Weise die Kontrolle zu behalten.

Der Abend der Versteigerung

Am Samstagabend betraten Julia und Leon das Anwesen durch einen Seiteneingang, in dem die Veranstaltung stattfand. Es war ein imposantes Gebäude, von einem hohen Zaun umgeben, mit einer langen Auffahrt, die in einen hell erleuchteten Eingangsbereich führte. Die Atmosphäre war luxuriös und geheimnisvoll. Julia trug ein eng anliegendes langes schwarzes Kleid mit einem tiefen Rückenausschnitt. Ihr Gesicht war von einer filigranen aber blickdichten Maske bedeckt, welche die Mundpartie freiließ, aber ihre Identität verbarg. Sie fühlte sich gleichermaßen nervös wie elektrisiert.

Leon verabschiedete sich von ihr und mischte sich unter die Gäste. Er wollte sie aus der Distanz beobachten, aber nicht zu nah sein. Chris führte Julia durch den Saal und stellte sie geschickt vor. Er flüsterte ihr zwischendurch Tipps ins Ohr: „Lächle subtil, lass sie raten, was du denkst. Ein kurzer Kontakt, dann weggehen. Männer lieben es, wenn sie sich anstrengen müssen." Julia spielte ihre Rolle erstaunlich gut.

Sie fühlte sich wie in einem Film, spürte die Blicke der Männer auf sich. Die Spannung im Raum war spürbar. Auch Frauen schienen anwesend zu sein, was sie erstmal verwunderte. Chris führte sie zu einer Art Bar und erklärte wo sie sich befand. Er gab ihr ein Glas Champagner in die Hand und verabschiedete sich. Der erste Mann kam und begann ein belangloses Gespräch. Sie antwortete interessiert, dabei war es ihr eigentlich egal. Aber sogleich drängte sich der Nächste dazu und machte ihr Komplimente über ihren Auftritt und nach ein paar Worten auch über ihre Kommunikation. Julia war in ihrem Element. Spürbar erregte Männer und sie geschützt durch ihre Maske und ihren anwesenden Mann. Das Spiel begann sie zu faszinieren. Durch ihre hohen Absätze bat sie einen Herrn um einen Barhocker. Dieser wurde gebracht und sie konnte sich einerseits erholen, andererseits sah man ihre tollen Beine seitlich am geschlitzten Kleid.

Die Präsentation

Als die Zeit der Präsentation kam, wurde Julia in die Mitte des Raumes geführt. Eine sanfte Musik begann zu spielen, und alle Augen waren auf sie gerichtet. Sie bewegte sich langsam, ließ ihre Hände an den Seiten ihres Kleides entlanggleiten und hielt den Kopf leicht gesenkt – geheimnisvoll, aber einladend. Die Männer flüsterten miteinander, einige zeigten bereits Interesse, während Chris die Regeln der Versteigerung erläuterte.

„Meine Damen und Herren," begann er, „vor Ihnen steht unsere Hauptdarstellerin des Abends. Sie ist nicht nur eine Frau von umwerfender Schönheit, sondern auch von faszinierender Persönlichkeit. Wenige von Ihnen haben nun die Möglichkeit, einen Abend mit ihr zu genießen – exklusiv und diskret. Die beiden höchsten Gebote werden berücksichtigt. Wer mitbieten will folge uns nun in den Nebenraum. Die Konditionen sind bekannt." Julia fühlte, wie ihre Hände zitterten, doch sie behielt ihre Haltung, auch weil sie wusste, dass Leon irgendwo in der Menge stand und sie beobachtete. Seine Zustimmung und Begeisterung spürte sie und das war alles, was sie in diesem Moment brauchte. Leon fühlte jetzt noch mehr das ungewöhnliche Gefühl in seiner Magengrube als er sah, wie Julia durch die Türe geführt wurde und mehrere Männer ihr folgten. Die Türe schloss sich. Er ging an die Bar und holte ein Glas Rotwein. Seine Gedanken begannen sich vorzustellen, was jetzt passieren würde. Es war sehr erregend für ihn.

Die Versteigerung

Julia wurde von Chris an der Hand in einen anderen Raum geführt. Dort bat er sie an einen Fleck stehen zu bleiben. Stimmengemurmel verriet ihr, dass hier doch einige Herren gefolgt waren. Schließlich schloss sich die Türe und Chris beglückwünschte alle, die an dieser Versteigerung teilnehmen wollten. Er trat hinter Julia. Sie wusste, dass sie nun ihren Körper zeigen musste. Chris öffnete ihren Reisverschluss am Kleid hinten und streifte ganz langsam das Kleid über Ihre Schultern bis es herabfiel. Deutliches Ahhh und Ohhh war zu hören, denn sie hatte ja keinen Slip an, nur noch die strahlend weiße trägerlose Bodycorsage, bei der die Körbchen aus schmalen

Stoffstreifen zusammengesetzt waren und somit die ganze Pracht ihrer Brüste freigaben. Wie sie jetzt so dastand, kam sie sich vor wie Nina Hoss in dem Film „Das Mädchen Rosemarie" als diese sich in einem Lokal nackt

Sie wurde nun gebeten sich zu drehen. Dann nahm Chris sie an der Hand und sagte: „Genug gesehen. Bitte Geld in die Umschläge legen!". Julia wurde aus dem Zimmer geführt in einen Nebenraum. Dort sagte Chris zu ihr: „Leg dich auf das Bett bitte und warte. Du bist die Beste und alle werden zufrieden sein." Er nahm ihr die schöne aber störende Maske ab und zog ihr nun eine bequeme Augenbinde an. Dann öffnete er sanft ihre Schenkel und streichelte sie langsam, was sie weiter erregte. Kurz hatte sie wieder die Gedanken, - was tue ich hier. Andererseits war die Spannung und jetzt auch Erregung in ihr groß, dass sie sich sagte. Komm, tue es und genieße den Moment.

Da ging auch schon die Türe auf und ein Mann setzte sich neben sie auf die Bettkante. „Wie schön du bist! Und wie schön, dass eine Frau wieder unten natürlich und nicht rasiert ist." sagte er. Das ging ihr natürlich runter wie Honig. Seine Hand lag zart auf ihrem Oberschenkel. „Schön, dass ich ihnen so viel wert bin!" sagte Julia, nicht wissend, was er investiert hatte. „Legen sie sich zu mir."

Er stand auf und sie hörte wie er sich auszog. Sie beschloss wieder die Initiative zu übernehmen, das erregte Männer am meisten. Er legte sich neben sie. Sie roch ein Männeraftershave, nichts Unangenehmes. „Darf ich sie verwöhnen?" hauchte sie. „Bitte ja." « Dann entspannen sie sich, so haben wir beide was davon." Sie tastete sich über seinen Körper vor. Leichter Bauchansatz, nicht stark behaart. Ihre Hände und Finger spielten auf seiner Haut. Bis er anfing schneller zu Atmen. Da war ihre Hand kurz vor seinen Hoden.

Sie nahm diese zärtlich in die Hand und begann sie leicht zu massieren und zu kneten. Jetzt ging sein Atem noch schneller und stoßweiser. Mit einem Finger spürte sie schon den erregten Penis über den Hoden und so war jetzt dieser dran. Ihren Kopf hatte sie auf seinen Bauch gelegt und schaute, obwohl sie nichts sah Richtung seinem Schwanz. Sie befeuchtete ihre Finger stark mit Speichel, zog seine Vorhaut ganz zurück und fasste mit einer Art Kronengriff hinter die Eichel. Ihre feuchten Finger mit den Nägeln spielten nur direkt in der Furche der Eichel. Sie bewegte dabei ihr Finger in einer Art kratzenden Bewegung, was ihn anscheinend ganz verrückt machte. Dann begann sie den Schwanz fest zu wichsen. Das lief wegen der aufgetragenen Speichelflüssigkeit jetzt besonders gut. „Bitte komm, lass uns ficken!" stöhnte er.

Sie hatte ihn jetzt soweit. Sein Gehirn war ausgeschaltet. Seine Wollen nur noch im Unterleib. Sie wollte ihn nicht auf sich haben, daher schwang sie sich schnell auf ihn. Das weitere war Routine. Auf Oberschenkel sitzen. Dem Mann eine schöne Optik bieten. Dabei den Schwanz wichsend nochmals befeuchten, sich ein bisschen noch Zeit lassen und ihn dann unten ansetzen. Die Luxusvariante dabei ist, erstmal nur die Eichel kurz einführen und das weitere Eindringen mit der Hand verhindern. Dann mit der Eichel am Vaginaeingang halb drin halb draußen spielen, bis der Mann durch Stöhnen und Zappeln seinen Bedarf anmeldet. Dann gnadenlos komplett einführen und durch eigenes Stöhnen ihm das Gefühl zu geben, dass er jetzt was Tolles vollbringt. Gerne wollen Männer jetzt dieses Gefühl weiter ausleben. Sie stammeln dann so was wie langsam, langsam. Sie wusste, dass sie jetzt nicht nachlassen durfte. Im Gegenteil, jetzt hilft ein gehauchtes: „Das ist gut, das gefällt mir, nicht aufhören, gib mir deinen Saft!" Und man hat erreicht, was man wollte und alle sind zufrieden. Nun noch etwas Geduld und ein paar Worte wie gut das doch geklappt hat usw., dann kann man ein Tuch nehmen und ins Bad verschwinden.

Julia kam zurück, es war ja ein Bad en Suite, leicht zu finden. Er nahm sie in Empfang und sagte: „Danke dir, es war wunderschön. Du warst alles wert!" Er ging ins Bad und zog sich an und ging. Nun war ja da noch einer der anscheinend viel investiert hatte und sich auf sie freute. Chris kam herein und nahm ihr die Maske ab. „Sie lieben dich, du bist der Star des Abends." Sagte er zu ihr und nahm sie in den Arm. „Du musst gut gewesen sein, so zufrieden wie der ausgesehen hat!" Julia fühlte sich jetzt wieder gut. Sie war bereit für den zweiten Gewinner. Auch den wollte sie zufrieden stellen, wenn auch der reine Geschlechtsverkehr ihr wenig Gefühl brachte. Aber so geht es Millionen von Ehefrauen immer wieder. Sie lachte heimlich bei dem Gedanken. Maske wieder auf und Chris ging hinaus. Julia legte sich lasziv auf das Bett. Wie sie gesehen hatte waren die Bezüge aus Satin. Wie gemacht für ein Liebesnest.

Die Türe öffnete sich und jemand trat ans Bett. „Guten Abend schöne Frau. Es ist ja wirklich ein Höhepunkt bei unseren Städtemeetings so jemand zu treffen." Sie bedankte sich artig und sagte: „Ich hoffe sie denken nachher genauso positiv!" Sie lud ihn ein sich zu ihr zu legen, was er gerne und auch sehr schnell befolgte. Jetzt waren die anderen Sinne von Julia gefragt. Diese sind ja, wenn eines ausfällt, hier das Sehen, besonders geschärft. Riechen tut er gepflegt war der erste Eindruck. Ihre Hände ertasteten während des Vorspiels einen schlanken Körperbau. Beim Kraulen im Nacken spürte sie viel Haar. Sie begann mit dem bewährten Programm. Streicheln, dann die Hoden, dann den Schwanz. Dieser war ein gutes Stück größer, als der des Vorgängers. Nichts anmerken lassen, dachte sie. Mach weiter. Auch den schaffst du. Er genoss augenscheinlich ihre geschickten Finger und Hände. Er streichelte ihre Brüste und legte ihre Brustwarzen zwischen den Cupstreifen frei. Langsam begann seine Zunge damit zu spielen. Die stellten sich natürlich auf und wurden hart. Das ermutigte ihn ganz an ihnen zu saugen. Zärtlich zwar, aber ausdauernd.

Er hatte nun die Kontrolle. Sie versuchte durch aktivere Bewegungen an seinem Penis hier gegenzusteuern, kam aber nicht dazu ihre Speicheltechnik anzuwenden. Also spielte sie die aufgegeilte Partnerin, die auf Sex wartete. Das gefiel ihm aber so gut, dass er nun in ihre Vagina mit dem Mittelfinger eindrang und diesen innen leicht krümmte. Dadurch begann die Berührung und Massage ihres G-Punktes, was sie natürlich in elektrische Spannung versetzte. Hier war nichts mehr mit Kontrolle. Sie atmete schwer, er stoßweise, dann die Aufforderung: "Dreh dich um und knie dich bitte hin!". Immerhin hatte er bitte gesagt. Sie kniete nun im Doggystile vor ihm und er setzte scheinen dicken Schwanz an ihre Möse. Er genoss den Anblick dieser schön geformten Lustgrotte mit den beiden dicken Schamlippen, wunderschön bewachsen und nun doch leicht einladend geöffnet. Mit dem ersten Stoß war er halb in ihr, zog nochmals zurück um sie dann mit den zweiten Stoß ganz auszufüllen. Julia stöhnte laut auf und strampelte mit den Unterschenkeln aufs Bett, war das doch ein sehr schnelles und plötzliches Eindringen. Ohne das Vorerlebnis, wäre das sicher schmerzhaft gewesen. Sie atmete nun durch den Mund, da sie viel Sauerstoff brauchte und hielt dagegen. Dirty Talk würde jetzt helfen, hilft bei den meisten Männern, dachte sie: „Ja. Gut, fick mich, ich brauch das. Schöner Schwanz, gib s mir!" Das klappte auch diesmal. Das kann ja nicht gelogen sein, wenn so eine tolle Frau das sagt. Auch er gab jetzt lautere Töne von sich. Julia schmiss den Kopf hin und her und sagte im richtigen Moment: "Spritz alles rein, ich will das jetzt!" So was ist jedem Mann zu viel, und mit mehreren Stößen entlud er sich in sie.

Geschafft, dachte Julia, uff, war hart aber gut. Ein paar Minuten schweres erholsames Atmen von beiden, dann bat Julia um Hilfe um ins Bad zu kommen. Er kam dem nach und schloss die Türe hinter ihr. Das wäre jetzt ein Angebot für Leon dachte sie, verwarf den Gedanken aber sofort, da sie emotional und physisch ausgelaugt war. Sie reinigte sich, zog wieder die Maske an und trat vor die Türe. Dort schien der Gast bereits fertig zu sein. Devot senkte sie ihren Kopf und bedankte sich für das großzügige Angebot das er für sie gemacht hatte. „Du warst jeden Euro wert sagte er" und verabschiedete sich. Chris und Leon kamen direkt danach und brachten ihr das Kleid und einen Umschlag mit € 1200.--.

Sie zog sich an und bat darum gehen zu können. Da das Auto hinten stand, konnten sie unbemerkt das Event verlassen. Chris hatte noch erwähnt, dass er noch viel Arbeit im Nachgang mit der Sache hätte und daher wenig Zeit. Zuhause bat sie Leon um Verständnis, dass ihr Sexbedürfnis gedeckt war, stellte ihm aber eine längere käfiglose Zeit in Aussicht. In diesen vielen Tagen danach kamen sie endlich zu einem normalen Eheleben, das aber beim gemeinsamen Sex doch mit aufreizenden Geschichten und Fantasien gewürzt war. So kam Leon im Nachhinein doch noch zu seiner Erfüllung.

Julia dachte manchmal zurück, was sich eigentlich geändert hatte nach dem Geständnis ihres Mannes und dem Eintritt von Chris in ihr Leben. Genau genommen, hatten beide weniger Sex zusammen, dafür mehr aufgestaute Lust. Sie auf ein gutes Erlebnis mit einem anderen Schwanz, er darauf, dabei irgendwie involviert zu sein. In den vielen Monaten hatte sie nun einige verschiedene Männer beglückt. Viele Frauen erreichen das ihr Leben lang nicht, dachte sie, andere kommen sehr wohl auf diese Zahl. Also moralisch ist das nichts Verwerfliches. Aber sicher erlebt keine diese Abwechslung drum herum. Da war Chris einmalig. Es gab ab und zu ein paar Telefonate mit ihm. Er akzeptierte ihr normales Familienleben. Plötzlich jedoch, bat er sie, Leon wieder keusch zu halten, er hätte eine interessante Aufgabe für sie. Sie war selbst verwundert wie sie das in diesem Moment selbst erregte. Sie hatte das Gefühl sich selbst zwischen die Schenkel fassen zu müssen um sich stimulierend zu reiben. Dann bekam Sie einen Termin für einem Samstagnachmittag. Er würde sich wieder melden.

Episode 17 : Der Film

Leon wurde wieder liebevoll aber bestimmt dazu gebracht nochmals ausnahmsweise seinen Käfig zu tragen. Er akzeptierte das sofort, war es doch das Zeichen dafür, dass Julia etwas vorhatte und er durch Keuschhaltung seine Lust steigern sollte. Irgendwie war das wie Zinssparen, am Schluss hat man viel auf einmal. Er lachte leise bei dem Gedanken. Ab dem Moment, an dem er wieder verschlossen war, kam auch keine Auskunft mehr über das wann und wie von Julia. Er musste warten. Julia aber auch, denn Chris meldete sich nicht. Außer dem Samstagtermin hatte sie keine Ahnung. Endlich Freitagabend kam der Anruf. Leon saß daneben und sie stellte das Telefon laut. „Morgen um 14 Uhr bringt dich dein Mann zu mir. Enges Kleid bitte und die weiße Bodykorsage vom letzten Mal darunter. Kein Slip. Wenig Schminke. Und Leon übergibt dich mir zur Benutzung! Weiteres erfährst du dann." Oh je, Julia schluckte. Andererseits gefiel es ihr, dass sie gesagt bekam was zu tun ist und Chris hatte ja bisher immer Sexpläne, die spannend und erregend waren. Sie zögerte und schaute ihren Mann an. Der hatte jedoch durch die Käfigenthaltsamkeit so viele Wünsche aufgestaut, dass er nickte. „Ja, geht in Ordnung!" antwortete sie zögerlich.

Am Samstag hatte sie sich wunschgemäß angezogen und Leon fuhr sie zur Wohnung von Chris. Sie schaute das bekannte Klingeltableau in dem Mehrfamilienhaus an und die Erinnerung an das erste Mal damals, als alles begann und sie allen Mut zusammennehmen musste um auf den besagten Knopf zu drücken. Jetzt war aber ihr Mann dabei. Es erwartete sie aber evtl. wieder Ungewöhnliches, auf jeden Fall Neues. Wieder wie damals tief Luft holen und Klingelknopf drücken. Ohne Gegensprechanlage öffnete sich die Türe und beide gingen zu Fahrstuhl. Hier hatte sie vor Wochen nochmals zurückgeblickt und Leon sie einsteigen sehen. Beide hatten damals ein starkes Gefühl in der Magengegend. 3. Etage, Aufzug öffnet sich, fünf Meter rechts und sie standen vor der Wohnungstüre. Jetzt klingelte Leon, denn er sollte ja seine Frau an Chris übergeben. Julia stand versetzt hinter ihm. Er hielt ihre rechte Hand. Die Türe ging auf und Chris sagte: „Schön, dass du Julia bringst. Kommt rein und übergib sie mir." Leon zog Julia leicht nach vorne und gab ihre Hand an Chris. Der schaute sie prüfend von oben bis unten an. Julia wurde es heiß. „Ok. Stell dich bitte im Abstand vor deinen Mann. Ich will prüfen, ob du heute auch bereit bist." Bereit? Dachte Julia, war sie eigentlich schon, auch neugierig. Sie verstand den Sinn nicht, machte es aber wie gewünscht.

Sie stand nun rund vierzig Zentimeter vor Leon. „So, nun lass dich nach hinten zu Leon fallen und leg deinen Kopf auf seine Schulter. Augen schließen." Sie stand nun steif nach hinten angelehnt. „Leon, zieh das Kleid deiner Frau hoch!" Leon begann damit. Da das Kleid aber eng geschnitten war, das waren ja die Modelle in denen Julia besonders sexy aussah, musste er zentimeterweise rechts und links immer stückweise ziehen. Julia durchströmte das Blut schneller, denn da waren wieder die Gedanken an Sklavenmärkte oder Haremsdamen. „Weiter", sagte Chris und so stand sie bald in ihrer ganzen Pracht des Unterleibs vor ihm. „Beine spreizen" kam unmissverständlich die Aufforderung und sie öffnete beide willig. Ihr Kopf lag immer noch im Nacken und ihre Augen waren geschlossen und ihre ganzen Sinne nun darauf fixiert, was jetzt bei ihr passieren würde. Chris fuhr mit den Händen innen am linken Schenkel hoch bis kurz vor die Schamlippen, berührte diese aber nicht und fuhr mit der Hand auf der anderen Seite wieder herunter.

Leon hörte den nun stoßweisen Atem seiner Frau neben seinem Ohr. Ein kurzes Stöhnen als sie glaubte, er würde ihre Vagina anfassen. Dann wieder kurzes Atmen. Das Ganze nun rückwärts, wieder Erwartungshaltung bei ihr wecken, wieder vorbei. „Sieht gut aus, sie scheint willig und bereit!" hörte sie Chris sagen. Das war ja wie auf dem Fleischmarkt, aber vielleicht gerade deshalb so erregend, weil eben neu. Dann merkte sie, wie Chris nach vorne trat und zwischen ihren Schenkeln stand. Jetzt setzte er seine Hand und speziell seinen Mittelfinger direkt an ihre Furche und fuhr hinein. Ihre Reaktion war gut zu hören zumal der Finger in ihr begann ihren G-Punkt zu reiben. Das bewirkte, dass nun ihre gespreizten Beine anfingen an den Knien und Oberschenkeln zu zucken. „Ok. Sie kann dableiben. Zieh ihr das Kleid aus!" Leon war auch halb weggetreten von dieser Vorführung, Sie traf genau auch seine Fantasiewelt. Er öffnete Julia das Kleid und zog es herunter. Fast in Trance stieg Julia heraus.

Chris sie nun an der Hand, öffnete die Schlafzimmertüre und sagte zu ihr: "Leg dich aufs Bett, ich komme gleich!" Sie stieg auf das Boxspringbett, legte sich auf den Rücken und die Erinnerung an den Moment, als sie zum ersten Mal hier gefickt wurde kam wieder. Das Licht war das gleiche. Nur lag sie jetzt halbnackt hier, ohne Kleid und ohne zu wissen was jetzt kommt. Sie war nass und bereit. – Im Flur sagte Chris zu Leon : «Ich werde mit deiner Frau einen kleinen Film drehen, sie bringt ihn heute Abend mit, da kannst du sie dann dauerhaft in Aktion sehen. Sie meldet sich, bevor wir kommen. » Damit war Leon entlassen. In ihm wogten wieder Gefühle der Enttäuschung, aber auch der Neugier auf die neue Situation. Aber er hatte Vertrauen in Chris und gönnte seiner Frau das neue Erlebnis.

Nun kam Chris zu Julia ins Schlafzimmer. Diese lag erwartungsfroh auf dem Bett und spielte mit ihrem Finger in sich selbst.

Ihre Fantasie war angeregt, ihr Körper bereit. Chris kam zu ihr und nahm sie in den Arm. „Heute drehen wir für Leon einen kleinen Film zusammen." Film? Für Leon? Ging sofort durch ihren Kopf. „Du wirst auch was davon haben." Komm lass uns ins Wohnzimmer gehen und darüber sprechen." Wie Wohnzimmer, wie sprechen, ich will ficken ging es durch Julias Kopf. Halbnackt ging sie mit Chris. Der öffnete eine gute Flasche Champagner. „auf dein Wohl meine Liebe." Wohltemperiert genoss sie den Schluck. „Was willst du filmen?" fragte sie und er antwortete vorsichtig „Ein Freund, ein kleiner Italiener kommt gleich. Ein ganz lieber Kerl, den aber seine Frau verlassen hat und dessen Ehebett nun schon zu lange leer ist. Ich möchte mit dir und ihm eine Szene drehen in der er dich bezahlt und du ihn gut bedienst." Julia war baff. „Er bezahlt wirklich gut, es ist also nicht dein Schaden und du wirst trotzdem Spaß haben."

Da klingelte es auch schon und Chris kam mit einem kleineren Mann mittleren Alters ins Zimmer zu der halbnackten Julia, die sich hinter die Bartheke gestellt hatte. Ihr wurde der Mann als Matteo vorgestellt. Unsympathisch war er nicht. Er nahm dankend ein Glas Champagner an, trank es aber fast zu schnell. Er war nervös. Chris überbrückte die bestehende Stimmung geschickt, da Matteo und Julia nichts sagten. Dann nahm er Julia an der Hand und ging mit ihr ins Badezimmer. Bevor sie etwas sagen konnte nahm er sie in den Arm, streichelte sie intensiv, was sie wieder stimulierte. Sie hatte ja damals ihn als Bull akzeptiert, der bestimmen konnte wann und von wem sie gefickt wurde. Dadurch hatte sie tolle erregende Stunden erlebt und manchmal eben auch die übliche Hausfrauennummer. Er erklärte ihr die Filmidee, sie kam dabei gar nicht zum Nachdenken.

Auf dem Film später sieht man dann Julia offensiv geschminkt mit glänzendem Kimono und High Heels im Schlafzimmer stehen. Es klopft und sie öffnet. Matteo kommt herein. Kurzes Gespräch und er gibt ihr € 300.--, die sie in eine kleine Umhängetasche steckt und weg legt. Daraufhin zieht sie den Kimono aus und zeigt sich in ihrer ganzen Pracht, kniet nieder und öffnet den Gürtel seiner Hose um dann geschickt seinen Penis heraus zu holen.

Ihre Arbeit mit dem Mund war wieder perfekt und der kleine Italiener schien die Augen zu verdrehen.

Sie stand nun auf und legte sich mit gespreizten Beinen auf das Bett, während er sich ganz auszog. Sein Schwanz war nicht zu groß, dafür aber seine Erregung. Er stieg zwischen die Beine von Julia. Sie führte mit beiden Händen das Teil, indem sie dabei seinen Schwanz mit der einen Hand zielgerecht führte, während sie mit der anderen ihre Lustgrotte aufspreizte.

Mühelos konnte er in sie eindringen, was bei ihr einen hörbares Stöhnen auslöste, das sich dann Stoß für Stoß weiter aufbaute. Sie schaute an die Decke und konzentrierte sich auf den Rhythmus und den Atem von Matteo. Als dieser hektischer wurde, begann sie mit dem Becken ebenfalls stimulierend auf ihn einzuwirken und ihn mit leisen Worten anzutörnen. Viel brauchte es nicht mehr, dann ergoss er sich laut vernehmlich in sie. Kurz darauf löste sich Matteo von ihr und sie ging ins Bad. Dort wartete bereits Chris auf sie. „Das war sehr gut. Danke dafür."

Die Gefühle von Julia waren irgendwie zweigeteilt. Sie fühlte sich benutzt, gleichzeitig aber bestätigt, dass sie begehrt wurde und das Ganze auch noch einträglich gewesen war. € 300.- für einen normalen Geschlechtsverkehr mit einem netten Mann kann sich doch sehen lassen. Im Film kommt sie nun wieder ins Zimmer. Fertig gerichtet. Matteo hatte sich angezogen und sie verabschiedet sich freundlich von ihm. Türe auf, Türe zu. Cut.

Auf dem Weg ins Wohnzimmer zu ihrem Glas klingelt bei Chris das Telefon. „Ja, …. Ja sie ist da,……nein, denke dass es heute nicht klappt,……das wird zu viel,……ich weiß, sie ist eine tolle Frau…….es geht ihr nicht um Geld." Julia merkte, dass es um sie ging und wurde neugierig. Chris hielt die Hand vors Telefon und sagte zu ihr, „da ist ein netter Typ, der eigentlich heute mit dir den Film drehen sollte, aber zu spät war. Matteo kam dann zum Zug .Jetzt ist er schon völlig aufgeregt und hat auch das Geld für dich dabei, aber ich will dir zweimal nicht zumuten." Und weiter am Telefon: „Denke, das wird nichts, vielleicht in zwei, drei Wochen." Julia signalisierte, dass er nicht unbedingt absagen sollte, sie war ja bestens eingefickt und jetzt auch champagnerlustig und einen würde sie immer noch schaffen, zumal es scheinbar wieder € 300.— gab. Sie nickte zustimmend und Chris: „OK, wann kannst du da sein?......zehn Minuten?.....Das klappt, kannst kommen!"

Jetzt war Julia von sich selbst überrascht. Gut war dabei, dass sie keine Zeit zum Nachdenken hatte. Chris instruierte sie noch kurz über den Ablauf der Filmaufnahmen. Sie hatte das noch intus. Lippenstift nachziehen. Korsage richten und schon klingelte es. Stimmen im Flur, dann im Wohnzimmer. Julia kam aus dem Bad um ihren neuen Gast zu begrüßen. Es war ein baumlanger dunkelhäutiger Mann, vielleicht ende Zwanzig. Große Lippen und blendend weiße Zähne, die er gleich beim Begrüßen zeigte. „Akono." Stellte er sich vor, Julia war verwirrt und stotterte „Julia". Chris lachte innerlich, denn er wusste welche Aufgabe Julia erwartete. Er freute sich schon auf den Film.

Jetzt bat Julia um Getränkenachschub. Sie ahnte, dass die vor ihr stehende Aufgabe ihr einiges abverlangen würde. Für einen Rückzieher war es jetzt zu spät. Die Chance dafür hatte sie vor fünfzehn Minuten. Jetzt war sie Opfer ihrer eigenen Neugierde. Chris ließ auch keine Zeit zum Nachdenken und bat Julia ins Schlafzimmer. Akono stand davor und klopfte an. Julia öffnete und er betrat das sogenannte Arbeitszimmer der Dame. Drinnen übergab er wie vereinbart € 300.-- die im Täschchen verschwanden und er bekam als Vorspeise nun das fast nackte Gesamtkunstwerk Julia zu sehen. Julia begann ihren Job mit Öffnen des Hosengürtels, der Hose, des Reißverschlusses und Herabziehen des Beinkleides und der Short. Dann hinknien. Jetzt hatte sie den Riesenschwengel direkt vor den Augen. Er sah dunkel und in dieser Größe bedrohlich aus. Da er beschnitten war fiel seine hellrosa Eichel besonders auf. Sie nahm allen Mut zusammen und öffnete ihren Mund weit um das Glied auch oral bedienen zu können. Es gab schmatzende Geräusche als sie die Eichel in ihrem Mund hin und her bewegte. Akono schien das zu gefallen. Vielleicht schaff ich ihn so, dann muss ich nicht ficken, dachte Julia und strengte sich noch mehr an. Der Typ war aber ausdauernd und kein so leichtes Opfer wie der Italiener vorhin. Scheinbar würde der ewig so hinhalten, also ab aufs Bett. Sie legte sich hin und wartete bis er ausgezogen zu ihr kam. Es war schon beeindruckend was ein Mann so vor sich herschieben konnte. Jetzt war sie für den Italiener dankbar, der sie so gut vorbereitet hatte.

Anders als gedacht legte sich Akono neben sie und bestieg sie nicht. Stattdessen nahm er sie kräftig in den Arm und zog sie auf sich. Er wollte geritten werden. Sie saß nun auf seinen Oberschenkeln, das große Glied vor sich. Es schien bis an ihren Bauchnabel zu gehen. Ihre Angst verflog und sie entwickelte einen Ehrgeiz, den sie so bisher in diesen Situationen nicht kannte. Also schön den Schwanz wichsen, dann ordentlich mit Speichel befeuchten und dabei immer Augenkontakt zu dem Freier. Das war er ja, da er sie als Nutte bezahlt hatte. Nun mit der Eichel an der Vagina spielen und diese spreizen und langsam den Riesenpenis einführen. Das ging auch die ersten zwei Zentimeter gut, dann wollte sie absetzen. Akono war jetzt aber gereizt und nahm ihre beiden Hüften in die Hand und drückte sie auf seinen Schwanz, sodass dieser in einem Rutsch in ihr verschwand. Dieses Stöhnen von Julia war nicht gespielt wie beim Italiener. Ihr blieb kurz die Luft weg, sie schien hilflos. Doch er begann sie auf und ab zu bewegen und nach mehreren Stößen hatte sich ihre Vagina an das schwarze Gerät gewöhnt. Sie wollte nun

nach vorne sinken um sich zu erholen und ihn arbeiten zu lassen.
Nix da, er hielt sie senkrecht auf sich und sie musste nun ihr Künste
mit ihrem Unterleib zeigen. Sie fasste sich selbst mit beiden Händen
ans Gesäß und bewegte so ihren Körper mit kreisenden
Bewegungen. An einem Punkt merkte sie, dass seine Hände an ihrer
Seite sie aufforderten, die Bewegungen nur noch vor und zurück zu
machen.

Das Schlimme dabei war, dass das ihre Lust gewaltig steigerte, denn es war ihre Orgasmusposition. Die ganze Situation, der riesige Schwanz in ihr, die sich steigernde Lust in ihrer Vagina waren zu viel. In ihrem Gehirn blitzte und zuckte es und sie sank nach vorne auf Akono. Der hatte nun leichtes Spiel, denn sie war nur noch ein Spielball seiner Lust. Er hielt sie weiter mit beiden Händen an ihrem Becken und hob sie auf und ab im Rhythmus seiner Stöße. Ihr Jammern war zu einem Wimmern geworden und plötzlich zu einem befreienden Aufschrei. Sie war gekommen. Jetzt war sie völlig willenlos und ihm ausgeliefert. Er brauchte aber auch nicht mehr lange und ergoss sein Sperma in sie. Sie lag auf ihm und war platt. Unfähig sich zu lösen oder aufzustehen.

Im Film sieht man nun, wie er sie nach oben hob und sein Penis aus ihrer Möse rutschte. Diese sah man nun weit geöffnet im Film mit Spermatropfen an den Schamlippen. Cut. Julia rollte sich von Akono nun herunter und lag schwer atmend auf der Seite. Die Nervenzellen ihres Körpers zuckten immer noch. Eigentlich wollte Chris nun noch die Scene wie Julia ihren Freier verabschiedet drehen, aber das war nicht mehr möglich. So zog sich Akono an und ging. Chris ging zu Julia und legte seinen Arm um sie. „Das hast du sehr gut gemacht. Tolle Aufnahmen. Leon wird sich freuen und du hattest einen guten Stundenlohn." Julia war in dem Moment das Geld egal. Sie war fertig und sexuell überstrapaziert. Sie wollte nur noch ins Bad und dann nach Hause. Chris brachte sie heim, gab ihr den Filmstick und ging auch gleich wieder.

Leon lag schon im Bett und Julia legte sich zu ihm. Er spürte gleich, dass er nun zurückhaltend sein musste und nichts erwarten durfte. So legte er sich in Löffelchenstellung hinter sie. Sie sagte nur „Schatz, morgen siehst du alles. Ich bin jetzt fertig." Sein Penis lag zwischen ihren Pobacken und den Oberschenkeln und er bewegte sich leicht hin und her. So wuchs das Glied und er spürte die Feuchtigkeit zwischen den Schenkeln seiner Frau. Julia öffnete kurz die Beine. Ein Griff und das Glied ihres Mannes verschwand in ihr. War ja auch egal jetzt. Als ihr Mann in ihr kam, schlief sie schon.

Episode 18 : Zwischenzeit

Irgendwie brauchten beide eine Pause. Julia mehr als Leon. Da passte es gut ein paar Tage Richtung Süden zu fahren. Grobes Ziel: Lage Maggiore oder Comer See. Leon holte seinen Oldtimer aus der Garage. Den fuhr er nur zu besonderen Anlässen, aber die Strecke war wunderschön, man hatte Zeit und beim Wetter war für die nächsten Tage trocken angesagt. Julia knobelte das Ziel aus und sie war auch froh, dass sie unbewusst Richtung Basel – Luzern gewählt hatte. Also Comer See. Der schönste Strand am Comer See erwartete sie in Bellagio. Hier sorgen die zauberhafte Bergwelt, ein traumhafter, naturbelassener Strand und das smaragdgrüne kristallklare Wasser des Sees für ein kaum zu übertreffendes Panorama. Sie hatten Glück mit einem kleineren Hotel, etwas abseits, aber zauberhaft gelegen mit wunderschönem kleinen Parkgarten dabei. Einfach nur um sich dort hinzusetzen, in den Himmel zu schauen und tief durchzuatmen. Die ersten Tage taten beiden gut. Das kleine Nokiahandy klingelte ab und zu, Julia ging aber nicht dran. Chris hatte bestimmt wieder irgendwas geplant und brauchte sie als Hauptrolle.

Sie fragte sich aber immer mehr, ob sie nicht wieder fremdbestimmt war, also Opfer von den Wünschen ihres Lovers, ihres Mannes und ehrlicherweise auch ihrer Geilheit. Weg mit den Gedanken dachte sie, hatte sie doch das Spiel mit dem Feuer noch fester zusammen geschweißt. Nach einer Woche ging es gemütlich wieder Richtung Heimat. Kurz vor Abreise hatte Julia noch mit einem Wirt in einem

Bistro geflirtet. Leon saß vor dem Lokal und trank einen Cappuccino und tat so, als gehöre er nicht zu ihr. Der Wirt drinnen war spendabel zu Julia. Sein Blick versank mehr und mehr in ihrem Blusenausschnitt. Sonst war wenig im Lokal los.

Die Bedienungen hatten auf der Terrasse genug Arbeit. Leon betrachtete wohlwollend eine Schwarzhaarige, wahrscheinlich Italienerin und als er sich umdrehte, war der Wirt und Julia weg und nur ein Vorhang neben der Bartheke wackelte noch. Jetzt pulsierte das Blut in ihm und seine Fantasiewelt ging an. Er stellte sich Julia mit hochgezogenem Rock an einem Vorratsregal gebeugt stehend vor und der Wirt fickt sie von hinten. Auch konnte er sich vorstellen, dass sie an einer Wand steht, Rock oben und ein Bein hochgezogen und er direkt vor ihr. Er bückt sich kurz und nimmt sie im Stehen in Besitz. Völlig verwirrt bemerkte er nicht die Schwarzhaarige, die fragte, ob sie noch was bringen solle. „No grazie, per favore paga."

Er hatte gerade bezahlt, als sich der Vorhang bewegte und Julia aus dem Lokal trat und den Weg zum Auto um die Ecke einschlug. Er folgte ihr und fiel fast über einen Blumenkübel am Rande der Terrasse. Sie lief 4-5 Meter vor ihm und wackelte bewusst mit ihrem herrlichen Hintern. Dann stellte sie sich an die Beifahrertüre, so als hätte sie ein Taxi bestellt. Sie stieg mit Grandezza ein und sagte nur: „Nach Hause bitte!"

Nun musste Leon sich voll konzentrieren, damit er seinen schönen Oldtimer in den engen Gassen von Bellagio nicht beschädigte. Es war also doppelte Kopfarbeit angesagt, Autofahren und die Frage, was war hinter dem Vorhang? Julia stellte die Rückenlehne leicht zurück und als man auf der Schnellstraße war zog sie auch noch ihren Rock nach oben fast bis zu ihrem Lustdreieck. Jetzt wünschte sich Leon seinen Firmenwagen mit Spurhalteassistent und

Abstandstempomat. Da würde bei der Ablenkung nichts passieren können.

Julia wusste das natürlich und so streichelte sie noch wie gedankenverloren ihre inneren Oberschenkel. Das war zu viel. In 1000 Metern gab s eine Raststätte. Er fuhr mit Schwung von der Autobahn ab und auf den hintersten Parkplatz kurz vor der Ausfahrt. Motor abstellen und sich zu seiner Frau drehen. Ging nicht, da noch angeschnallt. Julia musste lachen. „Was ist, warum halten wir?" Das war eine böse naive Frage. „Du machst mich verrückt, bitte erzähl mir was vorhin los war!" Er küsste ihren Hals und sie begann: „Der Typ war sofort auf mich fixiert. Ich wollte ja nur was von der Theke holen. Er sprach herrliches Italienischdeutsch und spendabel war er auch. Da wir sowieso gleich zurückfahren werden, wollte ich dir und mir noch was bieten. Ich ging also schnell mit ihm hinter den Vorhang in sein Warenlager. Dort wollte er mich sofort ficken. Das wäre aber zu viel erwiesene Gunst gewesen. So habe ich seinen Schwanz gewichst. Lustig war, dass er sich dabei an einem Weinregal festhielt und mein Rhythmus so die Flaschen leicht klirren ließ. Er brauchte nicht lange und hat sich dann auf ein paar Flaschen Barolo ergossen. Bevor er wieder bei sich war und sich sortiert hatte, war ich weg." „Danke," sagte Leon, „schönes erregendes Erlebnis." „Wenn wir näher zuhause wären, würde ich dir jetzt auch Erleichterung verschaffen, aber du musst noch viele Kilometer fahren." Und so rollte der Oldtimer weiter Richtung Heimat.

Episode 19 : Der Wendepunkt

Nach mehr als einem Jahr, das von aufregenden und unkonventionellen Abenteuern geprägt war, beginnen Julia und Leon, die Schattenseiten ihres Lebensstils zu spüren. Es ist nicht ein einzelnes Ereignis, sondern eine Reihe von Erfahrungen, die beide nach und nach an den Punkt bringen, an dem sie erkennen, dass etwas Wesentliches in ihrer Beziehung auf dem Spiel steht.

Es begann eigentlich damit, dass Julia Chris nach Rückkehr vom Comer See zurückrief. Irgendwie druckste er um ein Thema herum, wollte nicht so recht mit der Sprache raus. Ob Absicht oder nicht, Julia wurde natürlich neugierig und bohrte nach. Es schien also wieder die bewährte Technik von Chris zu sein, Julia auf informellen Empfang zu stellen. Er meinte, dass letzte Woche, als Julia nicht zu erreichen war, eine erotisch interessante Möglichkeit bestand, die aber jetzt erst mal wieder geprüft werden müsse. Das waren genau die Tasten bei einer Frau wie Julia die gedrückt werden müssen um ein Ziel zu erreichen. „Also was ist los? Nein sagen kann ich ja immer noch!" drängte Julia auf eine Antwort. Chris aber meinte nur, „ich melde mich morgen oder übermorgen wieder. Versprochen."

Chris hatte schnell das finanzielle Potenzial von Julias Beliebtheit erkannt. Die Anfragen aus der Villa nahmen bei ihm zu und auch ein anderer ließ nicht locker. Julia wurde, was sie noch nicht ahnte zu einer begehrten Figur in exklusiven Kreisen. Er musste es ihr nur noch schonend beibringen. Das vorherige Telefongespräch war der Anfang.

Schließlich rief er Julia nach zwei Tagen an. Das kleine Nokia 3210 vibrierte, das hieß irgendetwas Erotisches war geplant. „Also, damals in der Villa hast du einigen Herren ganz schön den Kopf verdreht. Sie rufen mich ständig an und wollen ein Date mit dir. Ich habe das bisher abgelehnt, aber die lassen nicht nach und überbieten sich für einen Hotelbesuch mit dir!" Jetzt war es raus und Julia perplex. „Verstehe ich das richtig, die wollen mich für s Ficken bezahlen?" Ihre Sprache war jetzt extra deftig. „Ja, und ich glaube es selbst nicht, was die bereit sind für Beträge dafür hinzulegen." Jetzt kam wieder die Neugierde und unbewusst der Wunsch zu erfahren, was sie den Herren denn Wert sei. Chris wusste, dass er jetzt gewonnen hatte und der Fisch an der Angel zappelte. „Die Gebote beginnen bei € 800.—und mehr, wobei ich für die ganze Organisation und Terminarbeit und evtl. Fahrerei jeweils die Hälfte brauche." „Du erwartest doch nicht, dass ich jetzt dazu ja sage. Wenn die so geil auf mich sind, sind sie das auch noch in einer Woche!" „War ja nur eine Information von mir, was läuft. Ich verstehe auch, wenn du ablehnst. Ruf mich einfach wieder an!" sagte Chris um dann noch nachzulegen: „Robert, der liebe Kerl aus der Bar hätte auch noch einen für dich lukrativen Wunsch." „Wie, was, was will der denn?" Er würde gerne für ein sehr großzügiges Honorar ein Wochenende mit dir verbringen!" Jetzt drehte sich in ihrem Kopf Einiges hin und her. Leon bemerkte das natürlich. Julia überlegte, ob sie ihm das beim Abendessen erzählen sollte oder später im Bett. Sie wusste aber, dass er auf jeden Fall beim Zweiten zustimmen würde und sie mehr oder weniger in diesem Fall dann auch bereit dazu war. Auf seine Frage sagte sie aus dem Bauch heraus: „Schatz, erzähle ich dir später im Bett."

Leon war gespannt, bedeutete das doch, dass irgendetwas seinen Neigungen entsprechend Spannendes geplant war. Julia kam zu ihm, kuschelte sich an ihn und begann: „ Es gibt anscheinend interessierte Männer aus der Versteigerung in der Villa, die interessiert sind mich zu treffen" begann sie, „die würden sehr viel dafür bezahlen und das Ganze soll im Hotel stattfinden. Chris würde die Termin organisieren und mich hinfahren und abholen. Außerdem möchte Robert, der Typ aus der Bar damals ein Wochenende mit mir verbringen." Natürlich stand der Penis von Leon angesichts der Vorstellung sofort. Er war jedoch jetzt vorsichtig und wählte seine Worte: „Das ist natürlich etwas ganz anderes und die Entscheidung kann ich dir nicht abnehmen." Sein Schwanz sprach eine andere Sprache. „Ich weiß mein Schatz, da muss ich mit mir selbst erstmal klar kommen. Das kann anstrengend, aber auch lukrativ werden." In ihrem Inneren jedoch machte sie die Vorstellung für Sex bezahlt zu werden und damit den Wünschen der Freier ausgeliefert zu sein geil. Das sprach die eine Seite in ihr an, die immer wieder zum Vorschein kam. Die andere Seite war ja die kontrollierende Frau in ihr. Aber die musste bei so einem Treffen ja nicht untätig sein.

Man schlief ein und zwei Tage später rief Julia Chris an. „Ich kann mir das alles nicht vorstellen. Wie soll das ablaufen, speziell mit Robert?" Das hieß übersetzt, natürlich mache ich es, aber sag wie es abläuft. „Ich rufe dich einen Tag vorher an und sage dir die Uhrzeit, wann ich dich abhole. Dann bringe ich dich in ein gutes Hotel und stelle dich vor. Es ist immer ein Zeitrahmen von 60 bis 90 Minuten vorgesehen. Das Zimmer und dich hat der Freier gebucht und bereits bezahlt. Ich warte in der Zeit auf dich und bringe dich wieder zurück." Klang nüchtern, einfach, war aber doch ein großer Schritt. Sex ohne Anlauf mit einem Fremden. „Läuft das alles normal ab oder sind da besondere Wünsche zu erwarten?" „ Extras werden vorher besprochen und werden auch extra honoriert. Das erfährst du natürlich rechtzeitig. Probiere es einfach mal aus. Ich hätte morgen einen netten Mann für dich für eine Stunde!" Das war ihr eigentlich zu schnell, andererseits hatte sie Leon und sich seit dem Aufkommen des Themas eine Pause verordnet. Ihr Körper war also schon bereit, jetzt sollte auch der Kopf mitspielen. „Welche Uhrzeit?" „Ich hole dich um 18 Uhr ab. Wegen der Optik reden wir morgen nochmals." Damit war der erste Deal vereinbart.

Am nächsten Tag rief Chris an. Er wollte, dass alles in seinem Sinne läuft und Julia keinen Rückzieher macht. Deshalb übernahm er gleich die Gesprächsführung: „Bitte einfaches figurbetontes Kleid anziehen. Sonst alles normal. Bin pünktlich da." Julia konnte gar nichts mehr sagen, eigentlich wollte sie es auch nicht. Kurz vor 18 Uhr war Leon nervös und ausgerechnet Julia musste ihn jetzt beruhigen. „Keine Angst Liebling, ich werde die Sache durchziehen und Chris ist ja auch in der Nähe. Danach erzähle ich dir eine schöne Geschichte." Und schon klingelte es. Küsschen für Leon und Julia war weg. Die Fahrt ging zu einem bekannten großen Innenstadthotel. In der Lobby befand sich eine Bar. Chris und Julia gingen hin. Er bestellte ein Bier und sie einen Prosecco. Zwei Minuten nach 18 Uhr kam ein älterer Herr auf die beiden zu, erster Eindruck, gepflegt, vielleicht über sechzig Jahre, graue Haare, schlank. Er stellte sich als Peter vor. Julia wurde vorgestellt. Es entwickelte sich ein kleiner Smalltalk bei dem Julia zusammen mit ihrem Prosecco lockerer wurde. Schließlich übergab Peter an Chris einen Umschlag, nannte eine Zimmernummer und ging. Was jetzt, dachte Julia? „Du gehst in zehn Minuten nach, klopfst an das Zimmer und hast dann eine Stunde Zeit. Ich warte hier auf dich. Denk dran, wenn es gut läuft hast du einen Stammgast."

Der Prosecco war alle, die Zeit herum und Julia ging zu den Aufzügen. 4. OG. Dort rechts raus und einen langen Gang entlang. Jeder Schritt mit dem Wissen, dass sie vielleicht in dreißig Minuten von einem fremden Mann gefickt wird. Noch vier Zimmer, ...Ankunft und tief Luft holen. Nochmals durchatmen und anklopfen. Sie erschrak selbst bei dem Geräusch, das ihre Finger auf der Türe verursachten. Es war aber sonst niemand auf dem Flur, wie sie sofort feststellte. Gott sei Dank ging die Türe auf und Peter empfing sie im Morgenmantel. Jetzt half nichts, sie wollte wieder die Initiative haben. „Schön, dass du mich gebucht hast, warst du damals auch in der Villa?" „Ja, ich war fasziniert von dir und habe dich nicht mehr aus dem Kopf bekommen. Chris hat ja lange alle Angebote abgelehnt. Ich bin froh, dass es heute geklappt hat." So klingt ein Normalbürger, dachte Julia. „Hast du besondere Wünsche oder überlässt du es mir?" „Ich würde es gerne dir überlassen." Noch besser ging es Julia durch den Kopf. „Kann ich was aus der Minibar holen?" Selbstverständlich" sagte er. „OK, legt dich schon mal auf das Bett. Was soll ich dir bringen?" „Egal", war die Antwort. Also richtete sie ihm einen Whisky und sich selbst einen Gin-Tonic.

Inzwischen lag Peter nackt auf dem Bett und Julia betrachtete wie nebenbei ihre Aufgabe. Machbar, dachte sie und stellte die beiden Gläser auf die Konsole. Nun suchte sie kurz die Lichtschalter und schuf eine halbdunkle, schummrige Stimmung. Die zugezogenen dicken Vorhänge taten ein Übriges. Sie setzte sich auf die Bettkante neben Peter, reichte ihm das Glas und prostete ihm zu. Er nahm einen großen Schluck und hustete leicht. Er war scheinbar nervöser als sie. Sie stand auf und begann ihren Reißverschluss vom Kleid zu öffnen. Sie ließ es langsam zu Boden gleiten. Darunter hatte sie einen tollen weißen Spitzen-BH und den passenden Slip. Durch den sah man dunkel ihren Venushügel. Sie ging nun langsam auf die Bettkante zu und flüsterte: "Mach die Augen zu und träume." Ihre Hand fast an den halb erigierten Penis, und mit geübten Bewegungen war das Teil gleich in voller Pracht zu sehen. Sie wusste nicht, was Chris besprochen hatte, was sie alles bieten sollte, aber das war jetzt egal. Sie verwöhnte Peter mit der ihr bekannten Routine. Seinen Geräuschen zufolge, die er dabei von sich gab, musste es gut sein.

Sie stand kurz auf, entledigte sich des Slips und des BHs um sich dann auf seine Oberschenkel zu setzen und den Penis vor ihrer

Lustgrotte weiter zu stimulieren. Jetzt noch viel Speichel in deine Handfläche und es flutschte perfekt. Eigentlich war sie nicht geil, vielleicht erregt, aber sie hatte den Typ so vorbereitet, dass er jetzt keine Chance mehr hatte was zu ändern. Also hob sie ihr Becken, rutsche nach vorne und spielte mit seiner Eichel an ihrer Vagina. Ganz leicht zuerst und bestimmend, wie weit er hier hinein durfte. Er zappelte fast und wollte immer wieder zustoßen, aber sie ließ ihn nicht. Dann gönnte sie ihm weitere zwei Zentimeter in ihr, also gerade knapp die Eichel von ihm. Und wieder musste er warten. Jetzt öffnete er die Augen und schaute flehentlich. Sie erwiderte den Blick und öffnete ihren Mund um sich über die Lippen zu lecken. „Gefällt es Dir?" „Ja, ja, ja." „ Willst du weiter rein?" „Ja, bitte." „Wirst du abspritzen und mich glücklich machen?" „Ja, das tue ich." Jetzt war Julia am Ziel, lockerte den Griff und setzte sich ganz auf den Penis von Peter. Dann kamen ihre bewährten Beckenrotationen immer beobachtend was der Mann unter ihr für Reaktionen zeigt. Peter war hin und weg und so beugte sie sich nach vorne hob ihr Becken leicht an und er bestimmte jetzt den Rythmus in ihr. Das nahm er gierig, fast hektisch an. Ihre Lippen waren neben seinem Ohr und sie flüsterte: „Komm, gib s mir. Du machst das gut, zeig mir wie du spritzen kannst." Dann noch für die letzten Stöße ein: „ja, ja, ja und ein langgezogenes ohhhhh, dann hatte sie es geschafft.

Sie streichelte Peter leicht und versorgte seinen Schwanz mit einem kleinen Handtuch. Das bereitete ihm nochmals sehr gute Gefühle, als sie mit der Frotteeseite die Eichel ausgiebig abwischte und so ihren Service abrundete. Als sie aus dem Bad kam, hatte er bereits seinen Bademantel angezogen. In den Gläsern waren noch ein paar Schluck und inzwischen fünfundvierzig Minuten vergangen. „Zufrieden? Mir hat s gut gefallen." Sagte sie, und Peter bedankte sich für die perfekte Stunde. Kurz vor Ende der Stunde war Julia wieder unten in der Lobby. Chris wartete, gab ihr € 400.-- und brachte sie wieder nach Hause. Danach stellte sie ihr Nokia 3310 ab. Es war gerade kurz nach zwanzig Uhr. Um achtzehn Uhr war sie gegangen. Leon lag schon im Bett. Damit hatte sie gerechnet, denn die Geschichte musste ihn schon sehr erregt haben. Andererseits war es nicht mehr das, was früher einmal war und weshalb sie alles begonnen hatten. Damals war es ein Spiel mit Gefühlen und Wünschen, einerseits um Neigungen zu erfüllen, andererseits um sich selbst zu verwirklichen und auch zu befreien. Nun ist es anscheinend eine Art Ficken nach Dienstplan geworden. Das ging ihr durch den Kopf, als sie zu ihrem erwartungsvollen Mann in Bett stieg.

Er war ja schon bereit und ihr war es irgendwie egal und so spielte sie die Rolle der geilen Verführerin weiter und erzähle ihm Details von vorhin um ihn schnell zu Höhepunkt zu bringen.

Wochenende mit Robert

Die ganze Kopfarbeit beim bezahlten Sex, dann die körperliche Präsenz und Konzentration auf den Punkt verlangten bei Julia eine Pause, Sie wollte ja weiterhin die liebende Frau sein und auch ab und zu ihrem Mann seine Wünsche erfüllen, aber aus den überraschenden erotischen Spielen schien nun ein Kommerz geworden zu sein. Sie merkte immer mehr, dass hier eine Wendung kommen müsste. Andererseits wunderte sie sich schon, wenn solche Angebote kamen, wie neugierig sie wurde. Geld war hier nur der Nebeneffekt. Es war scheinbar jetzt das Spiel mit dem Feuer, das reizte. Irgendwie kam da der Anruf von Chris gerade recht: „Robert möchte mit dir ein Wochenende in ein Wellnesshotel im Schwarzwald fahren. Wird alles bezahlt, zusätzlich noch ein gutes

Taschengeld. Wie sieht s aus?" Julia machte wieder den Fehler nicht nein zu sagen, sondern fragte: „Wann soll das sein?" „Nächstes oder übernächstes Wochenende. Samstag Abholung, Sonntagabends wieder zurück." „Ich melde mich."

Robert war ja ein netter älterer Herr, freundlich mit kurzem dicken Schwanz. Das war also nicht das Problem. Was und wie sollte sie es Leon sagen? Abends nach dem Essen begann sie vorsichtig: „Robert möchte mich am Wochenende buchen." „Wer ist Robert?" „Das ist der aus der Bar und dem Separee, der ehemalige Bankdirektor," klärte Julia auf. „Denke, mit dem hast du abgeschlossen." „Ja schon, aber irgendwas muss ihm besonders an mir gefallen und nun nervt er Chris nach einem Date mit mir. Er wäre auch sehr großzügig." „Was hast du zu Chris gesagt?" „Ich habe ihm abgesagt, da die Umstände zu kompliziert sind." „Umstände?" „Lass uns später im Bett darüber reden, ich habe noch viel zu tun," war die geschickte Ausrede von Julia.

Sie hatte in Wirklichkeit schon alles vorbereitet, sogar Leon war bei Claudia gebucht. Später nach zwei Glas Wein nahm Julia den Schwanz von Leon in die Hand und rieb ihn leicht: „Der Robert möchte mit mir über ein Wochenende in ein schönes Hotel fahren. Er ist ja ein lieber Kerl und sexuell nicht anspruchsvoll. Aber ich will dir das nicht zumuten." Leon war immer gleich geil, wenn seine Frau ein Date mit einem Mann hatte. „Ich komme schon zurecht mit der Zeit, du kannst mich ja per App informieren," meinte er. „ich hätte einen anderen Wunsch für uns beide," flüsterte Julia und intensivierte ihre Bemühungen an seinem Schwanz. „Was bitte stellst du dir vor?" „Ich möchte, dass dich Claudia betreut in der Zeit in der ich weg bin." Jetzt war es raus. „Sie würde mit dir ein echtes Hänsel und Gretel Spiel machen und ich hätte kein schlechtes Gewissen." Die vollbusige, reife Claudia hatte Leon ja schon damals fasziniert, aber ein Wochenende? „Ich würde das alles für dich erledigen. Sonst machen wir lieber nichts an dem Wochenende." Das zeigte Wirkung. „Ich informiere dich auch per App bei Claudia über meine Erlebnisse." Das war der Ausschlag. „Ja, gut. Es wird bestimmt spannend für uns beide," antwortete Leon.

Eigentlich war er jetzt kurz davor abzuspritzen aber Julia hörte mit dem Verwöhnen auf. „Ich kann doch Claudia keinen abgesamten Mann übergeben. Das verstehst du doch?" Leon verstand es nur widerwillig, aber sah es ein. „Also übermorgen nichts vornehmen. Ich sage dir die Termine, Schatz." Damit war das Bettgespräch beendet. Am Samstag gegen Mittag hatte Julia einen kleinen Trolley gepackt und für Leon ein kleine Tasche. „Komm wir haben um 12.30 Uhr ein Tisch zum Mittagessen. Lass dich überraschen." Man fuhr in das Lokal. Vielleicht war man fünf Minuten zu früh. Jedenfalls war niemand den man kannte vor Ort. Pünktlich um halb eins ging die Türe auf und Claudia in ihrer ganzen Pracht und Fülle betrat die Lokalität. Ihr großer Busen wogte unter einer Jacke, ihr fülliges Becken steckte in einem Rock und drunter sah man schwarze Strümpfe. Ihr graumeliertes Haar war wieder streng nach hinten gekämmt zu einem Zopf. Sie begrüßte beide herzlich. Man bestellte etwas zum Essen und dann begannen die Frauen sich zu unterhalten. „Ich bin froh, dass du die Zeit hast dich bis morgen um Leon zu kümmern." „Mache ich doch gerne. Er ist ja so neugierig und wird noch viel erleben." „Du kennst ja seine Vorlieben. Du kannst ruhig auch mal strenger sein. Ich denke er braucht auch das einmal." „Keine Angst, du wirst zufrieden sein, wir sind ja in Kontakt."

Leon hatte gar nichts zu sagen. Er war Objektmasse, die gerade verteilt wurde. „Hat er Samenstau?" „Ja ich habe ihm wieder seinen Käfig angelegt. Er scheint gut gefüllt zu sein." „Wunderbar, dann werden wir das Teil nachher mal wechseln." Wechseln, wie? Dachte Leon. In diesem Moment kam Chris herein um später Julia mitzunehmen. Leon wurde es heiß und kalt und sein Puls ging in die Höhe. Er begrüßte alle. Nun sagte Claudia zu Julia: „Gib mir bitte den Schlüssel, ich erledige das draußen im Auto!" und zu Leon: „Komm mit, das Wochenende beginnt jetzt!"

Sie hatte den Käfigschlüssel und den Autoschlüssel und ging gezielt zu dem Van. Türe auf: „Setz dich rein!" Türe zu. Die Scheiben waren ja getönt. „Hose und Slip runter! Und zurücklehnen!" Leon tat wie gewünscht. Sie schloss seinen Käfig mit geübten Händen auf und entfernte ihn mit der Bemerkung: „Das ist ja Spielzeug!" Leon hatte den Kopf nach hinten gelegt und die Beine geöffnet. Er spürte nun den bekannten Griff um die Eichel. Sie legte einen neuen Penisring an und stülpte dann den Käfig über seinen Penis. Er fühlte sich kalt an. Sein Schwanz aber flutschte problemlos hinein. Sie hatte das Teil vorher mit Gleitcreme eingerieben. Jetzt spürte er vorne an der Eichel einen Schmerz und zuckte leicht: „Nur ruhig, das tut nur bei großer Geilheit weh, da ist ein kleiner Dorn dran." Sie schob das Teil nun ganz an den Ring zurück. Vorne tat es wieder weh aber sie hatte den Metallkäfig schon verschlossen. „So anziehen, jetzt gehen wir wieder rein und Du gibst deiner Frau den alten Käfig und wünscht ihr ein schönes Wochenende. Verstanden!" Leon nickte und man ging wieder ins Restaurant.

Dort war Julia inzwischen fertig. Sie stand auf und ging auf ihn zu. Er gab Ihr den Silikonkäfig und wünschte ihr viel Spaß heute und morgen. „Ich wünsche dir das auch. Ich denke an Dich, wenn ich gefickt werde." Kleiner Kuss und sie entschwand durch die Türe mit Chris, der sie zu Robert bringen würde. Nach rund zehn Minuten Fahrt traf man sich auf einem Parkplatz. Robert begrüßte Julia mit einem Handkuss. Das Gepäck wurde eingeladen, ein Umschlag übergeben und Robert fuhr mit seiner Trophäe davon. Im Lokal ließ sich Claudia Zeit. Sie hatte noch einen Kuchen und Kaffee bestellt und bereitete Leon verbal auf die kommenden Stunden vor: „Bist du schon aufgeregt?" „Ja," gestand Leon. „Du brauchst keine Angst zu haben, wenn du dich der Herrin unterordnest. Ich werde dich schon lustvoll für mich beschäftigen. Vielleicht schickt mir deine Frau ja zwischendurch Informationen oder sogar Bilder. Wenn du gut durchgehalten hast, darfst du sie auch sehen."

Julia hatte ja das Auto stehen gelassen und Leon daher den Schlüssel. Man fuhr also zum Haus von Claudia. Diese hatte Leon vorher instruiert, dass er vor dem Haus warten soll, bis sie die Türe geöffnet hatte. Claudia fuhr in die Garage und Leon stand vor dem Haus, die Türe im Blick. Nach ungefähr zwanzig Minuten ging die Türe auf. Leon stieg aus und ging in das Haus. Die Vorhänge waren zugezogen und die Rollläden teilweise unten. Es war düster. Er schloss die Türe hinter sich und ging in das bekannte Wohnzimmer. Dort stand Claudia hinter der Theke.

Sie hatte ihren schwarzen Kimono an. Ihre Brüste hingen wie er ahnte frei darunter. Ihre Lippen waren größer und offensiver geschminkt als vorher. Sie befahl Leon sich ganz auszuziehen und seine Kleider in einen Schrank zu legen. Er tat das schon sehr erregt. „Abschließen und mir den Schlüssel geben," lautete die Anweisung. Leon tat wie gewünscht und ihm wurde klar, dass er nun auch ohne Fesseln gefangen war. „Wir lernen jetzt erst mal wie ein Hänsel sich im Käfig zu verhalten hat. Komm mit!" Sie nahm in an der Hand und führte ihn ins Nebenzimmer, ihrem Dominastudio. Der stabile Käfig wurde geöffnet, Leon hineingeschoben und die Türe von außen verriegelt. „So jetzt kannst du dir in Gedanken vorstellen, was deine Frau gerade macht. Durch deine Geilheit arbeitet sie jetzt ja als Hure. Später erzähle ich dir eine Geschichte eines anderen Paares und wie es dort ausgegangen ist. Komm an das Gitter und streck deinen Schwanz heraus." Er tat wie befohlen. Claudia befreite ihn von dem Metallkäfig, der zwischendurch schon mal geschmerzt hatte. „Wenn ich wieder komme, hast du mir einen steifen Schwanz zu präsentieren. Verstanden?" „Ja, Herrin," war die Antwort.

Sie ging hinaus und löschte das Licht. Leon war jetzt im Dunkeln alleine. Im Käfig gab es nur den kleinen Hocker mit dem großen Loch in der Mitte vom letzten Mal. Er setzte sich darauf und ging seinen Gedanken nach. Vielleicht waren zwei Stunden vergangen, Julia musste eigentlich jetzt im Hotel sein, was macht sie bloß, was erwartet mich? Das ging so vielleicht gefühlt eine Stunde, dann ging die Türe auf und Claudia erschien in ihrer Halbkorsage mit den großen, hängenden Brüsten darüber. „Hänsel, komm ans Gitter und zweig deinen Schwanz ob du schon bereit bist." Sie spielte jetzt die Hexe. Leon steckte seinen Penis durch die Stäbe und Claudia fast ihn fest an. „Das wird noch nichts, da musst du noch zulegen. In dem Zustand kann ich dich nicht raus lassen." Sagte sie und dreht sich zum Gehen. An der Türe dann: „Wenn ich wieder komme, erwarte ich ein strammes dickes Teil. Verstanden! Vielleicht habe ich dann auch eine Nachricht von deiner Frau." Licht aus, Türe zu. Leons Penis hatte sich versteift. Er war nun bemüht, in seinen Gedanken Bilder oder Sätze von Julia hervorzuholen, die ihn geil machten. Mit der Hand hielt er seinen Schwanz damit steif.

Vielleicht dreißig Minuten später kam Claudia zurück. „Zeig Deinen Schwanz, Hänsel!" Er streckte das nun große Teil durch die Stäbe. Sie nahm ihn wieder fest in die Hand und nickte. Dann waren seine Hoden dran. Sie fasste diese fest und knetend an und stellte fest: "Können bald entleert werden." Und weiter:" So stehen bleiben." Sie drehte sich um und holte ein längeres Seil und faltete es in der Mitte zu einer Schlaufe. Dann nahm sie seinen Schwanz mit samt den Hoden in die linke Hand, wickelte das Seil schnell darum und zog es mit der rechten Hand fest. „Umdrehen und Hände hinten durch die Gitter Strecken!" Leon tat das und nun bekam er Handfesseln aus Leder mit Haken an das linke und rechte Gelenk. Dann wurden die Haken innerhalb des Käfigs mit einem Band verbunden, dass er seine Arme nur bis an seine Körperseite strecken konnte. Claudia öffnete den Käfig und zog ihn an den Hodenseilen heraus zu einer Art Bank. Diese war ganz schmal, nicht mal so breit wie sein Oberkörper, aber länger. „Hinsetzten!" Leon tat wie gewünscht und seine Beine wurden sogleich von ihr unter der Bank fest gebunden. Nun musste er sich auf den Rücken legen, wobei er damit auf dem Rückenband, das seine Hände fixierte lag und somit hilflos war.

Claudia setzte sich mit gespreizten Beinen hinter seinen Kopf. In der Hand eine Rute mit mehreren Lederstreifen. Sie schlug jetzt leicht auf seinen Schwanz, dann auf seine Oberschenkel, dann wieder sein Schwanz, dann der Bauch. Er zuckte jedes Mal zusammen, obwohl es auszuhalten war. Dann nahm Julia seinen Schwanz mit der einen Hand ganz unten und schlug mit der anderen oben immer wieder rechts und links auf die Eichel. Jetzt zuckte Leon schon mehr. „Willst du Informationen von deiner Frau?" „Ja, bitte, gerne." „Dann musst du erst Mal was für mich tun." Sie erhob sich und schob ihren Unterkörper über sein Gesicht. Die große, dunkle Vagina war nun direkt über seinem Mund. Ihre Hand kam nach unten und sie öffnete mit zwei Fingern ihre Lustgrotte. Dann setzte sie sich auf seinen Mund: „Nur wenn du jetzt gut leckst und saugst gibt Informationen von deiner Frau!" war die Ansage und er legte sich ins Zeug. Seine Nase war in ihrer Pofalte vergraben. Da sie aber immer wieder vor und zurück auf seinem Gesicht sich bewegte, bekam er mal mehr oder weniger Luft. Sie schmeckte salzig neutral.

Ihr Kitzler war groß und wenn er ihn speziell bearbeitete merkte er, dass es ihr Lust bereitete. Sie hatte Ausdauer. Um ihn anzufeuern, rieb sie seinen Penis mal fest, mal leicht und mal schnell. Schließlich stieg sie von ihm ab, drehte sich und setzte sich nun auf seinen Schwanz. „Traue dich nicht zu spritzen!" kam es energisch. Beide genossen den kleinen Ritt. Dann stieg sie ab und nahm ihr Handy: „Hier haben wir ja die erste Nachricht von vor 3 Stunden. Bin gut angekommen, tolles Hotel. Habe in zwei Stunden Beautybehandlung und Massage. Ah, hier ist noch eine, sogar mit Foto. Willst du sehen?" „Ja bitte." Auf dem Foto sah man von vorne oben Julia mit gespreizten Beinen, sitzend auf einem Handtuch, ihre Vagina war groß und offen und es lief Samen heraus. Bildtext darunter: Er konnte nicht warten. Habe mir jetzt den Wellnessteil verdient. „Na siehst du, so verdient deine Frau jetzt Geld. Bei einem anderen Paar, das ich kannte nahm der Bull sie übers Wochenende mit. Der Mann bekam dann alle zwei Stunden Tonnachrichten, wo er seine Frau Stöhnen und Jammern hörte. Das ging bis in die Nacht. Morgens kam ein Bild mit seiner Frau und zwei Schwänzen hinten und unten drin und einer in ihrem Mund. Abends dann ein Bild von seiner Frau nuttig angezogen, wie sie mit einem Freier in ein Zimmer geht. Dann hörte er zwei Tage nichts und dann eine Nachricht, wo sie ihn bat, Dinge für sie aus der Wohnung zu bringen. Die Adresse war ein Bordell in einer anderen Stadt. Sie sagt, sie will dort noch zwei drei Wochen bleiben und für ihren Bull arbeiten. Wenn ihr Mann sie jetzt ficken will, muss er einen Termin machen, aber bekommt einen Sonderpreis. So ist das Geschäft. Willst du das auch?" Leon war geschockt, verwarf aber sofort den Gedanken daran wie seine Frau in einem Bordell Freier bedient. „Ich weiß, wir müssen was ändern, die geile Leichtigkeit und Spielerei mit dem Sex ist vorbei."

Claudia band nun seine Füße los und führte in zu einer Art Massagebank. Er musste sich mit dem Bauch darauf legen, Beine auf dem Boden und wurde fixiert. „So jetzt kannst du mal wieder fühlen, was eine Frau spürt." Sie zeigte ihm vier verschiedene Dildos in unterschiedlicher Länge und Dicke. „Wenn du die alle schaffst, darfst du zuhause schlafen, wenn nicht, liegst du gefesselt neben meinem Bett auf dem Vorleger. Also, willst du mal Frau sein?" Es blieb ihm nichts anderes übrig, als „Ja," zu sagen. „Dann wollen wir dabei noch ein bisschen vorbeugen." Sie ging kurz weg und trat von hinten an ihn heran. Schnell drückte sie mit der linken Hand auf seine beiden Wangenknochen damit sich der Mund öffnete und schob sofort mit der anderen einen Kugelknebel zwischen seine Zähne. Das Teil wurde hinter seinem Kopf verschlossen und sie zog ihre Gummihandschuhe an und rieb seinen Anus kräftig mit Gleitcreme ein. Nun begann der kleineste Vibrator seine Arbeit in ihm. Er jammerte etwas und zuckte. Dann kam der nächste. Auch hier hatte er sich bald an das Teil gewöhnt. Beim dritten musste Claudia ihm schon gut zureden nach dem Motto: „Das ist ja noch ein kleinerer Männerschwanz und du jammerst schon so." Das Teil massierte schon kräftig seine Prostata. Er jammerte, konnte aber nicht weg. „Also gut, hören wir auf. Du schaffst das nicht, was jede Frau sonst packen würde. Werde dich jetzt fesseln und in meinem Schlafzimmer ablegen!"

Leon schüttelte hektisch den Kopf. „Also, willst du spüren, was deine Frau spürt, wenn sie von so einem Ding gefickt wird? Wenn du das schaffst, darfst du heim und ich zeige dir morgen die Nachrichten die bis dahin von deiner Frau bei mir eingegangen sind." Leon nickte nur. „Mach dich locker," hörte er und zwei drei Finger von ihr rieben seinen Anus mit Gleitcreme ein. Er spürte das dicke Ding an seinem Eingang. „Komm drück dagegen, sonst geht er nicht rein," säuselte Claudia. Er schob sein Gesäß gegen das Teil und es rutschte etwas in ihn hinein. „Fester, mehr, sonst wird das nichts," kam die Aufforderung. Er versuchte noch mehr. Es schien in zu zerreißen. „Gut machst du das, gleich geschafft," machte Claudia im Hoffnung. Dann half sie nach und der dicke Schwanz war in Leon verschwunden. Er jammerte, aber es half nichts. Sie bewegte vorsichtig das Teil in ihm rein und raus, machte dann ein paar kreisende Bewegungen, was seine inneren Nerven besonders stimulierte. Dann war es vorbei. Sie entfernte den Knebel und ließ ihn keuchend liegen. „So jetzt dreh dich um." Sie brachte einen anderen Peniskäfig und legte ihn ihm schnell und geübt an. „Das Teil hat eine Fernbedienung. Wenn ich darauf drücke, bekommt deine Eichel einen elektrischen Schlag. Du kannst jetzt nachhause gehen und kommst morgen Spätvormittag mit frischen Brötchen wieder zu mir. Telefonieren mit deiner Frau ist verboten. Verstanden!" Leon nickte, zog sich an und fuhr heim.

Am nächsten Vormittag kam er gegen 10.30 Uhr bei Claudia mit frischen Brötchen an. Sie öffnete in einem großen Bademantel gehüllt und ging mit ihm in die Küche. Man frühstückte ausgiebig, dann erwähnte sie wie beiläufig: „Habe einige Nachrichten von deiner Frau erhalten. Wenn du gut bist, zeige ich sie dir später. Jetzt wirst du dich aber ausziehen, deine Kleider versorgen, dann die Küche aufräumen und dann freiwillig in deinen Käfig gehen. Ich komme dann und prüfe alles!" Damit entschwand sie.

Leon legte wie befohlen los. In der Küche hatte er gut zu tun. Dann ging er in den dunklen Raum in seinen Käfig und wartete. Es dauerte schon einige Zeit bis Claudia erschien. Sie hatte diesmal eine schwarz-rote Korsage an. In der Hand hatte sie eine Schüssel. Sie schloss den Käfig ab und forderte wie die Hexe: „Hänsel, komm ans Gitter." Solch eine Behandlung erregte Leon schon. Er trat vor und streckte seinen Käfigschwanz durch die Stäbe. Claudia löste den Käfig schnell. Dann zog sie einen Waschlappen über ihre Hand und feuchtete ihn in der mitgebrachten Schüssel an. Geübt zog sie die Vorhaut zurück und wusch das stramme Teil mit kräftigen Griffen. Dann wechselte sie den Lappen in einen Massagehandschuh. Als sie damit begann, zuckte Leon automatisch zurück, denn das Teil war ja grob und eher für Peeling geeignet. „Also gut, du Weichei, dann wartest du also lieber hier bis deine Frau heute Nachmittag kommt. Ist auch für mich leichter." Sie drehte sich um und Leon bettelte „Entschuldigung Herrin, dass ich so empfindlich reagiert habe." Willst du also weitermachen, so wie es mir Spaß macht, auch wenn es dir weh tut?" „Ja, Herrin, bitte." Sie kam wieder mit dem groben Handschuh und rieb waschend sein Glied. Er jammerte vor Lust und leichtem Schmerz bis sie zufrieden war. „Wenn ich wieder komme, wirst du die gestern genutzten Teile und meine anderen Utensilien reinigen, damit wieder alles ordentlich und sauber ist."

Damit war er wieder alleine in der Dunkelheit. Seine Gedanken kreisten wieder um seine Frau, was sie wohl jetzt machen würde, was war letzte Nacht geschehen, wann würde sie kommen? Andererseits gingen ihm die Sätze von Claudia durch den Kopf, dass Julia ja jetzt als Hure arbeitete und dass sich alles in den vielen letzten Monaten doch in eine andere Richtung entwickelt hatte. Auch wusste er, dass sie sich nicht nur wegen des Geldes ficken ließ, sondern auch um ihm einen Gefallen zu tun. So verging die Zeit und er erschrak als Claudia wieder erschien.

Sie hatte einen Eimer und Lappen dabei, schloss den Käfig auf und befahl ihm die Teile in ihrem Studio zu reinigen und Staub zu wischen. „Danach legst du dich wie gestern auf die schmale Liege." Er begann mit der Arbeit und wunderte sich, wieviel Teile man so benutzen konnte. Da Claudia nicht kam, wischte und rieb er weiter an den Sachen. Endlich erschien sie und er legte sich auf die Bank. Sie fixierte ihn schnell und setzte sich wieder hinter ihn. Ihre Hände rieben seinen Penis mit Gleitcreme ein. Ihre Riesenbrüste baumelten über seinem Gesicht. Sie erlaubte ihm daran zu lecken und zu saugen, dabei rieb sie seinen Schwanz gekonnt.

Dann zeigte sie ihm einen Vibrator in einer speziellen Form. Nicht dick, im Gegenteil, vorne immer dünner werdend und an der Spitze eine Kugel. „So, wenn du mich zufrieden stellst, gibt's Nachrichten." Sie steckte das Teil Leon in den Mund und schaltete es an. Er konnte es mit den Zähnen gut halten. Sie kam nun mit ihrem mächtigen Körper nach vorne über sein Gesicht und setzte mit ihrer Hand den Vibrator zwischen ihre Schamlippen und zwar so, dass er längs von hinten nach vorne darin steckte und der Kugelkopf vorne direkt auf ihrem großen Kitzler. Leon hatte gleich kapiert, dass sie sich damit masturbierte und lenkte das Teil daher mit seinem Mund gezielt auf den sensibelsten Punkt. Sie bewegte ihr Becken immer schneller und er hatte Mühe das Teil weiterhin im Mund festzuhalten. Er hörte sie kurz und schnell atmen, dann sah er ein Zucken in ihrem Unterkörper. Ihre Hand kam zwischen ihre Beine und nahm ihm das Teil. Sie setzte sich nun auf seinen Mund. Sie war groß und feucht und schmeckte heute anders, aber irgendwie gut. Er musste nun mit seiner Zunge noch einige Zeit Nacharbeiten leisten bis sie tief durchatmend von ihm aufstand.

„Das war gut gemacht. Jetzt prüfe ich erst mal deine Arbeit von vorhin." Sie ging zu ihren Dildos. In Wirklichkeit prüfte sie ihre Nachrichten und sah, dass Julia in rund 50 Minuten kommen würde. Also band sie Leon los, stellte in im Raum auf und band beide Hände mit einem Seil an der Decke fest. Dann setzte sie eine Spreizstange an seine Füße und er stand nun breitbeinig mitten im Zimmer. „So, nun mal sehen was für dich von deiner Frau gekommen ist. Ich lese mal vor: Beautybehandlung und Massage waren toll. Abends gutes 4-Gänge-Menue mit viel Wein. Dann tanzen in der Bar. Der alte Robert ist wieder geil auf mich. So jetzt kommt ein Foto um 24 Uhr." Sie zeigte Leon ein Bild, fotografiert von unten nach oben. Julia mit gespreizten Beinen über einem Bidet und Samen tropft aus Ihrer Vagina. Text darunter: Der alte Bock hat mich schon wieder bestiegen. Claudia stand nun hinter ihm und rieb ihre Brüste an seinem Rücken, die eine Hand vorne an seinem Penis. „So es geht weiter im Text. Hat dir das bisher gefallen?" Leon war jetzt im Zweifel. Claudia wichste derweil immer wieder seinen Schwanz und in ihm stieg, speziell nach dem letzten Bild das Sperma zum Ausgang. Claudia knetete seine Hoden dazwischen. „Oh ja, die sind ja gut gefüllt. Ich lese mal weiter. Also, 14 Uhr. Habe vormittags nochmals Wellness und Massage genossen. Wir machen nun Late Checkout. Habe Robert vorhin noch mal einen mit der Hand gemacht. Weiß nicht, woher er all den Samen nimmt. Das war die letzte Nachricht."

Leon war fast am Platzen. Claudia wichste auch gut. Sie wusste die Zeit einzuteilen und erhöhte somit den Druck bei ihm. „So jetzt wollen wir mal sehen, ob du mehr Samen abgeben kannst als der Wochenendstecher bei deiner Frau!" Das war zu viel. Claudia hielt bereits in der linken Hand ein Glas ganz dicht vor seiner Eichel und mit der Rechten rieb sie ihn zum Finale. Laut aufschreiend und am ganzen Körper zappelnd entlud sich Leon in das Glas. „Mehr, mehr, komm, deine Frau hat gestern auch mehr bekommen," feuerte sie ihn an und es war wirklich erstaunlich, wieviel Sperma er in den vielen Schüben in das Glas abgab. Claudia presste auch noch den letzten Tropfen aus ihm und kam dann mit einem groben Waschlappen. Bei der Reinigung ging sie nicht zimperlich vor und er jammerte und zuckte entsprechend. Dann war er befriedigt.

Sie band ihn los. „Du weißt ja wo deine Kleider sind. Wir treffen uns an der Bar." Angezogen ging er an die Bar. Sie stand im Bademantel dahinter und hatte bereits ein Bier gerichtet.

Das schmeckte jetzt besonders gut. Keine fünf Minuten später klingelte es und Julia kam mit ihrem Köfferchen herein. Sie hatte vorher von Chris ihren Anteil bekommen. „Hallo Schatz, du siehst so entspannt aus. Hat Claudia ganze Arbeit geleistet?" Sie gab ihm einen intensiven Kuss. Man spürte die Liebe dabei und die Freunde wieder bei ihm zu sein. Auch sie bekam ein Bier. Dann zeigte Claudia auf das Glas mit dem Samen. „Hat er alles bei den Gedanken an dich eben abgegeben." „Sehr schön Schatz, das ist mehr als mir Robert gestern reingespritzt hat." Das saß natürlich und Leon spürte sofort wieder das Kribbeln in seinem Bauch.

Beide verabschiedeten sich von Claudia, die von Julia einen Umschlag erhält, wobei Julia sagte: „Schön, dass ich weiß, wo ich ihn bei Bedarf mal wieder abgeben kann."

Einige Tage war ruhiger Alltag. Sie machte ja nebenbei noch den Haushalt. Leon wusste nicht, dass sie ihr Fickhandy ausgeschaltet hatte, als es an der Türe klingelte. Chris stand davor: „Was ist mit deinem Handy. Du bist nicht zu erreichen!" Jetzt wäre der Moment gewesen ehrlich zu sein und dem Ganzen eine andere Wendung zu geben, aber da kamen aus dem Unterbewusstsein die langen Schatten hoch, die Pflichterfüllung forderten und eigene Bedürfnisse nicht zuließen. „Oh, habe ich nicht bemerkt, scheint leer zu sein. Was gibt s?" „Hätte morgen einen Typ, der etwas Besonderes mag und auch dafür besonders bezahlt." Scheiß Geld, dachte Julia fragte aber: „was will er denn?" Er sucht eine, die ein geiles Zimmermädchen spielt mit dem er sich nachher vergnügen kann. Sonst ist er harmlos." Leon hatte das mit angehört. Man sah in seinen Augen welche Fantasien in seinem Kopf entstanden. Er sagte nichts, aber das genügte. „Was zahlt er für wie lange?" „€ 1000.—für rund eine bis eineinhalb Stunden." „Wann und wo?" Chris nannte ein anderes Hotel und wieder 18 Uhr als Abholzeit. 18 Uhr war auch eine Zeit, die nicht mit ihrem normalen Beruf kollidierte, auch wenn sie an einem solchen Tag Dienst hatte. Es war aber schon verrückt, bis 16 Uhr Kinder- und Jugendbetreuung und ab 18 Uhr Hure. Das hatte sie sich so nicht vorgestellt, wenn auch durch die Einnahmen ihr Kleiderschrank modisch immer aktuell war.

So war der dritte Freier gebucht und um 18 Uhr holte sie Chris ab. Gewünscht war schwarzer Rock und weiße Bluse. In der Lobby kurze Vorstellung. Er hieß Manfred. Der Umschlag wurde übergeben und Manfred verschwand wieder. Chris erklärte Julia die weiteren Wünsche von ihm und sie wunderte sich, warum man dafür so viel Geld bezahlt. Nach zehn Minuten ging sie zum genannten Zimmer. Die Türe war angelehnt und sie trat ein. Auf dem zerwühlten Bett lagen Schürzen wie sie Zimmermädchen tragen und kleine Hauben. Sie war ja jetzt ein Zimmermädchen. Sie wusste auch, dass sie beobachtet wurde, aber ihre Anweisungen waren klar, das Zimmer in Ordnung bringen und sauber machen und nach rund einer halben Stunde Arbeit etwas Spezielles im Nachttisch entdecken. Das sollte dann das Finale einläuten. Also begann sie erst einmal das Bett penibel zu machen und dabei immer wieder ihr Gesäß aufreizend in die Höhe zu strecken. Sie war ja ein geiles Zimmermädchen. Das Bett war perfekt, jetzt begann sie im Bad. War eigentlich alles sauber, aber sie begann zu wischen und zu reiben, es sollte ja echt wirken. Dann wurde Staub gewischt um das Bett herum und auf den Nachttischen. Eine Schublade stand leicht offen und sie spielte die Neugierige und schaute hinein. Drin lag ein besonders großer Dildo. Sie schloss erst einmal Die Schublade wieder, gespielt schockiert um sie dann wieder langsam zu öffnen. Dann entnahm sie das Teil und begann damit zu spielen. Er wurde gestreichelt, auf dem Rock an ihren Unterleib gehalten, dann sich selbst auf dem Rock mit den Händen stimuliert und schließlich, gespielt geil zog sie ihren Rock bis zur Hüfte hoch, entledigte sich des Slips und legte sich rücklings aufs Bett. Sie spreizte und winkelte die Beine an und begann mit dem Riesending zwischen ihren Schamlippen zu spielen.

Chris hatte vor Abfahrt noch gesagt, sie solle sich unten mit Gleitcreme versorgen, da ein großer Dildo im Spiel wäre. Das half natürlich jetzt. Trotzdem musste sie sich schon sehr entspannen um langsam das Teil Stück für Stück einzuführen. Jetzt war Stöhnen angesagt, das fiel ihr aber wegen der Größe des Teils wirklich leicht. Das Teil war nun zur Hälfte in ihr verschwunden und sie hielt es mit beiden Händen um es kurz heraus zu ziehen und dann wieder umso weiter einzuführen. Da nichts passierte machte sie weiter. Sie sollte ja geil sein, war aber eigentlich nur erregt. Als sie ganz ausgefüllt war, waren immer noch rund zehn Zentimeter draußen. Nun begann sie unter Drehen und kurzen Stößen sich selbst weiter zu stimulieren, was ihr auch erstaunlich gut gelang. Ihr Becken begann unter den selbst verursachten Bewegungen in ihr sich zu heben und zu senken, ihr Atmen wurde kürzer und hektischer und ihr Stöhnen lauter.

Da kam Manfred unverhofft dazu. Sie erschrak wirklich wie er plötzlich vor dem Bett stand, quasi direkt zwischen ihren Beinen. Instinktiv zog sie das Riesending aus sich heraus. Sie schaffte es aber nicht mehr, die Beine zu schließen, denn schon war Manfred auf ihr und drang in sie ein. Angesichts der der Vorgeschichte, spürte sie nicht viel. Er war aber scheinbar wegen ihres Auftritts als Zimmermädchen hoch erregt und bestimmte daher das Geschehen. Sie konnte ihn nur noch verbal und durch Stöhnen antörnen. Er war aber ausdauernder als gedacht, entlud sich dann aber mit einer großen Menge Sperma in ihr. Danach verschwand sie im Bad um sich zu richten und in Normalzustand zu versetzen.

Sie gab Manfred seine Schürzen zurück und sagte ihm, dass ihr die Geschichte gefallen habe. Er bedankte sich für die perfekte Vorführung und sie war nach siebzig Minuten wieder in der Lobby. Chris gab ihr € 500.—und fuhr sie schweigend zurück. Sie dachte dabei an die Entwicklung der letzten Monate. Irgendwie war es jetzt entscheident anders geworden. Wenn früher Geld im Spiel war, wie bei Jonas, war da seine lustvolle Dienstleistung. Sie war mit Freude dabei und die Euros nur Zugabe. Nun aber spielte sie eine Rolle und eigentlich kauften die Männer einen Betrug.

Zuhause angekommen meinte Chris nur noch : „Bitte lass dein Handy aber zukünftig an," und verabschiedete sich.

Leon wartete schon, merkte aber gleich, dass Julia etwas anders war als sonst. „Wie war es Schatz?" „Es ist halt ein Job und nicht das was wir oder zumindest ich mir vorgestellt habe. Ich brauche bitte etwas Abstand. Lass uns morgen darüber reden. Heute bin ich müde." Leon war leicht enttäuscht, verstand aber gleich, dass er warten musste.

Am nächsten Tag entschuldigte sich Julia für das nur kurze Gespräch gestern, erklärte ihm aber, dass man diese Art von Beschäftigung nicht nebenbei und erst recht nicht dauerhaft lustvoll machen kann.

„Diese Inszenierungen von Leidenschaft und die Konfrontation mit Männern, die mich nur als Objekt sehen, erschöpfen mich." Und weiter: „Ich fürchte, dass unsere Beziehung, die einst auf Vertrauen und Fantasie beruhte leiden wird." Leon schluckte. In diesen Momenten merkte er besonders, wie sehr er Julia liebte und dass er sie nicht verlieren wollte. Er nahm sie in den Arm, streichelte sie und sie begann an seiner Schulter zu weinen.

Nun rief sie Chris am nächsten Tag an um ihm zu sagen, dass zumindest momentan Pause angesagt ist und der Wunsch von beiden kam. Der sah natürlich seine Einnahmequelle schwinden. Es nutzt nichts, Julia blieb hart und verabschiedete sich mit den Worten „du kannst dich ja mal in 3 oder 4 Wochen melden." Sie hatte damit die Hoffnung höflich gesagt zu haben, dass es vorbei sei. Da kannte sie Chris aber schlecht.

Die nächsten Tage, dann Wochen verliefen nach der damaligen kurzen Aussprache zwischen den beiden harmonisch. Man gönnte sich kulturelle Vorstellungen, wobei Julia immer Angst hatte von einem Freier erkannt zu werden. Das kleine 3310 war ausgeschaltet und beide somit von den sexuellen Einflüssen von außen abgeschottet.

Nach fast einem Monat lag ein Zettel im Briefkasten. „Bitte ruf mich an. Chris" Julia zeigte den Leon und der war sofort zwischen Erregung und Mitgefühl mit Julia hin und her gerissen. „Vielleicht solltest du fragen, was er will?" Julia wusste, dass hier wieder ein Job auf sie wartete, wobei sie ja jetzt 4 Wochen pausiert hatte. Ihre Probleme von damals waren durch das Langzeitgedächtnis in den Hintergrund gerückt worden. "Was gibt s? Warum soll ich anrufen?" Sie wollte forsch und bestimmend klingen ."Ich hätte eine Anfrage für dich, sehr lukrativ aus der SM Szene für rund zwei Stunden und

€ 1500.--. Hat aber keine Eile, da derjenige nur dich buchen will. Er wartet gerne, bis du bereit bist." „Dazu kann ich jetzt nichts sagen," kam es bestimmend zurück.

Abends erzählte sie Leon von dem Angebot. Eigentlich hätte sie das gar nicht erwähnen sollen, so aber hatte sie das innerlich nicht ganz verneint, wollte aber unbewusst, dass ihr Mann ihr davon abriet. Es waren nun vier Wochen ohne besonderen sexuellen Kick vorbei und so versuchte er diplomatisch es so zu sagen: „Ist ja schon viel Geld und du hast ja in deiner ersten Ehe damit Erfahrung gesammelt. Vielleicht fragst du Chris nochmal, ob er Näheres weiß." Das war nicht die unbewusst gewünschte Absage. Sie rief also Chris nochmals an und erfuhr, dass der Typ in seiner Wohnung ein eigenes SM Studio hatte und dass sie speziell vom Typ her ihm sehr gefiel. Ansonsten war er ein bekannter Mann in der Stadt, der sich sicher nichts zuschulden kommen lassen würde. Außerdem würde er vor dem Haus warten und pünktlich nach zwei Stunden dort klingeln um sie abzuholen. Am Freitag, also übermorgen sei ein guter Termin. Er würde sie um 19 Uhr abholen.

Sie konnte nicht sagen warum sie zusagte. War es wieder das verdammte Pflichtbewusstsein, war es Neugierde, war es der Wunsch ihrem geliebten Mann wieder mal etwas zu bieten? Sie wusste ja, dass sie die Passive, die Ertragende, die Sklavin sein musste und dass es evtl. mit Schmerzen verbunden war.

Das nun folgende Erlebnis ist nichts für schwache Nerven und wird daher in einer Extraseite am Ende des Buches erzählt!

Julia kam blass und schockiert gegen 22 Uhr zurück. Sie fiel Leon in die Arme und schluchzte hemmungslos Er führte sie zum Sofa, setzte sie hin und hielt sie fest. Das tat ihr in diesem Moment gut, hatte sie doch auf der Rückfahrt im Auto begonnen an ihrer Sicherheit und ihrer Rolle in diesem Lebensstil zu zweifeln. Nach vielleicht dreißig Minuten hatte sie sich einigermaßen gefangen, atmete tief ein, nahm allen Mut zusammen und sagte: „Ich kann nicht mehr, ich will auch nicht mehr. Wenn du das unbedingt so weitermachen willst, steht unsere Beziehung in Frage." Und weiter: „Ich habe das für dich gemacht, Leon. Für deine Wünsche. Aber ich weiß nicht mehr, wo ich in all dem stehe." Leon war zutiefst betroffen von der klaren Ansage seiner geliebten Frau und begann auf sich selbst wütend zu sein. „Es tut mir leid, dass ich zugelassen habe, dass du dich in Situationen begibst, die uns beide zerstören könnten. Ich wollte nur, dass du glücklich bist. Vielleicht habe ich leider nicht genug auf uns geachtet. Ich brauche dich, ich liebe dich und ich will dich nicht verlieren!" „Bitte lass uns mit etwas Abstand nochmals darüber reden. Über den Abend heute möchte ich aber nicht sprechen." So beendete Julia diese erste Aussprache. Sie war müde und fertig und wollte nur schlafen. Der nächste Tag verlief schweigend. Beide hatten Arbeit, aber beide wollten oder wussten nicht, wann der richtige Zeitpunkt war um das Problem, ihr Problem weiter zu klären. Am dritten Tag schließlich kamen sie nach einem langen Gespräch zu der gemeinsamen Erkenntnis, dass ihre Liebe zueinander das Wertvollste ist, was sie haben. Die Abenteuer, die sie erlebt haben, waren aufregend, sie dürfen aber nicht auf Kosten der Beziehung gehen. Leon sagte schließlich: „Ich will dich nicht verlieren Julia. Wir haben so viel aufgebaut, und ich merke, dass ich dich mehr brauche, als diese Fantasien!" „Ich liebe dich auch, Leon. Aber ich kann nicht mehr. Lass uns das hinter uns lassen und wieder das Leben führen, das wir beide wirklich wollen."

Episode 20 : Das Ende mit Chris

Durch die offenen Gespräche gestärkt rief Julia nun Chris an:" Tut mir leid, Chris, das Ganze und speziell das letzte Erlebnis ist für mich, nein für uns zu viel. Wir steigen aus. Du bist ein netter Mensch und wir haben über die lange Zeit viel erlebt, aber nun sind Grenzen überschritten, die unsere Beziehung gefährdet haben." Chris war erstmal sprachlos. „Tut mir leid Julia, dass es so gekommen ist. Ich dachte, die erotischen Erlebnisse hätten dir auch gefallen. Dass das letzte Mal zu hart war verstehe ich, aber das sind Ausnahmen. Ich versichere dir besser auszuwählen und dir nur noch angenehme Jobs zu vermitteln." „Sorry Chris, es wird überhaupt keinen Job mehr in der Art geben. Wir sind raus aus der Sache, das ist nicht mehr unser Weg !" Darauf Chris : „Vorschlag Julia, da ich euch und dich so toll finde. Wenn ihr mal ein ganz normales harmloses Date möchtet, wie am Anfang, melde dich bitte. Ich komme gerne zu Euch." Damit war das Kapitel Chris beendet, vielleicht mit kleiner Hintertüre. So beschlossen Julia und Leon sich wieder aufeinander zu konzentrieren und ihre Beziehung neu zu definieren – ohne die Ablenkungen und Risiken, die sie zuvor geprägt hatten.

Der Ausstieg war aber nicht so einfach. Es gab Momente wo Leon seine Fantasien vermisst und Julia sich fragt, ob sie sich selbst verleugnet. Irgendwie waren die harmlosen Sexspielereien, geplant oder ungeplant doch sehr reizvoll gewesen. Doch beide erkannten, dass die wahre Erfüllung in ihrer Liebe und ihrem Vertrauen zueinander liegt und nicht in der Jagd nach extremen Erlebnissen. Uns so steht ihr Entschluss. - Wir finden einen Weg, der uns beide glücklich macht und zwar zusammen.

Johanna Lang

Wenn Sie sich weitere Geschichten jetzt oder in Zukunft für Julia und Leon vorstellen können, schreiben mir unter

Johanna_Lang@t-online.de (Johanna Unterstrich Lang@t-online.de)

Sollten sie eines der Bilder in diesem Roman als Original kaufen wollen, bitte ich um Nachricht. Ich vermittle Sie gerne an den/die Künster/in.

Im Anhang finden sie weitere erotische Bilder zum Betrachten oder Erstehen.

Zusatzseite – letztes Erlebnis

Um 19 Uhr war Chris pünktlich da. Er hatte vorher keinen Kleiderwunsch geäußert, also war Julia klassisch dezent angezogen. Drunter nur BH und Slip. Sie stieg ein und man fuhr schweigend an den Stadtrand. Das Haus vor dem Chris hielt, war irgendwie normal aussehend, wie halt die Einfamilienhäuser so in den entsprechenden Gebieten aussehen. Lediglich davor fiel ein weißer Steingarten auf nur mit 2 exakt geschnittenen Kugelbüschen. Sah eigentlich kalt und lieblos aus. Man ging einen gepflasterten kurzen Weg zu einer sehr rustikal aussehenden Eingangstüre mit Glaseinsätzen. Eine Klingel und ein Namensschild suchte man vergeblich, stattdessen gab es einen Türklopfer, ähnlich Mittelaltertüren. Sah alles schon seltsam aus.

Chris bediente den Türklopfer. Nach einiger Zeit öffnete sich die Türe und ein mittelgroßer Mann mit schütteren Haaren, vielleicht Mitte Vierzig, stand vor ihnen und bat sie herein. Er musterte Julia sehr intensiv so als freute er sich auf das attraktive Opfer. Ansonsten war er mehr der Typ Buchhalter, irgendwie unauffällig im Leben. Aber er hatte ein schönes Haus, wenn es auch nicht Julias Geschmack war. Er wurde als Hans vorgestellt. Man ging ins Wohnzimmer. Auch hier ziemlich rustikal alles, theoretisch gebaut für die Ewigkeit. Es wurde ein Drink gereicht und Chris bekam seinen Umschlag. Julia war es nicht wohl. Sie wusste, dass sie sich jetzt zwei Stunden in die Hand dieses Typen geben musste. Um ihr Leben hatte sie keine Angst, aber doch Angst davor, welches Programm er mit ihr vorgesehen hatte. Sie hatte ja aus erster Ehe Erfahrung in der Szene. Auch musste sie lustvolle und echte Schmerzen damals erleiden, aber es war damals ihr Ehemann und jetzt ein Fremder. Sie trank daher ein zwei Schluck mehr. Chris verabschiedete sich, zumindest beruhigend mit den Worten: „Ich warte dann draußen." Jetzt war sie mit Hans alleine.

„Du weißt für was ich dich gebucht habe?" Julia nickte. „Also zieh dich aus!" Hier im Wohnzimmer, dachte Julia, legte aber ihr Kleid ab. „Alles!" hörte sie und so zog sie auch BH und Slip aus und legte es beiseite. Hans war inzwischen um sie herum gegangen und stand nun hinter ihr. „Hände auf den Rücken!" befahl ihr und bevor sich Julia versah klickten hinten Handschellen und sie war gefesselt.

Obwohl sie die Spiele kannte, fuhr ihr der Schreck in die Glieder. Hans nahm nun ihr Kleid und die Wäsche und legte sie in einen Schrank, den er verschloss. Nun stand sie nackt, gefesselt und ohne Chance auf ihre Kleider in einem rustikalen Wohnzimmer. Er trat hinter sie und schob sie zu einer Nebentüre im Raum. Dann griff er um sie herum und öffnete die Türe zu einem Nebenraum um sie hineinzuschieben. Es war ein SM-Raum vom Feinsten. Eine Profidomina hätte nicht mehr Utensilien haben können. Das geräumige, schwarz gestrichene Zimmer erinnerte sie an mittelalterliche Folterkammern. Das Licht war dunkel und die Luft leicht stickig. Es kam ihr eine Songzeile von Leanard Cohen kurz in den Sinn : «with the burn of leather and male.» Der einzige Farbtupfer in all dem Schwarz und Chrom war das rote Gummizeugs das an der Wand hing.

Die Türe hinter ihr schloss sich. Wer hier drin war, hatte keine Chance wieder heraus zu kommen. In der Mitte stand ein großes schwarzes Bett, vielleicht mit Leder bezogen.

Bevor sie wirklich alles registriert hatte sagte Hans mit schneidender Stimme: „Ab sofort hast du nur noch zwei Worte zu sagen, nämlich Ja und Danke. Wenn du das nicht machst, bringe ich es dir mit der

Rute bei, bis du es machst. Hast du das verstanden!" Es blieb nur das „Ja" übrig. Er ging zu einem Schrank und holte eine Lederkorsage hervor und hielt sie an Julia. „Müsste passen." War sein Kommentar. Dann ging er mit ihr in die Mitte des Raumes. Dort hing von der Decke ein Seil mit Haken herunter. Diesen klinkte er in der Mitte ihrer Handschellen auf dem Rücken ein und zog das Seil nach oben. Ihre Arme wurden dadurch hinten schmerzhaft nach oben gestreckt und ihr Oberkörper beugte sich gezwungenermaßen nach vorne, fast bis zur Waagerechten.

Jetzt legte er ihr das Korsett von unten an. Ihre Brüste hingen sofort passend in den Halbschalen. Auf dem Rücken schloss er mehrere Haken. Hierzu brauchte er schon Kraft, denn das Teil war sehr eng. Nun stellte er sich hinter sie und befahl ihr die Beine zu spreizen, damit er besser an ihren Rücken kam. Sie spürte nun, wie er die Schnürung der Korsage einfädelte und Stück für Stück zuzog. Fast blieb ihr die Luft weg. Aber er ließ nicht nach. Man merkte die Routine mit der er diesen Akt vollzog. Am Ende der Schnürung trat er neben sie und machte einen Knoten. Sie konnte nur noch kurz atmen, mehr war im Moment kaum möglich. Das Seil an der Decke wurde gelockert und sie konnte sich aufrichten. Er trat vor sie und richtete ihre Brüste auf den Bügeln, dass diese prall und groß nach vorne standen.

Aus einem Schrank holte er sehr lange schwarze Stiefel mit Reisverschluss seitlich. Willst du die anziehen?" Was solle sie sagen: Ja." Sie hob ein Bein und er zog die Stiefelschäfte bis zum Knie von Julia und schloss den Reißverschluss. Die Schuhgröße war ungefähr eine halbe Nummer größer als ihre normale, insofern ging das, aber die Absätze waren überdimensioniert hoch, vielleicht 15 cm. Der zweite Stiefel wurde auch angezogen und nun stand sie wackelig, aber nun größer als er vor ihm.

„Wie heißt das?" fragte er und Julia reagierte geistesgegenwärtig und sagte: „Danke." Er schien zufrieden. So wie sie jetzt, sahen in gezeichneten SM-Pornos die leidenden Sklavinnen in den Folterkellern der reichen Herrschaften aus. Nur das war Fantasie und sie stand hier in der Realität. Anstatt den Handschellen legte er ihr nun Lederarmbänder mit Karabinerhaken an und hängte die zusammen. Das war etwas angenehmer an den Handgelenken.

Nun ging er an einen Tisch und kam mit zwei kleinen Teilen zurück und stellte sich vor sie. „Wollen mal sehen, welche Gefühle du in den Brustwarzen hast. Freust du dich?" Scheiß Frage: Sie quetschte ein „Ja" heraus und er begann an einer Brust zu saugen. Unmittelbar reagierten ihre Brustwarze in dem sie sich vergrößerte und aufstellte. Er hielt nur diese Warze leicht gequetscht mit der einen Hand fest und setzte blitzschnell die Klammer mit der anderen darauf. Der Schmerz durchzuckte Julia sofort, sie begann zu strampeln, doch es nutzte nichts. Er war kräftig, drückte sie an die Wand und begann an der anderen Brust zu saugen. Auch hier vergrößerte sich die Warze schnell und er hielt sie wieder mit der einen, um mit der anderen Hand die zweite Klammer zu befestigen. Julia jammerte. Als er zurück trat sah er wie Julia ihre Brüste schüttelte im Glauben, die beiden Schmerzverursacher würden sich entfernen.

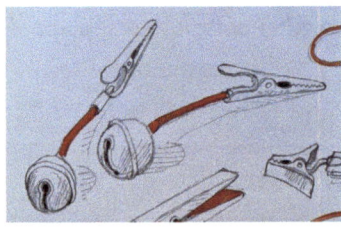

Es nutzte nichts. Stattdessen hörte sie: „was höre ich, was hast du vergessen?" Julia wusste im Moment gar nichts mehr und so nahm er sie, führte sie zu einem Holzkreuz an der Wand, drückte sie mit dem Bauch dagegen und band sie schnell mit einer Art Gürtel daran fest. „Ich frage nochmals, was hast du vergessen?" und schon sauste die Gerte auf ihr Gesäß

Mit einem lauten Schrei schüttelte sich Julia. „Nein bitte nicht!" rief sie verzweifelt. Sie hörte aber nur: „Was habe ich dir gelehrt?" und wieder traf sie ein heftiger Schlag auf ihr Gesäß. „Danke." Kam jetzt von ihr. Die Schmerzen der Schläge waren größer als die Schmerzen ihrer Brustwarzen, die ließen erstaunlicherweise nach. Scheinbar konnte man sich daran gewöhnen. „Willst du ficken?" „Ja." Und sie wurde vom Kreuz losgeschnallt und zu einer Art Bock mit Leder bezogen geführt. „Beuge dich darüber!" Sie tat wie befohlen und er spreizte ihr die Beine und befestigte sie unten an den Füßen des Geräts rechts und links mit Klettband. Durch die extrem hohen Stiefel stand sie wackelig.

Jetzt kam das Deckenseil wieder zu Einsatz und ihre Hände wurden hinten hochgezogen. Ihr Oberkörper legte sich dadurch zwangsläufig nach vorne auf das runde Oberteil des Lederbocks und ihre Brüste mit den Klammern hingen frei dahinter in der Luft. „Mal sehen, ob du schöne Musik machst." Sagte er und ging wieder zu dem Tisch. Er kam mit zwei Glöckchen wieder, die er an die Ringe der Brustklammern hing. Bei einem Klaps auf die eine Brust klingelte tatsächlich das Glöckchen. Julia schloss die Augen und ergab sich ihrem Schicksal. Vielleicht ist es nach dem Ficken vorbei hoffte sie.

Er schien sich hinter ihr auszuziehen. Irgendwie hörte sie ein Surren hinter sich, vielleicht ein Vibrator. „Du willst doch gut vorbereitet werden?" „Ja." War ihre Antwort und so spürte sie ein vibrierendes und sich stoßweise bewegendes Teil an ihren Schamlippen. Diese öffneten sich mehr und mehr. Er drang aber mit dem Gerät nicht in sie ein, sondern fuhr in der Furche immer wieder leicht vor und zurück. Nach kurzer Zeit war ihre Vagina natürlich geöffnet und das Teil wurde punktgenau auf ihre Lustknospe aufgesetzt. Sie wollte dem intensiven Gefühl entgehen und bewegte ihren Unterleib weg von dem Massagepunkt. Hans folgte aber den Bewegungen und man hörte in leise lachen.

Jetzt fasste er sie mit seinem linken Arm von hinten um die Hüfte und drückte seinen Körper gegen sie. Sie war nun bewegungsunfähig. Mit der anderen Hand hielt er gnadenlos das Massageteil auf ihren Punkt. Sie wollte sich noch beherrschen, keine Schwäche zeigen, aber dann ging es mit ihr los und ihre Nerven zuckten im ganzen Körper. Sie stöhnte laut und die kleinen Glöckchen bimmelten wie wild, weil sie ihren Oberkörper hin und her warf. Endlich ließ er kurz von ihr ab und fragte: „Willst du was trinken?" „Ja." Man hörte wie er etwas abfüllte und vor Julia trat. Er zog mit Ihren Haaren ihren Kopf nach hinten und hielt ihr ein Glas vor den Mund. Es war Whisky und nicht zu wenig. Ihr war das jetzt egal. Sie trank das Glas mit drei Schlucken leer und bedankte sich. Als er vor ihr stand sah sie seinen aufgerichteten Schwanz. Er hielt ihn ihr vor den Mund und fragte nicht extra. Sie öffnete den Mund freiwillig und er bediente sich in dem er sie rechts und links am Kopf hielt und so der Penis von ihm kontrolliert teilweise bis zu ihrem Rachen vordrang. Sie musste husten und würgen, aber er machte ohne Rücksicht weiter. „Das kannst du nicht gut. Das müssen wir üben," hörte sie mit scharfen Worten. „Willst du es richtig lernen?" Wieder ein gequältes „ja". „Mund weit auf und die Speiseröhre bereit zum Schlucken."

Der Schwanz kam wieder, ihr Mund stand offen und er fuhr in sie hinein. Diesmal noch weiter nach hinten, was sofort einen Brechreiz auslöste. Er blieb in ihrem Schlund. Da ihr Kopf festgehalten wurde, konnte sie nicht reflexartig zurückweichen. „Schau mich an," kam es befehlsartig und sie blickte nach oben zu ihrem Peiniger. Der Würgereflex war weg, atmen ging gerade so und so schob er auch noch den letzten Zentimeter in ihren Mund und somit auch in ihren Rachen. Das wiederholte er noch zwei Mal, wobei Julia nun die Technik heraus hatte und sie das große Glied nun leichter ganz in ihrem Mund und Hals aufnehmen konnte.

Das Erlebte bis jetzt, der Alkohol, die Chancenlosigkeit machten aus ihr nun einen willigen Spielball. Endlich zog er sich aus ihrem Mund zurück und sie hustete mehr: „Danke." Er ging langsam um sie herum und sie spürte seinen Glied hinten an ihrer Vagina. Er war ja durch Ihren Speichel nass und sie durch den Vibrator ebenfalls. Er machte nicht lange herum und drang ohne Rücksicht gleich ganz in sie ein. Durch das Korsett war sie sowieso im Atmen eingeschränkt. Jetzt blieb ihr aber die Luft kurz weg. Sie keuchte und schnappte nach Luft. Ihre Brustwarzen spürte sie nicht mehr, sie hörte nur das Klingeln, was ihn scheinbar beflügelte, denn er fickte sie gleichmäßig tief und fest. Bitte lass ihm kommen, damit er aufhört, dachte sie sich und versuchte durch Stöhnen und Ja-Rufe ihn zu motivieren.

Das klappte anscheinend, aber er spritzte nicht ab, sondern beendete den Fick. Julia war nun ganz am Ende. „Danke." Flüsterte sie kaum hörbar noch. Er kam nach vorne und löste eine Klammer an ihrer Brust, dann die andere und rieb die Warzen mit einer kühlenden Salbe ein. Das tat gut. „Du hast gut geklingelt. Ich denke, dass ich dich dafür mit einer Spezialität belohnen muss." Julia ahnte nichts Gutes. Möchtest du das kennenlernen?" Sie konnte und durfte nur „Ja" sagen. Er ließ ihre Arme durch das Seil leicht herunter, damit es bequemer wurde und ging weg. Sie war jetzt alleine, gefesselt und hilflos in dem Raum in ängstlicher Erwartung was jetzt kommen könnte.

Die Türe ging hinter ihr wieder auf und er trat an ihre Seite und legte etwas Ballonartiges neben sich. Dann bückte er sich zu ihren Fußgelenken hinunter und schien dort auch Lederfesseln anzubringen. „So, nun wollen wir mal schauen, wieviel Spaß dir das macht." Sagte er zynisch. Er stand neben ihr und strich mit einer Hand durch ihre Pofalte, ganz sachte bis er am Anus angekommen war. Dort zog er die Gesäßbacken auseinander. Gänzlich unerwartet steckte er mit der anderen Hand zwei Finger in ihren After. Das kam so überraschend, dass sie nur aufschreien konnte. Es war weniger der Schmerz, als der Schreck. „Ganz ruhig, ich habe genug gute Gleitcreme am Finger, du wirst gut vorbereitet sein." Oh nein, oh nein, oh nein, nicht das, ging es Julia durch den Kopf. Aber Gegenwehr war zwecklos und die Hiebe dafür zu schmerzhaft. „So jetzt werde ich dich gut für das Finale vorbereiten. Eine erfahrene Frau hat ja drei Zugänge, die Männern Freude bereiten können und einer ist ja noch unbenutzt. Freust Du Dich?" Was sollte sie sagen. „Ja."

Er nahm den Ballon vom Tisch nebenan und schob ihr die Spitze in den After. Dann hielt er das Teil senkrecht über sie und drückte leicht darauf. Julia merkte wie es warm und stetig in ihren Darm floss. Sie konnte nichts dagegen tun. In früheren Zeiten war manchmal in den verabreichten Flüssigkeiten noch Mittel beigemischt, die ganz andere Wirkungen verursachten, da der Darm ja die Substanzen aufnahm und ins Blut abgab. Dafür mussten diese nur lang genug im Darm verbleiben. Sie hoffte auf ein ganz normales Klistier. Hans ließ sich Zeit und Julia stöhnte leicht. „Das gefällt Dir, gell?" „Ja." Willst du mehr?" „Ja." Oh, lass es aufhören, es ist genug, dachte sie. Aber er drückte genüsslich auf den Ballon und schubweise ergoss sich die Flüssigkeit in sie hinein.

Julia hatte resigniert, die Zeit schien ihr endlos, bis er endlich das Teil aus ihrem Anus heraus zog. Es fühlte sich an, als ob sie zum Platzen gefüllt sei. „Du wirst dich jetzt schön beherrschen, sonst muss ich die Rute holen," hörte sie. Der Druck in ihr wurde immer größer. Endlich begann er ihre Hände zu lösen. Ihre Arme fielen schlapp nach vorne unten. Sie hing nun ganz geschafft über dem Bock. Er band ihre Füße los und forderte sie auf, aufzustehen. Durch die da hohen Absätze und ihre körperliche Verfassung, war sie doch stark beeinträchtigten. Deshalb führte er sie zu einer Toilette mit dem Befehl: „In fünf Minuten bist du gereinigt wieder hier draußen." „Ja."

Jetzt saß sie zusammengesunken auf dem Sitz und entlud sich schwallartig. Klare Gedanken konnte sie keine mehr fassen. Das Meiste war vorbei wusste sie, aber das Finale fehlte noch. Es half nichts, es klopfte: „Noch eine Minute!" Sie reinigte sich schnell, spülte und trat nach außen.

Auf dem Bett waren inzwischen ein oder zwei Decken so gefaltet, dass sie eine Art großen Knäuel bildeten. „Leg dich mit dem Bauch darauf, Hände nach hinten!" „Ja" Sie tat wie befohlen. In der Stellung war ihr Hintern oben auf dem Knäuel. Die rechte Hand von ihr wurde dann schnell mit der Fußfessel des rechten Knöchels verbunden, ebenso die linke mit der linken Fußfessel. Ihr Körper bildete nun so eine Art Dreieck. Wegen der Armlänge spreizten sich die Beine automatisch. Der Deckenknäuel stütze ihren Körper. In dieser Stellung war sie absolut hilflos. Hans kniete hinter seinem Opfer und fragte sadistisch: „Freust du dich auf das was jetzt kommt? Wirst Du dich auch danach bedanken?" …………„Ja."

Schon spürte sie seinen Penis an ihrem Anus. Irgendwie drückte er scheinbar die Eichel mit einer Hand schräg von oben in sie hinein, was erstmal sehr schmerzte. Er begann langsam sich nur im vorderen Teil ihres Darms zu bewegen. Dann wurde ihr Becken beidseitig fest gehalten und zu ihm nach hinten gezogen was den Schwanz auf einmal weit in sie hinein drückte. Sie wollte mit dem Oberkörper stöhnend nach oben, aber das ging wegen der Fesselung nicht. Sie lag auf ihren Schultern und auf ihrer Stirn. So war ihr Jammern nur leicht zu hören. Irgendwie schafft es der Körper mit seinen Nerven auch diesen Schmerz in Lust umzuwandeln und so ließ sie es geschehen.

Er fickte sie rücksichtslos und hart. Nun versuchte sie es nochmal ihn zum Schluss zu bringen. So weit sie sich bewegen konnte, stieß sie dagegen und stöhnte: „Ja,……ja……ja bitte." Das schien diesmal zu wirken, denn nach wenigen weiteren Stößen, schrie er laut auf und zuckte in ihr. Er atmete schwer und bewegte sein Becken noch kreisförmig, bevor er seinen Penis aus ihr heraus zog. - Endlich legte er Julia auf die Seite und öffnete ihre beiden Fußfesseln. - Sie drehte sich auf den Rücken und streckte Arme und Beine aus. „Danke," war das Einzige was sie noch herausbrachte. Sie war am Ende in jeder Beziehung.

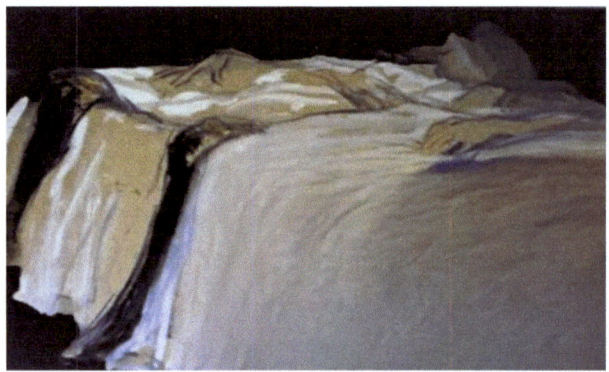